Anja Jantschik
Das Schweigen der Frauen

Anja Jantschik

Das Schweigen der Frauen

einhorn

Gesamtherstellung
einhorn-Verlag+Druck GmbH Schwäbisch Gmünd

Herstellungsleitung
Jens Giese, einhorn-Verlag

Lektorat
Sina Wamsler

Korrektorat
Ina Klompmaker

Satz und Umschlaggestaltung
Jens Giese, einhorn-Verlag

Die Handlung des Krimis ist von der Realität inspiriert, aber gänzlich frei erfunden.

ISBN 978-3-95747-124-6

1. Auflage Oktober 2021
Printed in EU

www.einhornverlag.de

Ich widme dieses Buch der wahren Freundschaft.
Sie kennt keine Uhrzeit, keine Entfernung
und keine Grenzen.

Kapitel 1

Wie lange sie bereits vor dem Spiegel an ihrer Herrenkommode saß, wusste sie nicht. Jegliches Zeitgefühl war ihr verloren gegangen. Sie starrte vor sich hin. Ihr Blick haftete auf einer Rasierklinge, die unschuldig neben Lippenstift und Kajal lag.

»Niemals quer übers Handgelenk. Längs muss der Schnitt angesetzt werden. Und nicht zaghaft schneiden, sondern mit aller Kraft.« In ihrem Kopf hörte sie die Stimme ihres Mannes Julius. Immer wieder wunderte er sich über Menschen, die aus seiner Sicht einfach zu dumm waren, sich die Pulsadern aufzuschneiden. Er musste es wissen, schließlich war er Mediziner.

Emily hob den Blick und betrachtete sich im Spiegel. Das Funkeln in ihren Augen, das früher vor Lebenslust nur so gesprüht hatte, war längst erloschen. Irgendwo an einer Garderobe in einem Nobelrestaurant abgegeben und nicht wieder abgeholt worden.

Sie lehnte sich nach vorne, um ihr Gesicht näher und intensiver zu betrachten. Nein, das waren keine Lachfalten. Das waren Kummerfalten. Darüber war sie sich im Klaren, als sie mit dem Finger die Linien unter und neben ihren Augen nachzeichnete.

Der Brillant an ihrem Ringfinger funkelte in allen Regenbogenfarben, als ein Lichtstrahl durchs Fenster auf ihn fiel. Sie stutzte. Dieses Farbenspiel war ihr noch nie aufgefallen. Dabei trug sie diesen Ring seit über zwanzig Jahren. Damals von ihrem Ehemann liebevoll in der Kirche übergestreift, war er jetzt nur noch das Symbol für ein weggeworfenes, sinnloses Leben.

Sie seufzte tief. Erinnerte sich an den Vortag, als sie am Sterbebett ihrer Schwiegermutter im selben Haus, nur einen Stock höher, gesessen hatte.

Fast zwei Jahre hatte sie sich um sie gekümmert. Musste dem körperlichen Zerfall dieser starken Persönlichkeit tatenlos zusehen. Konnte nur für sie da sein. Dem Krebs, der sich in den Körper der geliebten Schwiegermutter fraß, hatte sie nichts entgegenzusetzen. Diese wunderbare Frau, die sie einst so liebevoll in die Familie aufgenommen hatte. Und alle gemeinen Witze über böse Schwiegermütter ad absurdum geführt hatte.

»Mein Mädchen, jetzt muss ich gehen«, hatte sie gestern Abend leise zu ihr gesagt. Mit geschlossenen Augen hatte sie noch gemurmelt: »Schade, dass du nie ein Kind bekommen konntest. Aber Julius hatte ja Mumps als Elfjähriger. Seine Unfruchtbarkeit war die Folge. Das ist zwar selten, kann aber vorkommen … Es tut mir leid. Du wärst mit Sicherheit eine wundervolle Mutter geworden. Ich danke dir für alles, was du für mich getan hast.«

Dann hatte Emily gespürt, wie die Hand der Schwiegermutter, die die ihre zärtlich umschlossen hatte, plötzlich schlaff geworden war. Die gute, alte Frau war von ihrem Leiden erlöst worden.

Sie selbst hatte noch eine Weile wie betäubt und hilflos auf der Bettkante gesessen. Die Trauer hatte sie übermannt, heiße Tränen waren über ihr Gesicht gerollt und hatten sich einen Weg durch das fein aufgetragene Make-up gebahnt.

Doch plötzlich hatte Emily gestutzt. Die letzten Worte ihrer Schwiegermutter waren ihr nochmals durch den Kopf gegangen. »Warum hat er mir nie gesagt, dass er unfruchtbar ist? Er wusste doch, wie sehr ich mir Kinder wünsche?«, hatte sie ungläubig gedacht. Sogar ihren Beruf als Journalistin hatte sie aufgegeben, da Julius der Meinung war, dass sie nicht schwanger werden würde, weil sie zu viel arbeitete. Dieser Ansicht war damals auch ihr Frauenarzt gewesen – der ein guter Freund ihres Gatten war.

Für Julius hatte sie in Stuttgart alles hingeworfen und war mit ihm nach Potsdam gezogen. Dort hatte er eine leitende Position in einer großen Klinik übernommen und sie war in sein Elternhaus, eine noble Villa am Rand von Potsdam, eingezogen. Eine eigene Etage mit wundervoller Terrasse und einem alten Park waren eine tolle Entlohnung für den Weggang aus ihrer Heimat. Und als Draufgabe hatte es noch die Schwiegermutter gegeben, die sie sofort in ihr Herz geschlossen hatte.

Emily selbst hatte sich zwar immer einsamer gefühlt in ihrem Leben als Arztfrau, doch sie hatte sich arrangiert. Geldsorgen, die sie früher des Öfteren geplagt hatten, wurden zu einem Relikt einer längst vergangenen Zeit. Feste im Golfclub, Besuche bei der Kosmetikerin, Einkaufstouren mit anderen wohlhabenden Frauen der Potsdamer High Society und das Warten auf ihre Schwangerschaft hatten fortan ihren Alltag geprägt.

Und ihr Julius war ein Schatz gewesen. Liebevoll, wenn auch etwas herrisch, hatte er dafür gesorgt, dass sie keinen Mangel leiden musste. Und auch wenn seine Arbeit ihn so manches Mal sehr beansprucht hatte – sie hatte ja noch ihre Schwiegermutter, mit der sie die Abende vor dem Fernseher oder im Park sitzend hatte verbringen können. Die Pflege der wundervollen Rosen hatten sie gemeinsam übernommen. Zu diesen fröhlichen Stunden hatten stets heitere Gespräche gehört, die Emilys Wissen über die Potsdamer Gesellschaft angereichert hatten.

Das einzige, was ihr bis heute fehlte, waren ein eigenes Kind und eine echte Freundin. Letztere hatte sie in Stuttgart zurückgelassen. Es war durch ihren Umzug nach Potsdam damals zum Bruch gekommen. Doch nicht nur der Umzug war schuld, sondern auch die Tatsache, dass ihre damalige beste Freundin Ira kein gutes Haar an ihrem Julius gelassen hatte.

Die Damen der Gesellschaft, in der sie sich hier bewegte, bestanden nur aus Fassade. Frei nach dem Motto: »Nur nicht kratzen ...« Da hatte sie als geborene Journalistin ihre liebe Mühe, nicht die falschen Fragen zu stellen. Und so hatte sie sich nach und nach zurückgezogen und war eher introvertiert geworden. Angepasst. Ein liebes Weibchen eben.

Und trotzdem stand sie nun vor einem Trümmerhaufen, der ihr Leben gewesen war. Denn als sie am frühen Mittag vom Bestatter nach Hause gekommen war, hatte sie ihren Gatten im Bett mit einer Frau vorgefunden. Ohne Vorwarnung war sie ins Schlafzimmer gegangen und hatte die beiden beim Liebesakt überrascht. Als wäre sie diejenige, die sich schämen müsste, hatte sie sich sofort wieder zurückgezogen und leise die Schlafzimmertür geschlossen. Die beiden hatten sie nicht einmal bemerkt. Sie waren viel zu sehr mit sich selbst beschäftigt gewesen.

Dann war Emily die Treppe hinunter und aus dem Haus geeilt, um stundenlang ziellos durch Potsdam zu fahren. Als sie vor einer Stunde wieder nach Hause gekommen war, hatte sie die Villa leer vorgefunden. Der Schmerz und die Trauer über den Tod ihrer Schwiegermutter und die Fassungslosigkeit über den Betrug ihres Mannes hatten sie überwältigt. Das Fass war übergelaufen. Sie konnte nicht mehr und fühlte sich unendlich einsam. Vor allem die Tatsache, dass er ihr seine Unfruchtbarkeit verschwiegen hatte, stürzte sie in ein tiefes Loch. Ihr war von einer Sekunde auf die andere klar geworden, dass sie über all die Jahre hinweg auf grausame Art hintergangen worden war. Und diese Tatsache wog bei ihr viel schwerer als der eheliche Betrug.

So fand sie sich schließlich vor dem Spiegel sitzend wieder, mit einer Rasierklinge vor sich. Ihr Herz war so schwer. Sie konnte wirklich nicht mehr. Zögerlich griff sie zur Rasierklinge. Noch zögerlicher setzte sie sie unterhalb des Handgelenks an. Mit tränenverschleiertem Blick hob sie den Kopf und blickte sich im Spiegel an. »War es das? Alles aus? Wird so mein Leben enden?«, fragte sie sich.

Da fiel ihr Blick im Spiegelbild auf ein kleines Album mit silbernem Umschlag, das oben auf einem Regal im Schlafzimmer lag. Es war grotesk. Lange Jahre hatte sie nach diesem Album gesucht. Stets vergebens. Jetzt lag es oben auf dem Regal und schien zu ihr herüber zu blinken. Oder waren es die Sonnenstrahlen, die sich auf dem Umschlag brachen und durch das wehende Geäst des Baumes vor dem Fenster mal mehr, mal weniger stark reflektiert wurden?

Emily legte die Rasierklinge aus der Hand, stand auf, ging zum Regal, stellte sich auf die Zehenspitzen und angelte sich das Album. Sie lief hinüber zum Bett und setzte sich. Ihr Herz klopfte stark, denn diese Fotos hatte sie viel zu lange nicht anschauen können. Endlich hatte sie sie wiedergefunden!

Der Schmerz über den Tod der Schwiegermutter und den untreuen, verlogenen Gatten ließ in dem Moment nach, als sie das Album aufschlug. Auf der ersten Seite war nur ein Foto eingeklebt. Es war mehr als 20 Jahre alt und hatte ein lustiges Motiv. Es zeigte Emily mit ihrer damaligen allerbesten Freundin und Kollegin beim Sekttrinken auf der Stuttgarter Königsstraße. Die beiden jungen Damen schnitten witzige Grimassen. Und darunter stand: »Ira und Emily – Freundinnen auf ewig«.

Minutenlang betrachtete sie das Bild. Schließlich schlug Emily das Album zu und schob es unter ihr Kopfkissen. Dann ging sie zur Herrenkommode, schnappte sich entschlossen die Rasierklinge und warf sie mit einem verächtlichen Blick in den kleinen Kosmetikeimer neben der Kommode.

Sie hatte einen Plan gefasst. Und darin war für Selbstmord kein Platz.

Kapitel 2

Peter saß auf dem Sofa und hatte die Arme angriffslustig vor der Brust gekreuzt. Dazu hatte er einen Schmollmund aufgesetzt, der dem eines fünfjährigen Kindes würdig war.

»Nein, vergiss es!«, raunzte Ira ihn gerade an. Das durfte ja wohl nicht wahr sein. Der Herr Kommissar wünschte, dass sie in einem weißen Brautkleid vor den Traualtar trat! »Dir ist klar, dass ich nie Kleider anziehe. Warum dann auf meiner Hochzeit?! Außerdem fühle ich mich zu alt dafür. Und übrigens, jungfräulich bin ich auch nicht mehr. Was soll das also?« Sie blickte ihn mit großen Augen an.

»Ich wünsche es mir so sehr, Mausi«, flüsterte ihr zukünftiger Göttergatte – um dann augenblicklich das Genick einzuziehen. Gerade noch rechtzeitig, um die Fernsehzeitschrift an seinem rechten Ohr vorbeifliegen zu sehen. Sie landete hinter ihm und der Sofalehne, direkt in der buschigen Fingeraralie.

»Sieht gar nicht schlecht aus. Grenzt an Kunst«, kommentierte die Journalistin den Anblick der Zeitschrift zwischen den Blättern der Pflanze. »Jetzt sind es blumige Worte«, grinste sie und ließ sich neben Peter aufs Sofa fallen. »Nein, ehrlich, ganz im Ernst. Ich hab' keine Lust, mich für meine eigene Hochzeit zu verkleiden.« Bei diesen Worten blickte sie den Kommissar von der Seite an.

Als Antwort formte dieser schon wieder seinen berühmten Schmollmund. Um dem noch eins draufzusetzen, schaute er seine Angebetete jetzt auch noch mit seinem berühmten Hundeblick an.

»Malte hat mich schon verlassen, da möchte ich wenigstens dich für mich und ganz nah bei mir haben. Und dich ein einziges Mal in einem Kleid sehen, auf unserer Hochzeit – das ist doch nicht zu viel verlangt?«, jammerte er. Der Kollege aus dem hohen Norden, der seit Jahren an Peters und Hermanns Seite im Revier als Kommissar ermittelt hatte, war wieder gen Heimat gegangen. Und das schmerzte Peter wirklich. Denn der junge Lümmel hatte sich zu einem echten Freund gemausert.

»Du bist unmöglich«, warf ihm Ira entgegen. Dabei konnte sie sich das Grinsen allerdings nicht verkneifen. Peter sah einfach zu komisch aus. »Ich denk' drüber nach«, versprach sie. Und hoffte inständig, dass das Thema damit nun erledigt wäre.

Peters Mimik entspannte sich sofort. Blitzschnell griff er zum Handy und nutzte die Zeit, in der Ira damit beschäftigt war, die Zeitschrift aus der Fingeraralie zu angeln. Er schrieb eine Nachricht an Viktoria: »Ich hab' sie so weit. Jetzt kannst du mit ihr einen Termin ausmachen …«

Kaum hatte er diese Nachricht getippt und abgeschickt, piepte auch schon Iras Handy, das stets griffbereit auf dem Tisch lag. Ira schnappte es sich, entsperrte es und schaute aufs Display. Eine Nachricht ihrer Freundin Viktoria, die sich erkundigte, ob sie und Peter nicht auf ein Gläschen Wein rüberkommen wollten.

»Gehen wir noch zu Viktoria und Friedrich rüber?« Ira blickte Peter fragend an. »Im Fernsehen kommt sowieso nichts Gescheites.«

Der Kommissar nickte. »Gute Idee, ich zieh' mir gleich die Schuhe an«, antwortete er.

Beide erhoben sich gleichzeitig vom Sofa. Die Journalistin wunderte sich ein wenig, dass der Herr Kommissar so spontan zugestimmt hatte, freute sich aber sehr. Denn ein Abend mit Viktoria und Friedrich bedeutete, dass nicht über die Arbeit oder ähnliche Themen gesprochen wurde. Vielmehr war lustiges Geplänkel an der Tagesordnung.

Keine 15 Minuten später stand das Paar vor der Haustür der Freunde, die augenblicklich aufgerissen wurde.

»Immer herein«, begrüßte sie Friedrich mit einer einladenden Geste in Richtung Wohnzimmer. Ira und Peter traten ein, entledigten sich ihrer Jacken an der Garderobe und folgten ihrem Gastgeber ins Wohnzimmer. Auf dem Tisch standen bereits italienischer Schinken in mundgerechte Stücke geschnitten, gewürfelter Bergkäse und Bier- sowie Sektgläser.

»Überredet, ich bleib' da«, verkündete Ira und nahm grinsend und mit vorfreudigem Blick auf die Leckereien Platz.

»Bin dabei«, strahlte Peter und platzierte sich neben ihr.

Während sich Friedrich um das Füllen der Biergläser kümmerte, schenkte Viktoria den Prosecco ein. Sie prosteten sich zu. Es würde wieder einmal ein gemütlicher Abend werden. Und Ira war dankbar, dass die Freunde nur wenige Gehminuten entfernt wohnten. So konnten die Autos sicher in der Garage bleiben und wenn sie nachher beschwingt und beschwipst nach Hause schwanken würden, würde das niemanden jucken.

Nachdem sie zunächst über allerlei alltägliche Themen gesprochen hatten, holte Viktoria tief Luft und wandte sich an Ira.

»Weißt du, ich würde gern einmal wieder in Stuttgart einen Bummel über die Königsstraße machen. Wie sieht es mit dir aus?«, erkundigte sie sich.

Bevor Ira antworten konnte, tauschten die beiden Männer am Tisch einen verschwörerischen Blick und Friedrich bemerkte: »Weißt du, Peter, wir sollten mal wieder ein paar Bäume im Wald ummachen. Wir haben viel Käferholz.«

Peter begriff sofort und schlug vor: »Wie wäre es am nächsten Samstag? Das Wetter passt ja.«

Mit Blick auf Ira schlug Viktoria in dieselbe Kerbe: »Am Samstag hätte ich alle Zeit der Welt. Wie sieht es bei dir aus? Dann könnten wir auch gleich nach einem Brautkleid für dich Ausschau halten«, fügte die Freundin beiläufig an, grinste dabei aber nicht Ira, sondern Peter an.

»Glaubt bloß nicht, dass ich doof bin«, entrüstete sich die Journalistin, der dieser Blick nicht entgangen war. »Das war doch eine abgekartete Sache vorhin!«

Viktoria erwiderte mit Unschuldsmine: »Was meinst du? Wie kommst du darauf?«

Und Peter stellte fest: »Du solltest mal zum Arzt gehen, du hast Visionen.«

Ira schüttelte zur Antwort mit dem Kopf. »Du hast Viktoria geschrieben, als ich die Zeitung aus der Blume geangelt habe. Und schon hat sie sich bei mir gemeldet. Ich warne euch nochmal: Ich bin nicht doof!«

Ihre Freundin lachte. »Jetzt sei halt nicht so. Manchmal muss man jemanden zu seinem Glück zwingen. Du brauchst schließlich ein Kleid. Und das kann man nicht zwei Tage vor der Hochzeit kaufen.«

Jetzt war es an Ira, einen Schmollmund zu ziehen. »Ich will aber kein Kleid anziehen«, beharrte sie.

Viktoria erkundigte sich, warum sie das nicht wolle – es sei doch der schönste Tag im Leben, und da sollte die Braut in einem wundervollen Kleid vor dem Traualtar stehen.

Ira grummelte etwas, das die anderen nicht verstanden.

»Was hast du gesagt?«, hakte Peter nach.

Die Journalistin wiederholte ihr Gegrummel etwas lauter: »Ich kann meine selbstgestrickten Socken nicht zu einem Brautkleid anziehen.«

Die Runde brach in schallendes Gelächter aus.

»Außerdem hasse ich Feinstrumpfhosen!«, schob sie nach. »Und hohe Schuhe gehen schon mal gar nicht.«

»Du bist unmöglich«, japste Peter immer noch lachend.

»Du brauchst mich ja nicht zu heiraten«, schoss Ira dagegen.

»Ich will aber – und du hast Ja gesagt!«, erinnerte sie der Kommissar.

»Eigentlich gilt das nicht. Ich hab' kurz zuvor einen Schlag auf den Kopf bekommen«, überlegte Ira laut.

In ihrem Kopf spulten sich die Ereignisse im Keller des Schlosses ab, in dem sie vor einigen Monaten von einem Verrückten verletzt und gefangen gehalten worden war. Später, nach ihrer Rettung in letzter Sekunde durch Peter, hatte sie ihm noch im Krankenwagen das Jawort gegeben.

Ira dachte daran, dass er ihr einige Zeit später einen Ring in eine Apfeltasche geschmuggelt hatte, die er ihr im Böbinger Bürgerpark gegeben hatte. Und damals hatte sie – nachdem sie den Ring fast verschluckt hatte – ihre Zustimmung zur Heirat wiederholt. Obwohl sie lange bekennender Single war und vom Heiraten nichts hielt.

Wieder zurück in der Gegenwart, richtete sich Ira auf ihrem Stuhl auf und verkündete feierlich und kurz entschlossen: »Überredet. Wir gehen am Samstag ein Brautkleid kaufen.«

Viktoria und Peter jubelten gleichzeitig: »Geht doch!«

In der Nacht wälzte sich die Journalistin im Bett von einer Seite auf die andere. Sie träumte, wie sie in einer großen Umkleidekabine stand und sich verzweifelt im Spiegel betrachtete. Sie trug ein üppiges Brautkleid mit vielen Spitzen und einem Tüllrock, der an ein Sahnebaiser erinnerte. Ira raffte den Rock hoch und hatte Mühe, ob des Volumens überhaupt ihre Fußspitzen zu sehen. Ihre Füße steckten in weißen, spitzen Pumps. Über deren Ränder quollen gelb-orange-grün geringelte Wollsocken wie der süße Brei aus dem Märchen über den Topfrand. Die Socken hörten gar nicht mehr auf zu quellen und flossen über die zierlichen Schuhe.

Hinter Ira stand die Dame des Hauses, die ihr beim Ankleiden geholfen hatte. Diese forderte sie brüsk auf: »Die Socken müssen Sie schon ausziehen!«

Zornig schrie Ira: »Nein, nein, nein!«

Sie erwachte, als Peter sie kräftig rüttelte. »Ira, du hast einen Albtraum, wach auf!«

Schweißgebadet lag die Journalistin da und öffnete die Augen. »Was ist los?«, fragte sie.

»Du hast die ganze Zeit ›nein‹ gerufen. Was hast du nur geträumt?«, wollte Peter besorgt wissen.

Die Journalistin war noch ganz benommen, aber froh, dass sie in ihrem Bett und nicht in einer Umkleidekabine war.

»Alles gut, schlaf weiter«, lächelte sie Peter an. »Man träumt halt manchmal einen Quark zusammen.«

Dann kuschelte sie sich eng an den Kommissar und war schon wieder auf dem Weg ins Land der Träume.

Peter umschlang sie mit einem Arm und drückte sie an sich. »Mein armes Mausi«, flüsterte er und küsste sie auf die schweißnasse Stirn.

Ira nuschelte kaum hörbar: »Das hab' ich gehört.« Und schlief augenblicklich ein.

Peter grinste und folgte ihr in Sekundenschnelle in den Schlaf.

Wenig später drang nur noch Schnarchen aus dem Schlafzimmer – das lautere von Ira. Während Peter wohl eher dürres Buschwerk absägte, schuftete sie mit hörbar stumpfer Säge an einem dicken Ast samt Astloch herum.

Kapitel 3

Während Ira und Peter in Heckenbach friedlich vor sich hin schlummerten, lag Emily rund 570 Kilometer entfernt in Potsdam wach in ihrem Bett. Ihr Gesicht ruhte auf einem Kissen, das von den vielen Tränen, die sie vergossen hatte, durchtränkt war.

Natürlich war ihrem Gatten Julius ihre schlechte Verfassung nicht aufgefallen. Er war pfeifend in seinem Pyjama ins Badezimmer gegangen, hatte sich die Zähne geputzt und lautstark gegurgelt, um es sich dann wenige Minuten später im Bett neben Emily gemütlich zu machen. Wie immer hatte es nur wenige Sekunden gedauert, bis er eingeschlafen war.

Sie lauschte seinen regelmäßigen Atemzügen und bemitleidete sich selbst. »Wie konnte ich nur all die Jahre so blind sein? Ich hab' mir selbst was vorgemacht!«, schalt sie sich.

Aus der Potsdamer Villa war ein goldener Käfig, ein Elfenbeinturm geworden. Sie war darin viele Jahre lang gefangen gewesen. Allerdings freiwillig. Hatte sie sich doch in einen jungen, smarten Arzt verliebt – der sich im Laufe der Jahre zum arroganten Chefarzt entwickelt hatte. Aus ihrer Liebe war längst Gleichgültigkeit geworden. Und während sich Emily um seine kranke Mutter gekümmert hatte, war er die ganze Zeit über munter seinen eigenen Weg gegangen. Direkt in die Arme einer Geliebten.

»Gott, war ich blöd«, ging es ihr durch den Kopf. Plötzlich verhärtete sich ihr Gesichtsausdruck. »Aber jetzt ist Schluss. Es wird Zeit, dass die alte Emily zurückkommt. Die kesse Journalistin, nicht die Frau an der Seite des Chefarztes, nicht nur schmückendes Beiwerk. Selbstmitleid hat noch nie was gebracht – ich muss jetzt was tun!«

Emily schlug resolut die Bettdecke zurück und setzte sich auf. Dabei fiel ihr Blick auf das Fotoalbum, das sie am Nachmittag wiedergefunden hatte. Sie lächelte, stand auf, streifte sich im Gehen ihr zartes Negligé über und holte sich das Fotoalbum von der Kommode. Auf Zehenspitzen schlich sie sich aus dem Schlafzimmer und tapste geräuschlos in die Bibliothek der ehrwürdigen Stadtvilla.

Die Bibliothek war immer schon ihr Lieblingsraum gewesen. Die hohen Regale, bestückt mit Literatur bis unter die Decke, hatten für sie etwas Heimeliges. Als Bücherwurm verkroch sie sich gerne hier und schmökerte stundenlang. Im Bett konnte sie ja nicht lesen. Der werte Gatte verlangte stets nach höchstens fünf Minuten, dass das Licht ausgemacht wurde. Zudem klärte er sie regelmäßig über Schlafhygiene auf. Was bedeutete, dass Lesen im Bett tabu war. Und dieser Regel hatte sie sich – wie schon so oft – gefügt.

Und so war die Bibliothek zu ihrem persönlichen Refugium geworden. Hier konnte sie entspannen, schmökern, sich mit Reiseliteratur in ferne Länder träumen. Sich einfach aus dem Alltag weglesen.

Dass es kurz vor Mitternacht war, scherte Emily nicht. Sie ließ sich in den alten, brokatbesetzten Ohrensessel fallen. Den hatte sie nach ihrem Einzug bei einem ihrer Streifzüge durchs Haus auf dem Dachboden gefunden. Er stammte noch vom Erbauer der Villa, Julius' Großvater. Der Gatte hatte damals nur den Kopf geschüttelt, als sie den alten Sessel hinunter in die Bibliothek gehievt hatte. Er bezeichnete den Fauteuil als »grottenhässlich«. Aber Emily liebte das antike Sitzmöbel dafür umso mehr.

Selbstverständlich war Julius ihr bei der Trageaktion nicht zur Hand gegangen. »Chirurgen müssen auf ihre Finger achten«, war stets sein Argument, wenn er etwas Schweres tragen sollte.

Sie knipste die kleine Leselampe auf dem Holztischchen mit Intarsien an, zog die Beine hoch auf den Sitz und schlug das Album auf. Wie immer, wenn sie sich in den alten Ohrensessel kuschelte, fühlte sie sich geborgen und beschützt.

Langsam blätterte sie Seite für Seite um. Und tauchte dabei in die Vergangenheit ein, in ihre Zeit als junge Erwachsene in Stuttgart.

Emily vergaß Zeit und Raum. Ihr früheres Leben spulte sich wie ein Film in ihrem Kopf ab. Sie erinnerte sich an zahlreiche Unternehmungen und Aktionen, die sie gemeinsam mit Ira erlebt hatte. Ihrer liebsten Kollegin in der Redaktion.

Ja, sie waren damals unzertrennlich gewesen. Hatte die eine einen Anpfiff vom Chefredakteur erhalten, heiterte sie die andere wieder auf. Sie unterstützten sich gegenseitig bei Recherchen, gingen oft gemeinsam auf Abendtermine, wenn es die Zeit zuließ. Ausstellungen, Konzerte, Soiréen – sie genossen das kulturelle Angebot in der schwäbischen Landeshauptstadt. Und hinterher hatten sie immer genug Gesprächsstoff. Je nach Gusto fiel dann der jeweilige Artikel aus. Es war eine herrliche Zeit gewesen. Sie waren beide jung und voller Tatendrang gewesen. Und, ohne Zweifel, auch frech. Und, was das Wichtigste war: beste Freundinnen.

»Vor allem waren wir jung und neugierig. Jetzt bin zumindest ich alt und abgestumpft«, dachte Emily verbittert.

Zwanzig Jahre war es nun her, dass sie mit Sack und Pack dem Mann gefolgt war, den sie damals geliebt hatte. Und Stuttgart mitsamt ihrer besten Freundin Ira hinter sich gelassen hatte. In Nullkommanichts war die Verbindung damals abgebrochen. Nicht zuletzt, weil Ira mehrfach misstrauisch hinterfragt hatte, ob der Weggang wirklich ihr Ernst sei. Ob es dieser Mann wirklich wert sei, im Ländle alles aufzugeben. Ira hatte nie einen Hehl daraus gemacht, dass sie Julius nicht leiden konnte. Emily selbst hatte angenommen, dass Ira einfach eifersüchtig auf diesen Kerl war, der die Freundin nach Potsdam entführte. Viele »liebevolle« Spitznamen hatte Ira für Julius bereitgehalten. Die reichten von »arroganter Schnösel« über »Lackaffe« bis zu »selbstgerechter Snob« und »Macho«. Immer wieder hatte die Freundin sie vor ihm gewarnt.

»Aber ich wollte nicht hören«, seufzte Emily. Im Gegenteil, damals war ihre Wut auf Ira immer weiter angewachsen. Und als sie schließlich nach Potsdam umgezogen war, hatte sie ihre Stuttgarter Vergangenheit inklusive Ira hinter sich gelassen.

Keine Frage, Emily hatte sich von Julius' Charme einspinnen lassen. Die pompöse Stadtvilla und seine schicke Nobelkarosse hatten ihr Übriges getan. Emily war immer schon etwas »vornehmer« gewesen als Ira. Die war ihren selbstgestrickten Socken immer treu geblieben. Und die Männerhemden und -jacken, die sie zu gerne trug, waren für Emily stets ein Ding der Unmöglichkeit gewesen. Da prallte auch Iras Argument, dass Männerjacken mit mehr Innentaschen für Block, Kuli, Schlüssel und Geldbeutel ausgestattet waren, an ihr ab. Emily setzte lieber auf schmucke, exklusive Handtaschen. Darin konnte sie schließlich auch alles Mögliche unterbringen. Im Kleidungsstil hatten sich die beiden Journalistinnen grundlegend unterschieden. Nicht aber beim Scharfsinn und beim Humor. Der nicht selten sarkastische Züge angenommen hatte.

»Ach Ira, was du jetzt wohl machst?«, seufzte es aus dem Ohrensessel in der Bibliothek. »Könnte ich dir doch nur sagen, wie recht du damals hattest. Ich war wohl blind vor Liebe«, flüsterte Emily traurig vor sich hin.

Mit hängenden Schultern saß sie zusammengesunken in dem überdimensionalen Sessel und wirkte so zart und verletzlich wie eine Elfe. Mit dem Zeigefinger strich Emily über Iras Gesicht, das ihr von einem Foto entgegenlächelte.

»Ich war so dumm«, sagte sie dabei laut in den großen dunklen Raum hinein, dessen einzige Lichtquelle die kleine Leselampe war.

Sie klappte das Album zu und drückte es gegen die Brust. »Ira, kannst du mich hier rausholen? Mich befreien aus dem Leben, das für mich kein Leben mehr ist?«, sagte Emily vor sich hin und dachte dabei fest an die Freundin. Dann schmiegte sie sich an die Rückenlehne des Ohrensessels und schloss die Augen. Wenig später war sie eingeschlafen.

Im Traum winkte ihr Ira zu und lächelte. »Komm zu mir …«, rief sie ihr entgegen und streckte beide Arme einladend aus. »Wir haben schon lange nicht mehr getanzt!«

Kurz zuvor war Ira in ihrem Bett in Heckenbach hochgeschreckt. Sie hatte einen fürchterlichen Albtraum gehabt. Sie hatte versucht, ihre alte Freundin Emily zu retten. Sie waren in einer Moorlandschaft unterwegs gewesen, als plötzlich der Boden unter Emilys Füßen nachgegeben und sie erbarmungslos in die Tiefe gezogen hatte. Bis nur noch ihr Kopf und eine Hand aus dem Morast herausgeragt hatten. Ira hatte die Freundin immer wieder gewarnt, nicht vom Weg abzukommen, doch die Freundin hatte sie als Angsthasen beschimpft und war absichtlich ins Moor gelaufen.

»Ira, hilf mir doch«, hatte sie ihr verzweifelt entgegengerufen.

Ira hatte sich vorsichtig ins Gelände begeben und alles getan, um die Freundin aus dem Moor herauszuziehen. Aber es war nicht einfach gewesen, da sie nur die eine Hand umklammern konnte. Das Moor wurde zum Gegner, der an der anderen Seite zerrte, um die Freundin komplett in die Unterwelt zu ziehen. Ira hatte sich nach Kräften abgemüht und in die verzweifelten Augen von Emily geblickt. Was sie nicht verstanden hatte, war, dass sie selbst festen Boden unter den Füßen hatte, Emily aber eingesunken war – kaum einen Meter von ihr entfernt … Dann war sie aufgewacht.

»Mein Gott, Emily. Wie lange haben wir uns nicht mehr gesehen? Das müssen ja rund zwanzig Jahre sein«, überlegte Ira. »Warum träum' ich denn so etwas Schreckliches? Geht es dir nicht gut?« Sie setzte sich auf und fuhr mit den Fingern durch ihre vom Schlaf zerwühlten Haare, die in alle Himmelsrichtungen standen.

Sie erinnerte sich, dass Emily und sie sich sicher gewesen waren, dass sie durch ein unsichtbares Band mental miteinander verbunden waren. Nicht selten dachten sie beide dasselbe, wie sich immer wieder im Nachhinein herausgestellt hatte. Und auch wenn sie kilometerweise getrennt waren, zum Beispiel auf unterschiedlichen Terminen, trafen sich oft ihre Gedanken. Es war schon vorgekommen, dass sie sich hinterher, als hätten sie sich vorher abgesprochen, in einem bestimmten Café getroffen hatten.

»Wir sind eben wie Aborigines im australischen Outback. Wir kommunizieren in Gedanken. Es lebe die Telepathie!«, hatte Ira einmal feierlich festgestellt. Und Emily hatte ihr nicht widersprochen. Sie waren Schwestern im Geiste gewesen.

Ira konzentrierte sich. »Emily, wenn du Probleme hast, melde dich bei mir. Ich werde da sein«, formulierte die Journalistin in Gedanken und dachte dabei fest an die einstige Freundin.

Wenn sie in diesem Moment jemand beobachtet hätte, hätte derjenige den Kopf geschüttelt. Er hätte sich wahrscheinlich mit dem Finger gegen die Stirn getippt und so etwas wie »Spinnerin« gesagt. Doch der Journalistin war es ernst.

»Emily ist in Schwierigkeiten«, war sich Ira sicher. »Ich muss mit ihr Kontakt aufnehmen. Gleich morgen«, nahm sie sich vor – obwohl sie wusste, dass sie die damalige Adresse der Freundin verschlampt hatte. »Zu was bin ich Journalistin? Ich werde sie schon finden.« Mit einem Blick auf den schlafenden Kommissar neben sich grinste sie. »Und wozu bin ich mit einem Polizisten zusammen? Selbst wenn ich es nicht schaffe

– er kriegt ihre Adresse raus!« Mit dieser Gewissheit ließ sie sich zufrieden zurückfallen.

»Emily weiß nicht, wo ich wohne. Sie denkt wahrscheinlich, dass ich immer noch in Stuttgart bin«, ging es Ira durch den Kopf. Aber sie war ja vor vielen Jahren in den Ostalbkreis nach Heckenbach umgezogen, um als freie Journalistin zu arbeiten. Die Großraumredaktion in der Landeshauptstadt war einfach nicht mehr ihr Ding gewesen. Ebenso wenig wie ihr damaliger, treuloser Freund. Und so war sie aufs Land gezogen, wo sie sich pudelwohl fühlte.

»Ich muss Emily finden. Und ich werde sie finden«, waren ihre letzten Gedanken, bevor sie wieder einschlummerte. Im Traum streckte sie Emily lachend die Arme entgegen und forderte sie zum Tanz auf …

Kapitel 4

Emily erwachte am frühen Morgen in ihrem Ohrensessel, immer noch in der gleichen Körperhaltung wie beim Einschlafen. Herzhaft gähnend streckte sie alle Viere von sich.

»Mann, mir tut alles weh«, seufzte sie, und rieb sich den schmerzenden Rücken. »Im Bett ist es halt doch gemütlicher.«

Auf ihrem Schoß lag das Fotoalbum. Sie betrachtete es und ein Lächeln huschte über ihr Gesicht. »Jetzt habe ich eine Mission: Ira finden.«

Mit diesem Gedanken erhob sie sich. Begleitet vom Vogelgezwitscher im Garten schlenderte sie langsam ins Bad. Das Fotoalbum nahm sie mit.

Im Bad angekommen, legte sie das Buch auf den Fenstersims. Sie wollte es nicht mehr aus den Augen verlieren, um nie wieder in die Lethargie zurückzufallen, in der sie sich noch am Tag vorher befunden hatte. Dann schlüpfte Emily aus ihrem Negligé und verschwand unter der Dusche.

Chefarzt Julius Kotten schlummerte währenddessen noch tief und fest wie ein Baby im Ehebett. Doch das Wassergeplätscher aus dem Bad weckte ihn. Verwundert blickte er neben sich, auf die leere Betthälfte.

»Nanu, was macht denn Emily so früh schon auf?«, staunte er. Sein Blick fiel auf den Wecker. Es war gerade mal halb sechs. »Ist die aus dem Bett gefallen?« Ihm war nicht aufgefallen, dass sich seine Frau bereits nachts davongeschlichen hatte. Er gähnte und kuschelte sich wieder in die Decke. Er musste erst um halb sieben aufstehen. Keine Minute später war er wieder eingeschlafen und träumte von seiner neuesten Eroberung. Die neue Krankenpflegerin hatte wirklich Pfeffer im Hintern.

Als Emily im Bad fertig war und wieder ins Schlafzimmer kam, um sich anzukleiden, hörte sie, wie der werte Gatte im Traum leise »Gabi, jaaa« stöhnte.

Sie trat zu ihm ans Bett und beobachtete ihn. Julius hatte wohl einen erotischen Traum, denn immer wieder kam ein wollüstiges Stöhnen über seine Lippen.

»So, so, Gabi heißt sie. Gut zu wissen«, dachte die Betrogene. Und wunderte sich dabei selbst, wie kalt sie das ließ. Tja, es war wohl etwas Wahres dran, dass Liebe auch schnell in Gleichgültigkeit oder Hass umschlagen konnte. In ihr stieg Groll hoch – keine Spur mehr von Selbstmitleid wie am Abend zuvor.

Kalt kündigte sie dem Schlafenden laut an: »Du wirst dich noch wundern, mein lieber Herr Gemahl.« Verbittert dachte sie an die letzten Worte der Schwiegermutter. »Du hast mich all die Jahre angelogen und mir mein Leben geraubt. Das hol' ich mir jetzt zurück«, versprach sie sich selbst. Und sie war keine Frau, die ihren Worten nicht Taten folgen lassen würde.

Ihr nichtsahnender Ehemann drehte sich auf die andere Seite und stöhnte bettelnd: »Gabi, bitte, saug' noch fester.«

Emilys Blick haftete auf ihm. »Ach, ihr gibst du also auch klare Anweisungen«, stellte sie verächtlich fest.

Dann drehte sie sich um und ging zum Schrank. Es wurde Zeit, dass sie sich anzog und mit der Recherche nach Iras Adresse und Telefonnummer begann.

»Ich will keine Zeit mehr verlieren«, trieb sich Emily selbst an. Und verwandelte sich plötzlich wieder in die selbstbewusste Journalistin, die sie in ihrem früheren Leben gewesen war. Beim Anziehen fiel ihr Blick in den Spiegel. Ein funkelndes Augenpaar blickte ihr wild entschlossen entgegen. Offensichtlich hatte sie die Chefarztgattin vorhin im Bad mitsamt dem Negligé abgestreift.

Kapitel 5

»Emily?« Peter blickte Ira fragend an. »Von der hast du mir noch nie was erzählt.« Er schüttelte den Kopf.

Ira grinste und konterte: »Du musst ja auch nicht alles aus meinem Leben wissen, mein Schatz.«

Ira war bereits am frühen Morgen an ihren Computer gegangen. Sie wollte Emilys Adresse und vor allem ihre Telefonnummer herausbekommen. Und gerade als sie sich eingestanden hatte, dass sie partout nicht mehr auf deren neuen Nachnamen kommen würde, war Peter neben ihr aufgetaucht. Sie hatte ihm erzählt, dass sie auf der Suche nach der Freundin aus jungen Jahren war.

»Und jetzt komm' ich nicht mehr auf den Namen, den sie von ihrem Gatten angenommen hat. Diesem Lackaffen«, schob sie nach.

»Soll ich dir behilflich sein auf dem kleinen Dienstweg?«, erkundigte sich der Kommissar zwinkernd. Für ihn würde es ein Leichtes sein, diese Dame namens Emily zu finden. Wozu war er denn Herr über den Polizeicomputer!

Doch Ira wehrte ab. »Nein, nein, das werde ich selbst herausfinden!« Die Journalistin war viel zu stolz, um das Angebot anzunehmen. »Schließlich bin ich Journalistin!« Sie warf sich in die Brust.

Peter musste grinsen angesichts ihres ernsten Gesichtsausdrucks. »Du bist einfach ein ganz süßes Mausi«, sagte er, während er ihr einen Kuss auf die Wange drückte. Dabei achtete er darauf, ihre Oberarme zu fixieren. Schließlich konnte es passieren, dass seine Holde bei dem Kosenamen »Mausi« wild um sich schlug.

Aber Ira ließ ihn gewähren. Sie hatte ohnehin nur mit einem Ohr zugehört. Sie grübelte nämlich immer noch intensiv über Emilys neuen Nachnamen nach.

Nachdenklich musterte Peter seine künftige Braut. »Es muss dir aber sehr wichtig sein, sie zu finden. Warum so plötzlich nach dieser langen Zeit?«, fragte er.

»Weil sie meine Hilfe braucht«, antwortete Ira geistesabwesend.

Der Kommissar wurde hellwach. »Woher weißt du das?«

Ira wandte ihm das Gesicht zu und sagte todernst: »Aus meinem Traum.«

Peter brach in schallendes Gelächter aus. »Aus einem Traum?«, gluckste er. »Ist das dein Ernst?«

Die Journalistin blickte ihn abschätzend an und orakelte: »Es gibt vieles zwischen Himmel und Erde, das dir verborgen ist.«

Der Kommissar wollte weiterlachen, konnte es sich aber gerade noch verkneifen. Iras ernster Gesichtsausdruck hatte ihn gewarnt. Stattdessen zuckte er nur etwas verlegen die Achseln hoch und bemerkte: »Mein Angebot steht – wenn ich dir helfen kann …«

Dann drehte er sich um und ging in die Diele. Es war Zeit, dass er sich auf den Weg ins Polizeirevier nach Schwäbisch Gmünd aufmachte.

Ira hatte sich vom Schreibtisch erhoben und war ihm gefolgt. »Ich wünsche dir viel Erfolg auf der Jagd nach den bösen Jungs und Mädels«, sagte sie und gab ihm einen Kuss.

»Und ich dir viel Glück auf der Suche nach der Adresse«, antwortete er und erwiderte den Kuss. Dann verließ er das Haus und Ira ging zurück zum Computer.

»So, Emily, lass mich dich finden«, plapperte sie vor sich hin. Sie tippte in die Suchmaschine nacheinander »Potsdam«, Klinikum«, »Julius« und »Emily« sowie »Golf« ein. Dann klickte sie auf »Bilder« und durchforstete die zahlreichen Fotos.

Sie wusste schließlich, dass Emilys Gatte Arzt war. Und so ehrgeizig, wie er vor zwanzig Jahren gewesen war, würde er jetzt mit Sicherheit irgendwo Chefarzt sein, mutmaßte sie. Vielleicht war er in der Gegend von Potsdam angestellt, denn seine Familie kam schließlich von dort. Und mit Sicherheit würde er auch noch Golf spielen. Und Emily, so nobel wie sie damals schon gewesen war, würde mit Sicherheit zur Charity-Lady avanciert sein. »Mit vielen Kindern, denn das hat sie sich immer gewünscht«, überlegte Ira. Sie erinnerte sich noch daran, dass die Familie von Julius alteingesessen war und viel Einfluss in der Gesellschaft gehabt hatte.

Die Suchmaschine spuckte viele Fotos aus – zu viele. Sie zu durchforsten war anstrengend, denn Ira musste schließlich ganz genau hinschauen. Die Menschen veränderten sich ja im Laufe der Zeit. Und Ira hatte Emily vor rund zwanzig Jahren zuletzt gesehen. Ihr Blick haftete auf dem Monitor und sie ging Bild für Bild durch.

»Ich brauche einen Kaffee«, stellte die Journalistin nach einer Weile fest. Sie rieb sich die Augen. »Oder womöglich bald eine Brille?«, überlegte sie, während sie in die Küche ging.

Flugs entnahm sie der Kaffeemaschine das gebrauchte Pad und warf es über die Schulter. Wie (fast) immer landete es im Spülbecken. Ira bestückte die Maschine mit einem frischen Pad, füllte frisches Wasser in den Tank ein, stellte einen Becher unter den Ausgießer und startete den Kaffeeautomaten. Während der lustig vor sich hingurgelte und der Becher sich langsam mit der köstlich duftenden Flüssigkeit füllte, hing sie ihren Gedanken nach.

Da hörte sie, wie das Lied »Cotton Eye Joe« im Radio gespielt wurde. Sie schlug den Rhythmus mit den Händen auf der Küchentheke mit. Sie mochte das schwungvolle Gute-Laune-Lied.

Schließlich war der Kaffee fertig und sie griff sich den Becher. Halb tanzend – allerdings vorsichtig, damit sie die Flüssigkeit im Becher nicht zu sehr in Aufruhr brachte – ging Ira wieder zurück zum Computer. Sie setzte sich und nahm genießerisch den ersten Schluck. »Mmmh ...«

Die Journalistin stellte den Becher ab und wollte die Fotos weiter durchforsten. Das Lied war fast zu Ende und die Band sang die letzten drei Worte: »Cotton Eye Joe«. In diesem Moment ging Ira ein Licht auf.

Triumphierend rief sie: »Natürlich. Jetzt weiß ich es wieder. Er hieß Julius Kotten – also heißt Emily auch Kotten!«

Sie ließ ihre Finger flott über die Tastatur rasen, gab »Emily Kotten« ein – und hatte sogleich mehrere Treffer. Emily Kotten im Golfclub, Emily Kotten bei einer Vernissage, Emily Kotten als Spenderin auf der Kinderstation des Krankenhauses ...

»Juhu, gefunden«, freute sich die Journalistin laut und betrachtete die Fotos genauer. »Mein Gott, schmal bist du geworden. Aber nicht wirklich älter. Dafür irgendwie farblos, auch wenn du teure Klamotten trägst«, kommentierte Ira Emilys Aussehen auf den Bildern. »Und irgendwie immer mit traurigem Blick«, schloss sie nach eingehender Betrachtung der Bilder.

Ira war aufgefallen, dass Emily stets an der Seite von Julius abgelichtet worden war. »Sie ist zum hübschen Beiwerk geworden«, dachte die Journalistin. Und während Julius Kotten trotz seiner jetzt wohl fünfzig Jahre immer noch jugendlich charmant in die Kamera grinste, wirkte Emily abwesend, fast schüchtern. Wie eine graue Maus. Trotz farbenfroher Designerklamotten.

»Mädchen, was ist aus dir geworden?«, fragte Ira traurig in den Raum hinein. »Nun, das werde ich schon rausfinden.«

Sie machte sich daran, Emilys Adresse und Telefonnummer zu recherchieren. Noch motivierter als zuvor, denn der Anblick ihrer ehemaligen Freundin, so dünn und blass, hatte ihr einen Stich ins Herz gegeben. Zwar trennten sie viele Kilometer und sie hatten sich seit vielen Jahren nicht mehr gesehen, aber Ira spürte das Band zwischen ihnen beiden. »Du brauchst jetzt meine Unterstützung. Und ich werde für dich da sein«, versprach sie leise.

»Was machst du denn da?«, erkundigte sich Julius bass erstaunt bei seiner Frau. Er tat so, als habe Emily gerade das Ei des Kolumbus gefunden. Dabei hatte sie lediglich ihren Laptop vor sich auf dem Tisch stehen.

»Ich suche etwas«, gab die Gefragte ruhig zur Antwort.

Doch der Chefarzt ließ nicht locker. »Hast du heute nicht einen Termin beim Bestatter? Es gibt so viel zu tun für die Beerdigung. Du musst ja Zeit haben«, raunzte er. Seine schlechte Laune lag darin begründet, dass Emily ihm nicht sein Müsli auf den Tisch gestellt hatte. Auch sonst war der Frühstückstisch nicht gedeckt gewesen. Stattdessen klebte sie am Laptop.

Emily blickte kurz hoch. »Der Termin beim Bestatter war gestern«, antwortete sie. Und in Gedanken fügte sie gehässig hinzu: »Während du mit deiner Gabi im Bett warst …« Laut informierte sie ihn, dass die Beerdigung am kommenden Freitag um 15 Uhr stattfinden würde.

Julius ging in die Küche und holte sich Kaffee. »Wenigstens Kaffee hast du gemacht, wunderbar«, sagte er.

Sie tat, als hätte sie ihn nicht gehört. Darin war sie geübt. Sie hatte längst keine Lust mehr, seine Launen auszubaden, und schaltete dann stets auf Durchzug.

Er brabbelte noch einiges in seinen Bart, während er zurück ins Esszimmer kam. » … und denk an meinen Boss-Anzug. Und das weiße Hemd mit den feinen schwarzen Streifen. Ich muss nach was aussehen auf dem Kongress …«

Bei dem Wort Kongress merkte Emily auf. »Was für ein Kongress?«, wunderte sie sich.

»Na, ab Samstag, der Ärzte-Kongress in Stuttgart. Hab' ich dir doch vor zwei Tagen gesagt«, erwiderte er verärgert. »Hast du wieder nicht zugehört?«, maßregelte er sie.

»Vor zwei Tagen ist deine Mutter gestorben. Schon vergessen?«, wurde Emily jetzt etwas lauter. »Wir haben nicht über einen Kongress gesprochen!«

Julius legte die Stirn in Falten. »Okay, dann hab' ich es wegen dieser Turbulenzen vergessen. Also, am Samstag bin ich in Stuttgart. Rückkehr am Montag, nachts. Und dafür brauch' ich die Klamotten. Kümmere dich bitte darum, du hast eh nichts zu tun. Gut, dass die Beerdigung am Freitag ist. Den Kongress darf ich nicht verpassen«, schloss er. Er trank seine Tasse leer, stellte sie ab und verschwand in Richtung Schlafzimmer.

Emily war fassungslos. Hatte er gerade den Tod seiner Mutter als »Turbulenz« bezeichnet? Wie gefühlskalt konnte man sein?

Julius riss sie aus ihren Gedanken, denn er rief aus dem Schlafzimmer: »Wenn du was am PC brauchst, lass das meine Sekretärin machen. Die kennt sich aus.« Dieser Satz hörte sich nicht wie ein Vorschlag, sondern wie eine Anweisung an.

Emily platzte der Kragen. Zornig hakte sie nach: »Meinst du die Sekretärin, mit der du was hattest?«

Das Gesicht von Julius erschien im Türrahmen. »Was soll das jetzt? Das sind olle Kamellen. Damals war ich unter Druck und du mit meiner Mutter beschäftigt. Wir haben das ad acta gelegt.«

Seine Frau blickte ihn wütend an. »Ad acta? Du vielleicht, ich nicht!«

Der Chefarzt war kurz davor zu explodieren. »Ich habe jetzt gleich eine anstrengende OP und du wärmst alte Sachen auf. Lass mich damit in Ruhe. Übrigens, darf ich dran erinnern, dass Madame damals keine Lust aufs Bett hatte? Du musstest meine Mutter ja auch noch zur Kur begleiten. Krebs hat doch heute fast jeder irgendwie. Aber nein, du musstest bei Mama auch noch Händchen halten. Ich hab' dir oft gesagt, dass du dich nicht wundern brauchst, dass wir keine Kinder haben. Muss ich dich erst aufklären über den weiblichen Zyklus? Oder dass man miteinander schlafen muss, damit die Frau schwanger wird?« Mit diesen Worten verließ er türenknallend das Haus.

Emily blieb wie betäubt zurück. Ihr schossen die Tränen in die Augen. Gut zehn Minuten heulte sie sich fast die Augen aus dem Kopf. Zu viel hatte sich aufgestaut. Jetzt musste alles raus.

Plötzlich stand sie so abrupt von ihrem Stuhl auf, dass dieser nach hinten kippte. Was auf dem Parkettboden einen lauten Knall erzeugte. Emilys Augen glühten. Energisch wischte sie sich die letzten Tränen aus dem Gesicht und schrie, wie sie noch nie geschrien hatte. Ihr Schrei hallte durchs ganze Haus. Er klang nicht menschlich.

Vor lauter Schreck fiel ihrem Nachbarn die Rosenzange aus der Hand. Damit hatte er gerade die Blumen in Form gebracht, als der Schrei von nebenan ihn zusammenzucken ließ.

»War das Frau Kotten? Ihr Mann, der Herr Chefarzt, ist doch gerade erst zur Arbeit gefahren. Ist ihr was passiert?«, schoss es ihm durch den Kopf. Ohne zu zögern rannte er hinüber zu seinen Nachbarn und klingelte. Sein Herz pochte wie wild.

Schließlich wurde die Tür geöffnet und Emily stand vor ihm.

»Frau Kotten, ist Ihnen etwas passiert? Ich hab' mich so erschrocken, Sie haben so laut geschrien«, stammelte der Nachbar und drehte dabei seinen Strohhut verlegen in den Händen.

»Nein, nein, alles in Ordnung. Ich musste gerade über den Tod meiner Schwiegermutter weinen und da ist mir eine Vase entglitten. Entschuldigen Sie bitte den Lärm«, erklärte Emily nüchtern. Dann lächelte sie den verblüfften Nachbarn an. »Aber herzlichen Dank, dass Sie sich erkundigt haben. Schön, wenn man so aufmerksame Nachbarn hat.«

Bevor der Mann etwas erwidern konnte, hatte sie mit einem leichten Kopfnicken und einem gehauchten »schönen Tag noch« die Tür wieder leise verschlossen.

Der Nachbar entfernte sich langsam und ging auf sein Grundstück zurück. Sein Blick war finster. »Der Herr Chefarzt weiß gar nicht, was für eine liebe und höfliche Gattin er hat. Stattdessen bringt er jede Woche eine andere junge Frau mit, während Frau Kotten mit ihrer Schwiegermutter bei der Dialyse ist. Aber jetzt ist die Schwiegermutter tot, was wird jetzt wohl werden?«, ging es ihm durch den Kopf.

Dabei blickte er zur Nachbarvilla und sah Emily am Fenster des runden Erkers stehen. Als sie seinen Blick bemerkte, winkte sie lächelnd zu ihm herunter. »So eine liebe Frau. Die lässt sich einfach alles gefallen«, bedauerte er flüsternd und erwiderte den Gruß.

Wie er sich doch täuschen sollte.

Kapitel 6

»Also, was weiß ich über Ira?«, überlegte Emily, während sie sich wieder vor den Laptop setzte.

Kurz vor dem unerfreulichen Gespräch mit Julius hatte sie herausgefunden, dass Ira mittlerweile nicht mehr in Stuttgart arbeitete. Dafür hatte die Arztgattin jede Menge Artikel von Ira auf diversen Homepages von Firmen und Gemeinden gesehen. Diese befanden sich alle im Remstal, in Heidenheim oder Göppingen. Sogar einen Text über Limpurger Rinder aus dem Bereich Schwäbischer Wald und Schwäbisch Hall hatte sie entdeckt.

»Na, Ira rast jetzt wohl übers Land, nicht mehr durch Stuttgart«, schloss Emily daraus. Was wohl zu bedeuten hatte, dass sie auch nicht mehr in der Landeshauptstadt wohnte. »Aber ich bin mir sicher, dass sie nicht geheiratet hat. Sie heißt ja immer noch Sander«, mutmaßte Emily laut. Überhaupt redete sie die ganze Zeit vor sich hin.

Immer wieder stieß sie im Internet auf Begriffe wie »freie Mitarbeiterin« oder »freie Journalistin«, wenn sie »Ira Sander« in die Suchmaschine eingab. Ihr fiel wieder ein, dass die Freundin sich nicht wohl gefühlt hatte als Redaktionsmitglied. Sie hatte immer wieder angekündigt: »Wenn ich groß bin, werde ich freie Mitarbeiterin.«

Plötzlich wurde es Emily schwer ums Herz. Sie war sich angesichts ihrer Recherchen sicher, dass Ira ihre damalige Ankündigung wahr gemacht hatte. »Sie hat bestimmt ihre sieben Sachen gepackt und ist weggezogen aus Stuttgart.« Emily seufzte und sagte laut: »Und was hab' ich in der Zeit gemacht? Mich zurückentwickelt. Aus der selbstbestimmten Redakteurin ist ein stilles Hausweibchen geworden, das die Anzüge des Gatten aus der Reinigung holt.«

Selbstmitleid überkam sie und wieder kullerten Tränen über ihr Gesicht. Sie war zur Dame der höheren Gesellschaft avanciert. Und damit genauso bedeutungslos geworden wie die anderen dummen Gänse, die im Country Club nach dem Golflehrer lechzten. »Was ist nur aus mir geworden? Wie konnte ich das zulassen?«

Emily seufzte, griff zu einem Stift und notierte auf einem Stück Papier die unterschiedlichen Zeitungen, die Texte von Ira veröffentlicht hatten. Dann begann sie damit, die jeweiligen Telefonnummern dahinter zu schreiben.

Zeitgleich saß auch Ira vor ihrem Computer. Die rechte Hand auf der Maus, scrollte sie durch die Bilder und Berichte, in denen Julius Kotten erwähnt wurde.

»So, so, der Lackaffe ist jetzt Chefarzt der Chirurgie«, kommentierte sie das Gelesene. »Und sie wohnen wohl noch in Potsdam.«

Was Ira aber irritierte, war, dass sie auf keinerlei Hinweise auf Artikel von Emily stieß. So viel sie auch suchte, sie fand keine Artikel der einstigen Kollegin. »Hat sie aufgehört zu arbeiten?«, fragte sie den Monitor. Der blieb die Antwort schuldig.

»Bist du nur noch beim Shoppen und Golfen? Das wäre ja eine Riesenverschwendung von Talent«, stellte Ira fest. Dabei dachte sie an manche heiße Story, die Emily einst dem gemeinsamen Chef in Stuttgart vorgelegt hatte. Sie hatte den richtigen Riecher gehabt und immer so lange gebohrt, bis sie die Wahrheit herausgefunden hatte. Im Vergleich zur Freundin war Ira die reinste Schönschreiberin gewesen. Daher war sie ja auch so sauer gewesen, als Emily plötzlich diesen Beau geheiratet hatte. Denn für Ira war damals klar gewesen, dass die Heirat Emilys Karriere nicht zuträglich sein würde. Dafür war der Herr Gemahl viel zu arrogant und herrschsüchtig gewesen. »Ich konnte ihn von Anfang an nicht leiden«, motzte sie ihren Computer an.

Sie grübelte, wie sie nun an die Telefonnummer rankommen würde. Denn das Internet gab sie nicht preis. Die Kliniken in und um Potsdam abtelefonieren? Nein, da würde sie höchstens mit viel Glück bei Julius selbst landen. Und sie wollte ja Emily finden. Nicht aber diesen vermeintlichen Halbgott in Weiß. Peters Angebot annehmen und den Namen durch den Polizeicomputer jagen lassen? Nein, das würde gegen ihre Ehre gehen. Schließlich war sie Journalistin. »Das wäre wirklich der letzte Ausweg«, seufzte sie laut.

Plötzlich hielt sie bei ihrer Suche im Netz inne. Sie war auf die Traueranzeige einer alten Dame gestoßen, die Gertraude Kotten hieß. Ira beugte sich vor, sodass sie die Namen der Hinterbliebenen lesen konnte. So stieß sie schließlich auf die Namen »Julius und Emily Kotten«.

»Aha, die Schwiegermutter von Emily ist vor zwei Tagen gestorben«, sagte Ira vor sich hin. Und, ja, Emily war also aktuell immer noch mit Julius verheiratet. Doch dann stutzte die Journalistin. »Aber haben die beiden denn keine Kinder? Emily wollte doch immer

Nachwuchs«, fragte sie sich erstaunt. Doch in der Todesanzeige waren keine weiteren Namen aufgeführt. Das wunderte Ira doch sehr. Schließlich war Emily der Typ Frau, der an keinem Kinderwagen vorbeigehen konnte, ohne nicht einen verzückten Blick hineinzuwerfen.

»Seltsam. Das ist aber traurig.« Nachdenklich schüttelte sie den Kopf. »Sie wollte doch immer einen Stall voll Kinder, weil sie selbst Einzelkind ist«, überlegte sie. »Mann, Emily, ich muss dich finden, ohne dass dieser Lackaffe es mitkriegt. Und das schaff' ich auch!«

Emily saß am Esszimmertisch und griff zum Handy. »Ich werde jetzt alle Redaktionen abklappern, bis ich Iras Nummer hab'«, nahm sie sich vor.

Gerade als sie die erste Nummer auf ihrer Liste wählen wollte, klingelte das Handy. Verblüfft ging sie ran. Der Anrufer wartete nicht, bis sie sich mit ihrem Namen gemeldet hatte, sondern legte sofort los: »Also, du räumst das Zimmer von Mama so schnell wie es geht aus. Krankenbett und so weiter«, gab Julius Anweisung.

Emily holte tief Luft und antwortete: »Hallo Julius, warum die Eile?«

»Ich werde die Wohnung heute noch vermieten. Sie steht ohnehin leer«, kam die nüchterne Antwort ihres Gatten.

»Ich dachte, du hast eine schwierige OP. Wie kannst du mich da anrufen?«, wunderte sie sich.

»Die wurde auf später verschoben. Kann dir egal sein«, sagte Julius unwirsch. Natürlich verschwieg er ihr, dass er vor der OP noch genügend Zeit für ein Schäferstündchen bei Gabi im Schwesternheim eingeplant hatte.

Er hasste dieses Gebäude, da er immer Gefahr lief, von ihren Kolleginnen auf dem Flur erkannt zu werden. Und Gabi hatte ihn, nachdem sie ihm einen unglaublichen Orgasmus bereitet hatte, darauf aufmerksam gemacht, dass sie ihr kleines Zimmer in diesem Wohnheim lieber heute als morgen verlassen wolle. So war ihm die Idee gekommen, sie in die Wohnung seiner Mutter im Obergeschoss der Villa einziehen zu lassen. So hätte er auch kurze Wege, wenn ihn der Mannestrieb überkam. Selten war er so stolz auf eine Eingebung gewesen. Und es muss nicht erwähnt werden, dass seine Gespielin von diesem Vorschlag total begeistert gewesen war. Bereits nach Feierabend wollte sie ihre neuen vier Wände inspizieren.

»Also, verlier keine Zeit«, wies er Emily an.

»Ich weiß nicht, ob ich jetzt schon ausräumen kann. Es ist alles noch so frisch. Ich bin traurig«, antwortete Emily mit leiser Stimme. »Das Krankenbett, der Galgen und die anderen Utensilien werden heute noch von einem Mitarbeiter aus dem Sanitätshaus abgeholt. Aber die übrigen Sachen müsste ich alle wegräumen. Und die sind sehr schwer«, erklärte sie.

»Deinen hässlichen Sessel hast du damals auch ganz allein vom Dachboden in die Bibliothek bekommen. Dann wirst du es ja wohl schaffen, das Zimmer meiner Mutter auszuräumen«, raunzte Julius.

»Touché«, gab Emily zurück. »Aber willst du gar nicht mit mir über eine Vermietung reden? Schließlich haben wir dann Fremde im Haus«, bat sie, jetzt leicht genervt. Julius konnte doch nicht einfach einen Fremden in die Wohnung einziehen lassen, ohne mit ihr darüber zu sprechen? Schließlich war sie diejenige, die sich die meiste Zeit in der Villa aufhielt. »Da hab' ich doch auch noch ein Wörtchen mitzureden. Wenn da plötzlich ein fremder Mann im Haus ist! Selbst wenn es ein neuer Kollege von dir ist«, sagte sie mit wachsendem Unmut.

»Pass auf, Schätzchen: Erstens ist es mein Elternhaus und nicht deins. Und zweitens kann ich dich beruhigen, denn es wird eine Frau sein. Eine Krankenpflegerin zieht ein. Sie kommt von weiter her und im Schwesternheim ist kein Zimmer frei. Wir dagegen haben jetzt weit mehr Platz im Haus, als wir zu zweit brauchen. So, und jetzt muss ich arbeiten. Also, kümmere dich«, orderte er im Befehlston an und wollte auflegen.

Doch Emily, in der eine leise Vorahnung wuchs, hatte noch eine Frage: »Wie heißt die Krankenpflegerin?«

»Gabi«, kam die knappe Antwort. Fast zeitgleich klickte es in der Leitung. Julius hatte aufgelegt.

Fassungslos saß Emily am Tisch und starrte auf das Handy in ihrer Hand. Sie spürte, wie ihr das Blut in den Kopf schoss. Ihr Herz klopfte wie ein Bergwerk. Am liebsten hätte sie wieder losgeheult, aber sie hatte keine Tränen mehr.

Kapitel 7

Der Eingriff war Routine für Julius. Eigentlich kümmerte er sich schon lange nicht mehr um Blinddärme. Aber da ein Privatpatient auf dem Tisch lag, musste er anrücken: Chefarztbehandlung war angesagt.

Während er sich nach der OP die Hände wusch, blickte er in den Spiegel. Seine graumelierten Schläfen gefielen ihm. Und die eine oder andere Stunde auf der Sonnenbank hatte ihm einen leicht bräunlichen Teint verliehen. Die Tatsache, dass er sexuell schwer aktiv war, schien ihm ebenfalls nicht zu schaden. An seinem Körper war kein Gramm Speck zu viel – im Gegensatz zu dem des Kollegen Sanwald von der Inneren Abteilung, dessen Gesicht an einen Vollmond erinnerte. Bei diesem Gedanken grinste Julius sein Spiegelbild an.

Plötzlich erinnerte er sich, dass er besagtem Vollmond noch vor Freitag einen Besuch abstatten musste. Denn seine kleinen blauen Tabletten drohten schon wieder zur Neige zu gehen. Unter Kollegen half man sich aus – schließlich konnte er das Potenzmittel nicht von der werten Gattin per Rezept aus der Apotheke besorgen lassen.

»Aber sonst hab' ich es schon gut getroffen. Emily kann man so herrlich verarschen. Und ihre mütterliche Art tut gut, wenn man selbst angeschlagen ist«, dachte er. Mit ihr konnte man schlicht alles machen, sie ließ es sich gefallen. »Die hab' ich gut hingebogen«, stellte er selbstzufrieden fest.

Allerdings war ihm ihr veränderter Tonfall vorhin am Telefon nicht entgangen. »Sie hat sich anders angehört als sonst. Irgendwie fordernder, barscher.

Probt die plötzlich den Aufstand? Da muss ich gleich dagegenhalten. Sie muss doch mein kleines, dummes Weibchen bleiben«, murmelte Julius.

Während er seine Hände abtrocknete, tauchte eine Szene vor seinem inneren Auge auf: Im Obergeschoss der Villa trieb er es mit Gabi auf dem Wohnzimmertisch und in der Etage darunter saß Emily am Schreibtisch und sortierte die Belege für seine Steuererklärung. »Herrlich«, spöttelte er vor sich hin. »Rosige Zeiten brechen an«, summte er zufrieden und verließ den Sanitärbereich neben dem Operationssaal.

Er schaute kurz im Schwesternzimmer vorbei, streckte den Kopf hinein und verkündete: »Bin kurz auf der Inneren.« Bevor die anwesende Krankenpflegerin etwas erwidern konnte, war er auch schon verschwunden.

»Junge, du hast aber gerade viel zu tun«, staunte der Internist. »Hier hast du sie.« Er überreichte Julius ein Päckchen voller Tabletten.

»Tja, man lebt eben nur einmal«, gab dieser jovial zurück. Dabei steckte er die Packung in die Tasche seines Arztkittels. Später würde er sie in seiner Tasche verschwinden lassen.

Mit ernstem Blick schaute ihn Chefarzt Sanwald an und bemerkte: »Treib es nicht zu wild. Du weißt, die können aufs Herz gehen«, warnte er.

Doch Julius winkte amüsiert ab: »Ich bin gesund, alles gut. Ich will ja nur etwas Unterstützung. Eigentlich klappt es ja fast von selbst.«

Der Vollmond hob warnend den Finger: »Auch du wirst nicht jünger. Vergiss das nicht!«

Julius winkte ab, drehte sich um und verschwand mit einem fröhlichen »ach was« aus dem Arztzimmer. »Außerdem bin ich mit meinen 56 noch ein junger Hüpfer und nicht so oll' wie du mit deinen 63 Jahren!«, rief er noch frech über die Schulter.

Zurück blieb ein Internist, der nur mit dem Kopf schüttelte. Er wäre froh gewesen, so eine tolle Frau wie Emily zu haben. Doch dieses Glück war dem Junggesellen nie zuteil geworden.

»Da hat der Kerl eine wunderschöne, liebenswerte und intelligente Frau und betrügt sie in einem fort. Furchtbar.« Er bekam ein schlechtes Gewissen. Denn ihm wurde bewusst, dass er durch die Potenzpillen, die er Julius seit langem unter der Hand gab, eine Mitschuld am schändlichen Betrug an Emily hatte.

Sanwald nahm sich vor, bei dem Ärztekongress am Wochenende in Stuttgart mal ein ernstes Wörtchen mit dem Kollegen zu reden. So von Chefarzt zu Chefarzt. Oder von Mann zu Mann. Sofern er überhaupt die Gelegenheit dazu bekommen würde. Denn bei den vergangenen Kongressen hatte Julius nur punktuell Vorträge besucht. Ansonsten war er mit irgendwelchen Krankenpflegerinnen beschäftigt gewesen, die ihn zum Zeitvertreib begleitet hatten. Und sich, während Julius bei Referaten war oder selbst eines hielt, mit seiner Kreditkarte auf Shoppingtour vergnügten.

Außerhalb des Tagesprogramms traf man Julius ohnehin nicht. Gemeinsame Abendessen oder ein gemütlicher Ausklang an der Bar fanden nie statt, denn der Chirurg widmete sich seit Jahren lieber seiner Libido. »Mädels machen mich glücklich, Kollegen sägen am Stuhl«, begründete Julius stets seine Abwesenheit beim geselligen Teil eines Kongresses. Und so sorgte er immer dafür, dass er bei einem Kongress »Frischfleisch« auf dem Zimmer hatte. Schließlich wollte er keine engere Bindung mit einer Gespielin eingehen. Das hätte seiner Ehe geschadet. Und er brauchte Emily an seiner Seite, um die bürgerliche Fassade aufrechtzuerhalten. Denn die Gesellschaft in Potsdam und Berlin mochte die Schwäbin mit dem großen Herzen, die sich als gelernte Journalistin stets um Schriftverkehr für Charity-Veranstaltungen und Ähnliches kümmerte.

Kapitel 8

Emily beendete das Gespräch, legte das Handy auf den Tisch und lächelte zufrieden. Die Sekretärin der Zeitung »Stauferbote« in Schwäbisch Gmünd hatte ihr bestätigt, dass Ira Sander als freie Mitarbeiterin der Redaktion arbeitete. Und zugesagt, Ira ihre Handynummer weiterzugeben. Denn die Nummern von Mitarbeitern gab die Redaktion prinzipiell nicht weiter. Was verständlich war.

Emily war sich sicher, dass sie in Bälde einen Anruf von Ira erhalten würde. Sofern die Dame im Sekretariat nicht vergessen würde, ihre Nummer an die ehemalige Freundin weiterzugeben.

Ira scrollte noch immer durch die Fotos der Kottens. Das neueste war vor wenigen Wochen geschossen worden. Es zeigte Emily an der Seite des Lackaffen Julius bei einem Benefizkonzert. Emily hatte dort einen Scheck an eine Einrichtung für krebskranke Kinder übergeben.

Die Journalistin erinnerte sich daran, wie begeistert Emily immer von einer eigenen Familie gesprochen hatte. Sie hatte sich damals einen Sohn und eine Tochter gewünscht. »Halt ein Pärchen«, hatte die Freundin stets gesagt. »Oder auch zwei Pärchen.« Was Ira so gar nicht verstehen wollte – galt es doch das Leben zu genießen. Und dies schien mit eigenen Kindern ein Ding der Unmöglichkeit zu sein – zumindest aus ihrer Sicht.

Eher zufällig löste sich ihr Blick vom Bildschirm und fiel auf die Uhr am unteren Bildschirmrand. »Huch, schon so spät?«, fuhr sie hoch. »Jetzt wird es aber Zeit«, trieb sie sich selbst zur Eile an. Schließlich hatte sie nachher einen Termin in Gschwend. Der dortige Bürgermeister wollte über den Stand der Ortskernsanierung informieren.

Ira fuhr sich durchs blonde Haar, zwirbelte es hoch und fixierte es mit einer Klammer. »Das gibt eine Blitzdusche«, beschloss sie. Die Journalistin raste ins Bad. Eine Viertelstunde später kam sie wieder heraus, flitzte ins Schlafzimmer und zog sich an. Keine fünf Minuten später schnappte sie sich auch schon ihre Tasche, eilte aus der Wohnung, die Treppe hinunter und raus aus dem Haus. Dabei warf sie einen Blick nach rechts, zum Anbau.

Im Tor zur Werkstatt stand ihr Freund Jim im blauen Arbeitsoverall. Er winkte zu ihr herüber. »Good morning, Darling«, rief er.

Ira warf ihm eine Kusshand zu und eilte weiter. »Sorry, bin spät dran«, rief sie dem Amerikaner zu und öffnete auch schon die Autotür.

Jim nickte und winkte erneut. Dabei grinste er. Denn es war nicht unüblich, dass Ira überhastet das Haus verließ, weil sie noch über irgendetwas gebrütet hatte. Oder noch einen Artikel fertig schreiben wollte. Und darüber die Zeit vergaß. »See you«, sagte er leise und ging in seine Werkstatt.

Er war gespannt, ob seine allerliebste Freundin nun tatsächlich ihren Peter heiraten würde. Keine Frage, die beiden passten bestens zusammen. Aber Jim wusste auch, dass Ira eine regelrechte Heiratsphobie hatte. Immer schon. Und er kannte sie schließlich seit vielen Jahren. Sie war die beste Freundin seiner verstorbenen Frau gewesen.

Wie lange wohnte er jetzt schon bei Ira gegenüber über der Werkstatt? Der Amerikaner grübelte und kratzte sich dabei an den weißen Schläfen. Das mussten doch schon mindestens zehn Jahre sein. Und wie lange kannte er sie? Bald zwanzig Jahre. Jim schlurfte in seine Werkstatt und lehnte sich an die Werkbank.

In Gedanken reiste er in die Vergangenheit. Sah, wie seine todkranke Frau im Bett lag und Ira bei ihr auf der Bettkante saß. Höhen und Tiefen hatten die beiden Frauen durchlebt. Und Ira hatte ihr damals auf dem Totenbett versprochen, sich um Jim zu kümmern. Was Ira nicht wusste: Er wiederum hatte seiner Frau versprochen, auf Ira aufzupassen. Und dies tat er nach wie vor.

Wehmütig betrachtete Jim das Foto, das über der Werkbank hing. Es zeigte eine Frau mit langem braunem Haar, die in die Kamera lächelte. »My Sweetheart«, flüsterte er zärtlich.

Sie war die Liebe seines Lebens gewesen. Doch der Krebs hatte sie aus dem Leben gerissen. Aber in Jims Herz war sie fest verankert.

»Und jetzt wird unsere Ira heiraten. Was sagst du dazu?«, erkundigte sich der Amerikaner bei der Frau auf dem Bild. Es war für ihn normal, dass er mit ihr redete. Sie auch mal um Rat fragte oder ihr etwas aus seinem Alltag erzählte. Für ihn war sie nicht tot. Sie war lediglich früher auf eine Reise aufgebrochen und bereits am Ziel angekommen. Er würde ihr später nachfolgen.

Und bis dahin war Ira eine große Aufgabe für ihn. Denn sie brauchte doch ab und zu moralische Unterstützung. Oder einen heißen Kakao zu nachtschlafender Zeit. Das war auch der Grund, warum er nach dem Tod seiner Frau nicht mehr in die Staaten zurückgegangen, sondern bei Ira geblieben war. Einer musste sich schließlich um sie kümmern.

Hier, im Ostalbkreis, war seine neue Heimat. Bei Ira in Heckenbach. Sie war seine Familie. Und Peter war für ihn zu einem tollen Kumpel geworden. Sie lebten zusammen wie eine große Familie. Da würde auch die Heirat von Ira nichts dran ändern. »Wenn sie diesen Schritt denn wagen wird«, grinste Jim vor sich hin. So ganz wollte er dem Frieden noch nicht trauen. Dafür kannte er Ira zu gut.

Seufzend machte er sich wieder an die Arbeit und stieg die Werkstattgrube hinab, um an einem Oldtimer aus den Sechzigern herumzuschrauben. Dabei tauchte plötzlich eine Szene von früher vor seinem inneren Auge auf.

Eine hübsche junge Frau, die zusammen mit Ira und seiner Frau Arm in Arm lachend über die Königstraße in Stuttgart schlenderte. Ein offensichtlich glückliches Trio. Er stutzte. Ja, damals hatte er die jungen Damen vom Shopping in der City abgeholt! Das heißt: Chauffeur und Taschenträger gespielt. »Genau, Emily war damals die Dritte im Bunde. Was wohl aus ihr geworden ist?« Seine Frau hatte damals nur erzählt, dass sie irgendwohin geheiratet hat.

»Wo war das noch gleich?« Jim legte die Stirn in Falten und dachte angestrengt nach. Emily war lebenslustig und neugierig gewesen. Und immer ein bisschen besser angezogen als seine Frau und Ira. Sie war eine richtige Dame gewesen und deshalb nicht selten von den beiden anderen auf die Schippe genommen worden. Jeans und Schlabberlook waren bei ihr nicht angesagt gewesen. Bei den zwei anderen Mädels hingegen schon.

Zwischenzeitlich hantierte Jim mit dem Schraubenschlüssel an einer Mutter herum. »Yes, Potsdam«, fiel es ihm wieder ein. Vergnügt pfiff er vor sich hin. Er war in seinem Element. Und nahm sich vor, später Ira zu fragen, ob sie mal wieder etwas von Emily gehört hatte.

Kapitel 9

Ira fuhr flott den Spatzentann hinunter in Richtung Spraitbach. Sie liebte die Strecke nach Gschwend. Weil sie kurvig war, die eine oder andere Anhöhe mit dem Auto erklommen werden musste und man immer wieder Waldstücke durchquerte. Die Straße hatte aber auch ihre Tücken, weil es während der Fahrt schon mal vorkommen konnte, dass ein Funkloch die telefonische Verbindung abrupt unterbrach oder gar nicht erst zustande kommen ließ. Was bei einem Unfall auf dieser Strecke natürlich nicht gerade ideal war. Aber die Landschaft war einfach herrlich!

Die Journalistin, die lange Zeit im Stuttgarter Raum gelebt und gearbeitet hatte, vermisste die Staus oder den Smog im Kessel der Landeshauptstadt kein bisschen. Hier, im Schwäbischen Wald, bekam sie Luft, hier konnte sie das viele Grün in vollen Zügen genießen.

Ira grinste vor sich hin. Ihr war eingefallen, wie ein Landwirt vor vielen Jahren, in ihrer Anfangszeit beim Stauferboten, vom »Schbatzadonondr« gesprochen hatte. Damals war sie an die Grenzen ihrer schwäbischen Sprachkenntnisse gestoßen und hatte verwirrt nachgehakt: »Schbatzadonondr? Wo ist das?«

Daraufhin hatte sie eine Lachsalve des Bauern geerntet und er hatte sich allergrößte Mühe gegeben, in fast reinem Hochdeutsch zu antworten: »Spatzentann hinunter. Zwischen Mutlangen und Spraitbach.« Dabei hatte der gutmütige Landwirt eine Miene aufgesetzt, die der eines Abiturienten würdig war, der gerade von seinem Einserdurchschnitt bei der Reifeprüfung erfahren hatte.

Ja, die Bauern im Schwäbischen Wald waren von ganz besonderer Güte. Anfangs waren sie ihr eher misstrauisch und verhalten gegenübergetreten. Mancher hatte ihr wohl ob ihrer Jugend oder ihrer relativ hochdeutschen Ausdrucksweise nicht viel zugetraut. Doch im Laufe der Jahre hatte sie sich die Akzeptanz und den Respekt der Landwirte erworben. Zu nicht wenigen hatte Ira mittlerweile fast freundschaftliche Bande geknüpft. Schließlich hatte sie sich in die Materie über Verordnungen und Förderprogramme rund um die Landwirtschaft so kundig gemacht, dass sie Texte mit Hand und Fuß schreiben konnte.

Mittlerweile wusste sie auch das Limpurger Rind mit seinem feingliedrigen Fundament und dem zarten Fleisch zu schätzen. Nicht nur, weil es hübsch anzusehen, sondern auch ein echter Gaumenschmaus war. Da konnten die Kobe-Rinder aus Japan einpacken. Das Limpurger Rind war die typische Rinderrasse in der Region und dennoch vor wenigen Jahrzehnten vom Aussterben bedroht gewesen. Bis beherzte Bauern sich schließlich wieder dessen Züchtung gewidmet hatten. Klar, die Limpurger wurden nicht massiert, wie es angeblich früher bei den Kobe-Rindern praktiziert wurde. Doch dafür gab es vom Bauern so manchen liebevollen Klaps auf den Rücken mit den Worten: »Berdda, beweg di!« Was aus Sicht der Schwaben schon eine Liebeserklärung war – und den Tieren gefiel es. Und so schauten die blondroten Rinder den Spaziergängern und Wanderern im Leintal oder auf der Frickenhofer Höhe neugierig zu, während sie gemächlich auf ihrem Gras rumkauten.

In der Redaktion des Stauferboten griff Redaktionsassistentin Annegret zum Telefonhörer und wählte Iras Nummer. Sie wollte ihr sagen, dass eine Emily aus Potsdam um Rückruf gebeten hatte. Doch sie erreichte nur den Anrufbeantworter: »Der Gesprächsteilnehmer ist im Moment nicht erreichbar …«

Annegret legte wieder auf und beschloss, Ira eine Mail zu schreiben. Was sie sogleich in die Tat umsetzte. Dabei fiel ihr ein, dass Ira auf Termin in Gschwend war. »Die hat bestimmt ihr Handy aus«, war sie sich sicher.

Das Gegenteil war der Fall. Iras Handy war nicht nur angeschaltet, sie hatte auch – mal wieder – vergessen, das Gerät stummzuschalten. Doch Annegret konnte sie trotzdem nicht erreichen, da sie ja gerade im Funkloch im »Schbatzadonondr« unterwegs war …

Viele hundert Kilometer entfernt steckten zwei Chefärzte die Köpfe zusammen. Bei dem einen handelte es sich um einen spindeldürren, hochgewachsenen Mittvierziger, Jens-Peter Schall von der Kardiologie, bei dem anderen um den Vollmond, Leonhard Sanwald, von der Inneren.

»Ich bin wirklich gespannt, wie das ausgeht«, bemerkte der Kardiologe mit Blick auf den Internisten.

»Nun, ich schätze mal, dass Kollege Julius das Rennen macht. Sein Ehrgeiz ist übergroß und sein Fachwissen darf man nicht unterschätzen. Zudem spielt er mit dem Verwaltungsdirektor Golf. Und er hat das richtige Alter. Das musst du alles mit in die Waagschale werfen«, argumentierte der Internist.

Diese Antwort schien dem Chefarzt der Kardiologie nicht zu passen. »Findest du nicht, dass es Zeit wird, dass er mal von der Sonnenseite des Lebens weggezogen wird? Reichen ihm denn nicht sein Chefarztposten und seine Techtelmechtel mit diversen Krankenpflegerinnen? Jetzt ist doch mal gut. Der muss mal einen Gang zurückschalten«, brach es aus Jens-Peter Schall raus. »Und eine tolle Frau hat er auch noch. Das Leben ist ungerecht«, seufzte er.

Der Kardiologe war so mit seinem Beruf verheiratet, dass er einfach keine Zeit hatte, sich eine Frau zu suchen. Wobei er sich auch schon zum männlichen Geschlecht hingezogen gefühlt hatte. So ganz konnte er sich da nicht entscheiden. Es kam immer auf die jeweilige Person an.

Der Vollmond tätschelte ihm freundschaftlich die Schulter und meinte: »Deine Zeit wird auch noch kommen. Du bist noch jung. Vielleicht kannst du ihn dann mal beerben. Aber momentan geh' ich davon aus, dass Julius Ärztlicher Direktor wird. Da beißt die Maus keinen Faden ab. Und, was seine Libido anbelangt«, der Vollmond zwinkerte dem Kardiologen verschwörerisch zu, »auch da weiß er sich zu helfen, damit er standhaft bleibt. Es lebe die Pharmaindustrie«, schob er mit einem süffisanten Grinsen nach.

Erstaunt schaute ihn der junge Kollege an. »Du meinst, er nimmt was …?«

Sanwald antwortete nur trocken: »Ich unterliege der ärztlichen Schweigepflicht.«

Nachdem sich die beiden Chefärzte noch kurz über den bevorstehenden Kongress in Stuttgart unterhalten hatten und sich zu einem Absacker in der Hotelbar verabredet hatten, ging jeder wieder seiner Arbeit nach.

Auf dem Weg zu seiner Abteilung war der Kardiologe so in Gedanken, dass er vor dem Schwesternzimmer fast einen Patienten angerempelt hätte. Ja, Leonhard war schon ein guter Freund. Vor geraumer Zeit hatte er ihn protegiert und unterstützt, als es um die Stelle des Chefarztes in der Kardiologie gegangen war.

»Feiner Kerl«, befand Schall. Vor allem hatte er immer den richtigen Riecher bewiesen, wenn es ums Verteilen von höheren Posten gegangen war. »Soso, die wollen also den testosterongesteuerten Julius zum Ärztlichen Direktor machen«, sagte er nachdenklich vor sich hin.

Kapitel 10

Es klingelte. Emily erhob sich langsam vom Stuhl und ging in den Flur. Sie hing noch ihren Gedanken nach, während sie die Hand auf die Türklinke legte. Und hoffte inständig, dass Ira sie bald anrufen würde. Dann öffnete sie die Tür. Die Mitarbeiter des Sanitätshauses standen davor, bereit, das Pflegemobiliar der verstorbenen Schwiegermutter abzuholen.

»Guten Morgen, Frau Kotten. Da sind wir«, polterte ihr eine Stimme entgegen, die zu einem grobschlächtigen Mann gehörte.

»Da wär' ich jetzt nicht draufgekommen«, antwortete Emily in Gedanken. Sie ließ die beiden Männer herein.

Hinter dem Riesen hatte sich noch ein kleinerer Mann quasi versteckt. »Bestimmt der Azubi«, mutmaßte Emily, während sie die Herren nach oben in die Wohnung ihrer Schwiegermutter geleitete.

»Bett, Bettgalgen, Nachttisch und Nachtstuhl«, zählte der Grobschlächtige mit Blick auf eine Liste auf, die er aus seiner Manteltasche gezogen hatte.

Emily nickte und wies auf die betreffenden Gegenstände im Schlafzimmer. Die Männer kümmerten sich zuerst um das Krankenbett und schleppten es mit Ächzen und Stöhnen aus dem Haus in den bereitgestellten Transporter. Dann folgten Galgen und Nachtstuhl.

Währenddessen warf Emily einen Blick in die Schublade des Nachttisches. »Oh Mist, das hab' ich ja ganz vergessen«, ärgerte sie sich. Flugs ging sie in die Küche, holte eine Tüte, ging zurück ins Schlafzimmer der Schwiegermutter und leerte die Schublade. Zahlreiche Medikamente, ein Löffel, Traubenzucker, Taschentücher und eine Lupe wanderten in die Tüte.

Trotz ihrer Trauer, die sie beim Anblick des fast vollständig ausgeräumten Zimmers übermannte, musste Emily schmunzeln. Im Geiste sah sie die Schwiegermutter im Bett sitzen, wie sie es noch vor wenigen Wochen getan hatte, mit der Lupe in der Hand und gründlich die Beipackzettel ihrer Medikamente lesend. Damals hatte die todkranke Frau empört festgestellt: »Die wollen mich wohl vergiften!«

Die beiden Männer kamen zurück und trugen schließlich noch den Nachttisch hinunter. Emily folgte ihnen zur Haustür. »Das ging aber schnell«, wollte sie den Männern ein Kompliment machen.

Als Antwort kam ein lässiges »Das machen wir jeden Tag, gestorben wird immer« zurück.

»Na, Pietät hat der auch nicht mit Löffeln gefressen«, kommentierte Emily leise.

»Was haben Sie gesagt?«, erkundigte sich der grobschlächtige Riese bei ihr.

»Ich habe nur ›Danke‹ gesagt«, antwortete sie. Etwas Besseres war ihr auf die Schnelle nicht eingefallen.

Um die peinliche Situation zu beenden, hob sie die Tüte mit den Medikamenten hoch.

»Nehmen Sie die auch mit?«, erkundigte sie sich.

»Was ist denn da drin?«, fragte der Mann zurück.

»Medikamente meiner Schwiegermutter«, antwortete Emily.

Der Mann schüttelte den Kopf. »Nein, die gehen uns nichts an. Die müssen Sie selbst ordnungsgemäß entsorgen. Wir sind nur für Krankenpflege-Möbel zuständig«, erklärte er. Er warf einen Blick auf den Transporter. »Also, wir haben es. Bitte unterschreiben Sie noch, dass wir die Sachen abgeholt haben, und dann sind wir wieder weg.« Mit diesen Worten hielt er Emily einen Wisch und einen Stift unter die Nase. Sie tat wie ihr geheißen. Dann wünschte sie den Männern noch einen schönen Tag und blieb kurz in der Tür stehen, um dem Transporter bei der Abfahrt zuzusehen. Schließlich seufzte sie und schloss die Tür.

Ihr Nachbar, der immer noch in seinem Garten arbeitete, beobachtete sie dabei. Sie tat ihm von Herzen leid, denn er hatte ihren wehmütigen Blick aufgefangen, den sie dem Transporter nachgeworfen hatte.

»Dieser Kummer wird noch lange anhalten«, da war er sich sicher. »Und ihr werter Gatte, der Hallodri, wird ihr in dieser Zeit keine Unterstützung sein«, mutmaßte er.

Emily ging ins Haus und lief die Treppe hoch. Sie betrat dort das nun fast leere Schlafzimmer der Schwiegermutter und sah sich um. Es roch noch immer nach einer Mischung aus Desinfektionsmittel, Krankheit und Tod. Sie ging zu den beiden großen Fenstern und öffnete sie weit.

»Hier muss wieder Leben rein«, sagte sie vor sich hin und atmete die frische Luft tief ein.

Im selben Moment fiel ihr ein, dass ja die Geliebte von Julius hier einziehen sollte. »Hätte mir das einer vor einem Jahr gesagt, hätte ich es nicht geglaubt«, überlegte sie. »Wie tief bin ich gesunken? Und wann hat das eigentlich angefangen?«, fragte sie sich.

Was sie am meisten verwunderte, war allerdings, dass sie beim Gedanken an den schändlichen Betrug des Gatten keinerlei Emotion empfand. Keine Eifersucht, keine Traurigkeit. Wohin war ihre Liebe zu ihm verschwunden?

Emily beobachtete das Schattenspiel, das der Sonnenschein mithilfe der Äste des Baumes vor den Zimmerfenstern auf dem Parkettboden erzeugte. Ja, Licht und Schatten hatte es in ihrer langjährigen Ehe immer gegeben. Wie oft hatte sie ihren Julius getröstet, wenn es auf der Arbeit nicht vorangegangen war. Immer war sie für ihn da gewesen, wenn ihn Selbstzweifel packten. Hatte ihn ermuntert und aufgerichtet. Auch noch vor wenigen Tagen, als er ihr erzählt hatte, dass er Ärztlicher Direktor werden wolle. Im Laufe der Jahre jedoch hatte sich ihre Liebe zu ihm in Gleichgültigkeit gewandelt. Als es mit seiner Karriere endlich steil bergauf gegangen war, war er längst mit seinem Beruf verheiratet gewesen. Und sie hatte sich um ihre Schwiegermutter gekümmert. Oder sich mit irgendwelchen Vorbereitungen für Festivitäten im Golfclub oder anderen Nichtigkeiten beschäftigt. Wie es sich eben für eine Society-Lady geziemte. Wenn sie nicht gerade ein Vermögen bei der Kosmetikerin liegen gelassen oder beim Friseur gesessen hatte.

»Emily, du hast so viel Zeit vergeudet«, analysierte sie, während sie das Schlafzimmer verließ. »Es wird Zeit, dass du dein Leben wieder in die Hand nimmst. Schluss mit der Lethargie, jetzt wird agiert und nicht mehr nur reagiert«, beschloss sie, während sie in ihre eigene Wohnung ging, die Tüte mit den Medikamenten der Schwiegermutter in der Hand. Währenddessen grübelte sie darüber nach, ob Julius und sie damals eigentlich einen Ehevertrag geschlossen hatten.

Kapitel 11

Als Ira auf den Parkplatz in Gschwend einbog, öffnete sich zeitgleich die Rathaustür. Heraus kam schnellen Schrittes Bürgermeister Christian Held. Ihre Blicke trafen sich und beide grinsten.

Die Journalistin stellte ihr Auto ab und griff sich die Arbeitstasche vom Beifahrersitz. Dabei sah sie den Schultes auf sich zukommen. Während sie ausstieg, wollte sie gleichzeitig das Handy aus der Arbeitstasche fischen. Doch sie verhedderte sich mit dem Fuß im Taschenriemen. Mit dem Resultat, dass sie mehr aus dem Auto herausstolperte als ausstieg, und sich der Inhalt ihrer Tasche auf den Parkplatz ergoss.

Der Bürgermeister eilte lachend herbei und konnte mit seinem Fuß gerade noch verhindern, dass Iras Lippenstift sich in den Gully verabschiedete.

Ira wiederum beeilte sich, den Inhalt wieder zurück in die Tasche zu befördern: zahllose Kugelschreiber, Taschentücher, ein angebissener Schokoriegel, ein Schreibblock und alte Parkzettel aus dem vergangenen Jahrhundert. Dazu noch eine große Menge an Bonbons und blau-weiß gestreiften Bonbonpapierchen.

Die Aktion war ihr megapeinlich, denn Christian Held hatte sich mittlerweile neben sie gestellt und beäugte amüsiert ihr Tun. »Klasse. Das Geheimnis ist gelüftet. Ich wollte schon immer wissen, was Frauen so alles in ihre Handtasche packen«, lachte er. »Aber eine Frage hätte ich da noch. Haben Sie keinen Geldbeutel?«, wunderte er sich.

Ira grinste. »Doch, aber den hab' ich immer in der Hosentasche«, antwortete sie, während sie ihre Jacke nach hinten schob und den Blick auf die vom Portemonnaie ausgebeulte Gesäßtasche freigab.

»Gott sei Dank hatten Sie keinen Fotoapparat in der Tasche, der wär' jetzt vielleicht hin«, mutmaßte Held.

Wieder grinste Ira spitzbübisch und deutete auf die Innentasche ihrer Jacke. »Der ist sicher verpackt«, versicherte sie. Sie hielt dem Bürgermeister ihre geöffnete Tasche hin und forderte ihn munter auf: »Lippenstift bitte hier rein. Schließlich muss alles seine Ordnung haben!« Der Aufgeforderte schmunzelte und tat wie ihm geheißen.

»Moment, ich darf noch kurz schauen, wer da versucht hat, mich zu erreichen«, bat Ira und blickte aufs Handydisplay. »Ah, die Redaktion. Da rufe ich nachher zurück«, kündigte sie an und steckte das Handy in die Tasche.

Gemeinsam mit Christian Held schritt sie über den Marktplatz von Gschwend. Er erklärte ihr, welche Baumaßnahmen im Zuge der Ortskernsanierung anstanden. Ira machte sich Notizen. Dann schoss sie noch ein Bild vom Schultes am Marktbrunnen, der zwei Händler zeigte, die gerade den Handschlag vollzogen. Eine Geste, die einst einen Kauf besiegelt hatte. Etwa den eines Tieres auf dem Viehmarkt, der in Gschwend bis heute lange Tradition hat. Davon zeugte auch der Rinderkopf am Rande des Brunnens.

»Und, gibt es sonst etwas Neues?«, erkundigte sich Ira bei Christian Held.

»Ja, etwas richtig Tolles«, nickte der eifrig. Er berichtete der Journalistin, dass es der Gemeinde nach jahrelangen Bemühungen endlich gelungen sei, das

Deutsche Rote Kreuz zu überzeugen, in Bälde eine Rettungswache in Gschwend zu stationieren.

»Hey, klasse«, freute sich Ira mit ihm. Schließlich hatte sie bereits über die Verhandlungen der Kommune mit dem Kreisverband des Roten Kreuzes berichtet. »Das ist ja wirklich eine tolle Neuigkeit«, strahlte sie den Schultes an.

Im Geiste warf sie bereits das Seitenlayout um. Die Ortskernsanierung konnte warten – die Rettungswache nicht. Darüber musste aktuell berichtet werden, worum sie die für den Schwäbischen Wald zuständige Kollegin Anne gleich nach dem Termin bitten wollte. Ira selbst hatte hier keine Entscheidungsgewalt, schließlich war sie nur freie Mitarbeiterin. Nichtsdestotrotz hatte ihr Wort durchaus Gewicht bei den Redaktionskollegen.

Held ging mit ihr zurück zum Rathausparkplatz und deutete auf eine Wiese dahinter. »Die gehört der Gemeinde und da kommt die Garage für den Rettungswagen hin«, kündigte er an. Dann zeigte er auf ein Gebäude hinter der Wiese. »Dort ist eine Gemeindewohnung frei geworden. Die bietet dann Aufenthaltsräume für die Sanitäter.«

Ira stutzte. »Aber da ist doch der Kindergarten drin?« Sie blickte Held verdutzt an.

»Ja«, bestätigte der Gschwender Rathauschef. »Aber nur im Erdgeschoss. Die Wohnung drüber ist frei.«

»Kapiert«, nickte Ira und schoss ein Bild mit dem Schultes vor dem Wiesengrundstück. »Super, danke für die Info! Dann bekommt das ehrenamtliche Notfallteam endlich hauptamtliche Verstärkung«, freute sie sich.

Erst kürzlich hatte sie darüber berichtet, dass das 2003 gegründete Notfallteam mittlerweile rund 250 Einsätze im Jahr fuhr – Tendenz steigend. Und dass es angesichts der 84 Wohnplätze und bei einer Fläche von rund 50 Quadratkilometern schwierig, wenn nicht unmöglich war, in nur 15 Minuten am jeweiligen Einsatzort anzukommen, war hinlänglich bekannt. Zumal die ehrenamtlichen Sanitäter tagsüber ihrem eigentlichen Beruf nachgingen.

Der Bürgermeister nickte. »Ja, dann ist die Tagbereitschaft gewährleistet. Über Nacht übernehmen dann wieder die Mitglieder des Notfallteams. Ebenso am Wochenende. Ziel ist aber natürlich, dass die Hauptamtlichen letztlich sieben Tage die Woche und 24 Stunden am Tag hier sein werden«, erklärte er. »Ich bleib' an der Sache dran.«

Die Journalistin lächelte ihn an. Sie kannte seine Beharrlichkeit. Und war sich sicher, dass er dieses Vorhaben letztlich auch in die Tat umsetzen würde. »Ich halt' auf jeden Fall die Daumen. Wir sehen uns«, sagte sie und verabschiedete sich von Held, als sie wieder an ihrem Auto angekommen waren.

»Und ich melde mich, wenn es zu dem Thema etwas Neues gibt. Bis dann«, nickte der Schultes zurück und verschwand wieder in Richtung Rathaus.

Ira stieg ins Auto ein. Bevor sie den Motor anließ, griff sie sich ihr Handy. »Erst noch schauen, ob es einen neuen Auftrag gibt. Dann in der Redaktion anrufen«, murmelte sie vor sich hin, während sie ihr E-Mail-Programm öffnete. Da sie Ira nicht hatte erreichen können, hatte Annegret ihr bestimmt eine E-Mail geschrieben, da war sich die Journalistin sicher.

Und tatsächlich, eine neue Nachricht ploppte auf.

Ira öffnete sie und las. Ihr Herz hüpfte in die Höhe und vor Freude schrie sie ein herzhaftes »Leck mich am Arsch!« – was Bauamtsleiter Sven Blassung fast zu Tode erschreckt hätte. War der doch gerade im Begriff gewesen, in sein Auto einzusteigen. Er hielt in der Bewegung inne und sah verdattert zu Ira hinüber.

Die spürte den Blick und schaute von ihrem Handy hoch. Ihr wurde bewusst, dass sie Blassung gerade wohl erschreckt hatte mit ihrem lauten, urschwäbischen Schrei. Entschuldigend streckte sie beide Hände von sich und sagte laut: »Sorry!«

Der Bauamtsleiter nickte ihr sichtlich amüsiert zu. Dann winkte er ihr zu und setzte sich in sein Auto. Er hatte es eilig. Sonst hätte er liebend gerne einen kleinen Tratsch mit der quirligen Journalistin gehalten. Beide kannten und schätzten sich seit vielen Jahren. Aber im Baugebiet am Badsee wurde der neue Asphalt eingebaut und er hatte mit dem Polier einen wichtigen Termin. »Hilft ja nix, ich muss los«, brummelte Blassung vor sich hin, während er den Motor anließ und den Wagen rückwärts aus der Parklücke rollen ließ.

Ira las nochmals die E-Mail aus der Redaktion. Annegret hatte ihr die Nachricht von Emily übermittelt. Und deren Telefonnummer gemailt.

»Das gibt's doch nicht. Ich werd' verrückt!« Ira freute sich wie Bolle. Sie selbst hatte ihre Suche nach Emilys Telefonnummer ja wegen des Termins in Gschwend unterbrechen müssen. Und jetzt meldete sich die alte Freundin bei ihr! Die Journalistin war sich sicher, dass ihr Gefühl sie nicht getrogen hatte. »Emily steckt in Schwierigkeiten. Das ist der Beweis. Warum sollte sie mich sonst nach all den Jahren kontaktieren und in meinen Träumen herumgeistern?«

Sie nahm sich vor, gleich wenn sie wieder zuhause war, die Freundin anzurufen. Ira war gespannt, was diese ihr zu erzählen hatte. Doch vorher musste sie noch mit Anne über die Rettungswache sprechen. Denn die gehörte am nächsten Tag in die Zeitung. Zumindest ihrer Meinung nach.

»Emily, ich ruf' dich so schnell wie möglich an. Versprochen«, sagte Ira laut, während sie aus Gschwend heraus und die Serpentinen hoch in Richtung Seelach fuhr.

Zur selben Zeit klappte Emily in der Villa in Potsdam den Laptop zu. Sie hatte einige Artikel von Ira gelesen, die sie im Internet gefunden hatte. Es war offensichtlich, dass Ira sich ihren lockeren Schreibstil bewahrt hatte. Was Emily freute.

Plötzlich hielt sie in ihrer Bewegung inne. Vor ihrem inneren Auge sah sie Ira. Und die sagte zu ihr: »Ich ruf' dich so schnell wie möglich an. Versprochen!«

Kapitel 12

Peter tippte unlustig seinen Bericht herunter. Eine Aufgabe, die er eigentlich immer an den jungen Kollegen Malte Tennemann delegiert hatte. Doch der war nicht mehr da. Sein Schreibtisch war seit vielen Monaten verwaist. Der Kommissar hatte sich schon vor einiger Zeit eingestehen müssen, dass ihm der junge Kollege fehlte. Irgendwie war er ihm ans Herz gewachsen.

Klar, Malte war ambitioniert und wollte was aus seinem Leben machen. Daher war er abgezogen worden. Aber warum denn ausgerechnet in den hohen Norden? Nur weil er dort geboren war? Im Schwabenland gab es für die Kriminalpolizei doch auch knifflige Fälle zu lösen. Gut, Malte konnte bis zu seinem letzten Arbeitstag so mancher breitschwäbisch geführten Unterhaltung nicht ganz folgen. Aber das war auch sein einziges Manko. Denn ansonsten war sein Verstand hellwach und er konnte gut kombinieren. Nicht nur einmal hatte er maßgeblich dazu beigetragen, einen Verbrecher dingfest zu machen. Und als Trio, noch mit Hermann Wöllnert an der Seite, waren sie doch unschlagbar gewesen … Peter seufzte tief.

In diesem Moment öffnete sich die Tür und Kollege Hermann erschien. Etwas ungeschickt balancierte er zwei volle Kaffeebecher und versuchte gleichzeitig, mit der Hüfte die Tür zu verschließen.

»Ich bin einfach nicht so sportlich wie Malte«, brummte er dabei. Schließlich stellte er einen Becher vor Peter ab, platzierte den anderen auf seinem Schreibtisch, ging zur Tür und schloss sie ordentlich.

»Dir fehlt er auch, gell?«, erkundigte sich Peter.

Hermann sah ihn ernst an, während er sich auf seinen Bürostuhl fallen ließ. »Ist das denn eine Frage?« Hilflos hob er die Achseln. »Sich immer nur mit dir zu zoffen macht einfach nicht so viel Spaß«, schob er grinsend hinterher. Dann zog er seine Schreibtischschublade auf und beförderte einen Schokoriegel ans Tageslicht. »Hmmm …«

Er wickelte den Riegel aus und biss genießerisch hinein. An jedem anderen Tag hätte Peter ihn sofort angeblafft und ihn wütend aufgefordert, gefälligst nicht direkt vor seiner Nase einen Schokoriegel zu essen. Denn bereits der bloße Anblick zauberte ihm – davon war er überzeugt – weitere Pfunde auf die Hüfte. Während Hermann klein, spindeldürr und drahtig war, scheinbar gefeit gegen die Kalorien. Doch heute blieb der Kommissar still. Er war in Gedanken immer noch bei Malte. »Was er wohl gerade macht?«, überlegte er. Und beschloss, dem Kollegen eine Nachricht in den hohen Norden zu senden.

»Schreib ihm doch«, schlug Hermann im selben Augenblick etwas undeutlich vor. Er hatte immer noch ein Stück des Schokoriegels im Mund. »Und sag ihm, dass er gefälligst wiederkommen soll. Ich habe keine Lust mehr, dir immer den Kaffee zu bringen. Das war schließlich seine Aufgabe!«

»Und ich will keine blöden Berichte mehr tippen«, ergänzte Peter nickend.

Zurzeit drehte sich das Personalkarussell auf dem Gmünder Polizeirevier sehr schnell. Der eine Revierleiter kam – und ging ein paar Monate später wieder. Jetzt hatte sich wieder ein neuer Chef angekündigt. Selbst Peter, der stets die Ansicht vertreten hatte, dass es

»egal ist, wer unter mir Chef ist«, wünschte sich mehr Kontinuität. Schließlich war es bescheuert, immer erst zu fragen, wer denn jetzt gerade Chef sei, wenn man eine Info oder einen Termin haben wollte. Wenn man es genauer betrachtete, waren Peter und Hermann eine der wenigen Konstanten im Bereich der Kripo.

Die Tür ging auf und ein Kollege streckte den Kopf ins Zimmer. »Wir sollen alle antreten. In zehn Minuten im Besprechungszimmer.« Sprach's, zog den Kopf wieder zurück und schloss die Tür.

Peter, der jede Abwechslung genoss, die ihn vom Berichteschreiben abhielt, zog die Augenbrauen hoch und fragte neugierig in Hermanns Richtung: »Was gibt es denn jetzt Neues?«

Der streckte seine Arme aus und winkte ab: »Ich weiß von nix. Außer, dass der Kaffeeautomat mal wieder spinnt.«

Peter grinste ihn an und mutmaßte: »Vielleicht kommst du ja auch nur mit der Technik nicht klar?«

Dafür erntete er ein missmutiges »sehr komisch« von Hermann.

Zehn Minuten später betraten sie den Besprechungsraum, in dem weitere Kripobeamte bereits warteten.

»Na, wer wird jetzt wohl abgezogen?«, fragte gerade ein Kollege in die Runde. Keine Frage, der Personalmangel – auch in anderen Revieren – wurde immer schlimmer. Da kam es häufig vor, dass kurzerhand Kollegen für eine Sonderkommission abgezogen wurden.

»Mal den Teufel nicht an die Wand«, gab Peter zurück, kippte mit seinem Stuhl nach hinten und lehnte sich an die Wand.

»Na, wenn er da nicht schon ist«, amüsierte sich Hermann über seine Pose.

»Deine Witze waren auch schon mal besser«, raunzte Peter Brand zurück.

Die jüngeren Kollegen warfen sich vielsagende Blicke zu. Ja, Peter Brand und Hermann Wöllnert galten auf dem Revier als Erfolgsduo, das sich ab und zu wie ein altes Ehepaar gebärdete. Aber vor allem seit sie ihren Kollegen an den hohen Norden verloren hatten, waren die beiden unerträglich. Wenn sie sich nicht ohnehin von den anderen abschotteten und ihr eigenes Süppchen kochten.

»So, alle da? Dann können wir starten«, polterte der stellvertretende Chef, den wegen seiner Größe und seiner schlaksigen Gestalt alle heimlich »den Langen« nannten, und betrat den Raum. Aktuell war er der Ranghöchste, bis in Kürze wieder ein neuer Revierleiter kommen würde.

»Heute hab' ich mal eine gute Nachricht für euch«, begann er bedeutungsschwanger.

»Ach, gehen Peter und Hermann in Pension?«, flüsterte ein junger Kollege frech. Allerdings nicht leise genug. Peter und Hermann drehten sich zeitgleich zu ihm.

»Weiß deine Mutter, dass du hier bist?«, erkundigte sich Peter bissig bei dem nassforschen Kollegen. Hermann grinste nur.

Der Lange verdrehte die Augen. »Nein, es ist wirklich eine sehr gute Nachricht. Wir bekommen endlich mal wieder Verstärkung. Und der junge Kollege wird seinen Platz bei Peter und Hermann im Zimmer bekommen.«

Argwöhnisch blickte Peter ihn an. »Sollen wir wieder Kindermädchen spielen?«, brummte er missmutig.

»Na toll«, entfuhr es Hermann. »Ich glaub, ich reich' jetzt doch meine Pension ein.« Sie wollten beide keinen unerfahrenen Mitarbeiter, der die Paragraphen rauf und runter beten konnte, aber von der praktischen Arbeit keine Ahnung hatte.

Jetzt war es am Langen, zu grinsen. Zur Tür gewandt sagte er laut: »Kommen Sie herein.«

Alle Augen hafteten an der Tür, die sich langsam von außen öffnete und den Blick auf den neuen Kollegen freigab.

Von einem Ohr zum anderen grinsend betrat Malte Tennemann den Raum.

Kapitel 13

Langsam und völlig in Gedanken versunken verließ Gabi die Arztpraxis. Sie hatte mit vielem gerechnet, aber nicht mit dieser Diagnose. Ein Lächeln umspielte ihre Lippen. »Das ist mein Sechser im Lotto«, freute sie sich.

Immer wieder hatte ihr Julius erzählt, dass seine Frau keine Kinder bekommen könne. Und Gabi hatte ihm glaubhaft versichert, dass sie die Pille nähme. So hatte er von Anfang an darauf bestanden, dass sie – abgesehen von der hormonellen Verhütung – ungeschützt ihrem Sexualleben frönten.

Dass sie äußerst schlampig und vergesslich war im Einnehmen der Pille, hatte sie ihm verschwiegen. Gabi hatte keinen routinierten Arbeitstag, bei dem sie sich nach Feierabend um so etwas wie zum Beispiel ein Folgerezept kümmern konnte. Der Schichtdienst im Krankenhaus wurde ohnehin immer wieder verschoben. Mal war die eine Kollegin plötzlich krank, sodass sie Doppelschicht schieben musste. Mal sprang sie für eine andere Kollegin ein, die unbedingt einen freien Tag haben wollte. Da konnte man nicht schnell zur Apotheke gehen. Bei all dem Stress konnte es auch passieren, dass sie einfach vergaß, bei ihrer Frauenärztin ein neues Rezept für die Pille ausstellen zu lassen.

»Aber das ist jetzt Vergangenheit«, frohlockte sie innerlich. Denn jetzt hatte sie einen Riesentrumpf gegen die werte Gattin des Chefarztes in der Hand: Sie würde ihm ein Kind schenken. Arbeit im Krankenhaus ade, süßes Mutterleben hallo!

Gabi schlenderte glücklich zum Parkplatz. Mit ihren 26 Jahren hatte sie das ideale Alter fürs Kinderkriegen, fand sie. Beim Auto angekommen, öffnete sie die Tür und rutschte auf den Fahrersitz. Dabei griff sie in ihre Jackentasche, schließlich sollte das Foto nicht knittern. Sie warf einen Blick auf das Ultraschallbild. Sie war im dritten Monat schwanger. Den Schein für den Arbeitgeber hatte ihr ihre Ärztin bereits mitgegeben.

»Aber damit warte ich noch bis nach dem Ärztekongress«, überlegte sie. Das war taktisch klüger. Sie wollte mit Julius viel Spaß haben in Stuttgart und ihm all seine Wünsche erfüllen. Schließlich würde er sie danach bei sich wohnen lassen. Bei diesem Gedanken verzog sich ihr hübsches Gesicht zu einer gehässigen Grimasse. »Die liebe, nette Ehefrau kann schon bald ihre Koffer packen und aus der Villa ausziehen. Ich werde mich darin breit machen. Mit dem Kind«, zischte sie durch die grellrot geschminkten Lippen.

Sie war sich zwar nicht so ganz sicher, dass das Baby von Julius war, aber was konnte schon bei einem Mal passieren? Die Verlobungsparty einer Kollegin hatte ihr einen schnuckeligen Schönling ins Bett gespült. Beide waren sie blau gewesen und hatten es mächtig krachen lassen. Sie wusste nicht einmal mehr seinen Namen.

Gabi zuckte mit den Schultern. »Nein, kein Gedanke, das Kind ist natürlich von Julius«, redete sie sich selbst ein und startete den Wagen. Das Ultraschallbild hatte sie wieder in ihre Tasche gesteckt, mitsamt dem Schein für ihren Arbeitgeber.

In einer halben Stunde würde sie in Julius' Villa vorstellig werden, um sich die Wohnung seiner Mutter anzusehen. Keine Frage, dass sie dort einziehen würde. Sie würde nicht nur über die Schwelle gehen, sondern geradezu in ein neues Leben hineinspazieren. Gabi hatte dem Chefarzt signalisiert, dass ihre Schlafzimmertür dann Tag und Nacht für ihn offen stehen würde. Das Funkeln in seinen Augen war für sie Antwort genug gewesen.

Seine Frau war ihr schlichtweg egal. Über kurz oder lang würde die mit Sicherheit die Scheidung einreichen. Das war so sicher wie das Amen in der Kirche. Dann könnte sie, Krankenpflegerin Gabi, zur Dame der Gesellschaft aufsteigen. Diese Vorstellung gefiel ihr. »Dann bin ich Frau Chefarzt«, sagte sie laut vor sich hin. »Mit eigener Scheckkarte«, fügte sie grinsend hinzu.

Als sie an einer roten Ampel gerade noch bremsen konnte, beschloss sie, sich aufs Fahren zu konzentrieren. Schließlich kannte sie die Strecke zur Villa nicht. Eine gute halbe Stunde würde sie bestimmt brauchen.

»Verdammt«, ärgerte sich Ira. Gerade hatte sie ihr Gespräch mit Anne beendet.

Es gab keinen Platz im Stauferboten für den Artikel über die Rettungswache. Auch der Text über die Ortskernsanierung musste warten. Warum? Weil ein Autofahrer beim Forststützpunkt Hohenohl einen Fahrfehler begangen hatte und frontal in ein entgegenkommendes Fahrzeug gekracht war. Volles Programm mit Rettungshubschrauber und Co. war angesagt gewesen.

»Warum können die Leute nicht anständig fahren?«, ärgerte sich die Journalistin.

»Morgen klappt es bestimmt mit deinem Text«, hatte Anne ihr versichert.

Ira beruhigte sich schnell wieder. »Bleibt zu hoffen, dass es morgen nicht irgendwo im Schwäbischen Wald brennt«, wünschte sie sich sehnlich. Denn dann würde der Platz, an dem eigentlich ihr Text stehen sollte, erneut für einen anderen Artikel herhalten müssen.

Die Journalistin überlegte. Heute musste sie nichts aktuell schreiben. Und bis zu ihrem Termin in Waldstetten am späten Nachmittag waren es noch Stunden.

»Perfekt – genug Zeit, um ausgiebig mit Emily zu tratschen«, freute sie sich. Kaum zuhause angekommen, tippte sie die Nummer, die ihr Annegret gemailt hatte, ins Handy.

Emily tigerte seit einer halben Stunde im Salon auf und ab. Immer wieder prüfte sie, ob ihr Handy auch wirklich auf »laut« gestellt war. Und ob der Akku voll war. Als sie vorhin auf der Toilette war, hatte sie das Handy sogar vor sich auf die Badematte gelegt. Sie war sich sicher, dass Ira jeden Moment anrufen würde. Und diesen Anruf wollte sie auf keinen Fall verpassen.

Plötzlich klingelte es tatsächlich. Emily nahm den Anruf sofort an. Doch anstatt Iras Stimme zu hören, meldete sich Julius. »Ich bin gleich da. Ist das Schlafzimmer ausgeräumt?«, erkundigte er sich knapp.

»Ja, die Möbel sind weg. Vorhin abgeholt. Nur noch der Kleiderschrank und der kleine Tisch stehen drin«, erklärte Emily.

»Gut. Nachher kommt Gabi. Falls sie vor mir da ist, sie ist schlank, jung und blond«, beschrieb der Chefarzt hektisch.

»Und willig …«, ergänzte Emily in Gedanken. Laut sagte sie nur: »Alles klar« und beendete das Gespräch. Schließlich wollte sie die Leitung nicht blockieren, sondern für Ira freihalten.

Sie tigerte weiter auf und ab. »So ein Arschloch. Was glaubt der eigentlich, wer er ist? Der hält mich wirklich für komplett verblödet. Als würde ich nicht wissen, dass er seine kleine Schlampe hier einquartieren will«, schnaubte sie vor sich hin.

Da klingelte erneut das Handy. Hastig ging Emily ran.

»Hey Emily, was ist los?«, meldete sich Ira.

Emilys Herz hüpfte, dabei entglitt ihr ein tiefer Seufzer. Dann sagte sie nur: »Ach Ira.« Als sie die vertraute Stimme ihrer Freundin hörte, hatte sie plötzlich einen Kloß im Hals. Tränen schossen ihr in die Augen und sie schluchzte laut auf, als sie sagte: »Du hattest recht. Und jetzt kann ich nicht mehr!«

Ira erschrak. So verzweifelt hatte sie Emily noch nie gehört. Es klang, als würde die Freundin gleich zum Rasiermesser greifen und sich die Pulsadern aufschneiden. Dabei war Emily immer eine coole Socke gewesen. Damals zumindest. Ihr kam es vor, als hätten sie sich erst gestern verabschiedet. Als wären nicht zwanzig Jahre zwischen ihrem letzten Treffen und dem heutigen Telefonat vergangen.

Ihr Herz klopfte. »Emily. Alles wird gut. Natürlich kannst du noch. Jetzt bin ich ganz bei dir. Rede mit mir, ich höre dir zu. Es gibt nichts, was wir beide nicht hinkriegen. Das weißt du doch!« Als Antwort kam ein Schluchzen. Ira wartete, bis sich Emily wieder gefasst hatte.

»Also. Julius kommt gleich und bringt seine Freundin mit. Die wird hier einziehen. Und ich muss gute Miene zum bösen Spiel machen. Außerdem bin ich erst jetzt dahinter gekommen, warum wir keine Kinder haben konnten ...« Und innerhalb von zehn Minuten erzählte Emily in Kurzform ihre zwanzigjährige Ehegeschichte. Alles sprudelte aus ihr heraus.

Ira schwieg und hörte genau zu. Emily informierte sie auch, dass Julius am Samstag zu einem Kongress nach Stuttgart fahren würde. Hier hakte Ira ein: »Okay, und du fährst mit ihm mit. Er soll dich am Bahnhof in Schwäbisch Gmünd absetzen, da sammle ich dich auf. Und dann bleibst du erstmal bei mir«, schlug Ira vor. »Ich werde keine Termine übernehmen, ich bin für dich da. Und dann sehen wir weiter.«

Emily erinnerte sich wieder, wie pragmatisch ihre Freundin früher gewesen war. Und das hatte sich wohl nicht geändert. Gott sei Dank.

Erleichtert sagte sie: »Okay, ich schick' dir die Uhrzeit, wann ich in Schwäbisch Gmünd ankomme.«

Da hörte sie, wie die Haustür aufgeschlossen wurde. Julius kam nach Hause. »Ira, ich muss Schluss machen. Wir sehen uns am Samstag. Und du bist immer noch meine beste Freundin. Nein, die einzige. Ich hab' dich lieb«, sagte sie.

»Dito«, kam prompt die Antwort von Ira. Gleichzeitig beendeten die beiden das Gespräch.

Emily war bereits während des Gesprächs ins Bad gegangen. Sie musste ihr Äußeres kontrollieren und sich frisch machen. Julius sollte schließlich nicht sehen, dass sie geweint hatte.

Sie war gespannt, wie er darauf reagieren würde, wenn sie ihm verkündete, dass sie mit zum Kongress fahren würde. Das war er nicht gewöhnt, schließlich war sie all die Jahre immer bei ihrer Schwiegermutter geblieben, wenn er beruflich auf Reisen gegangen war.

»Er wird nicht begeistert sein«, war sie sich sicher. Und blickte sich im Spiegel an. Daraus lächelte ihr eine Frau entgegen. Jung, frech und mit blitzenden Augen. Emily konnte ihren Blick kaum von ihrem Spiegelbild wenden. »Ja, ich bin wieder da«, sagte sie zum Spiegel.

Von draußen drang Julius' Stimme durch die Badezimmertür: »Wo bleibst du denn? Gleich kommt Gabi. Und sie trinkt gern Kaffee. Also, kümmer' dich!«

Emily warf einen abschließenden Blick in den Spiegel. »Ich komme, Schatz«, flötete sie durch die Tür. »War ich das eben?«, fragte sie sich amüsiert. »Ira, du hast mir jetzt schon geholfen!«

Dann öffnete sie ruckartig die Tür und erschreckte Julius, der nur wenige Meter entfernt stand und gerade eine Nachricht an Gabi in sein Handy tippte. Er wollte wissen, wo sie steckte.

Ertappt legte er das Handy zur Seite. Mit einem Blick, der dem eines Buben ähnelte, der gerade etwas angestellt hatte, schaute er seine Frau an. Die tat, als hätte sie nichts bemerkt und rauschte an ihm vorbei in die Küche.

»Ich schau' nach dem Kaffee«, rief Emily über die Schulter. »Du wirst dich noch wundern, mein lieber Gatte«, dachte sie und grinste dabei breit den sündhaft teuren Kaffeeautomaten an. Dabei pfiff sie vor sich hin.

Verblüfft und mit gerunzelter Stirn nahm ihr Mann das zur Kenntnis. »Seit wann pfeift Emily denn?«, überlegte er.

Und nach ein paar Sekunden fiel es ihm wieder ein: Das letzte Mal, als er das gehört hatte, waren sie beide über die Königstraße in Stuttgart gebummelt und hatten gerade beschlossen, dass sie heiraten würden.

Kapitel 14

Ira stürzte ins Gästezimmer und startete mit Aufräumen. Da gab es viel zu tun, denn seit Malte Tennemann wegen eines Rohrbruchs in seiner Wohnung ein paar Tage bei Peter und ihr gewohnt hatte, waren keine Gäste mehr über Nacht geblieben.

Leider war das Jahre her, und das Gästezimmer war immer mehr zur Rumpelkammer geworden: ein Raum, in den man Dinge hineinstellte, die man zurzeit nicht benötigte. Ira bot sich ein wildes Sammelsurium aus Osterdekoration, aussortierter Bettwäsche, die leider nie den Weg in den Altkleidersack gefunden hatte, Winterschuhen, einer alten Staffelei, diversen ausgedienten Kartons von Elektrogeräten und vielem mehr. Das Chaos hatte längst die Regie übernommen.

Wild entschlossen schnappte sich Ira den erstbesten Karton neben der Tür und brachte ihn aus dem Gästezimmer. Nicht, dass sie jetzt etwa wirklich Tabula rasa gemacht hätte. Nein, sie schnaufte nur gut eine halbe Stunde immer wieder die Treppe zum Keller hinunter und wieder hinauf. Mit dem Ergebnis, dass das Gästezimmer schließlich bis auf das Bett, das Tischchen und den Schrank ausgeräumt war. Dafür fristete das wilde Sammelsurium sein Dasein nun eine Etage tiefer im Keller.

Stolz auf ihr Werk, rauschte Ira zur Abstellkammer und schnappte sich den Staubsauger. Die Hausfrau in ihr war erwacht. Sie wollte, dass sich Emily wirklich wohl bei ihr fühlte. Folglich reinigte sie den Raum über Gebühr. Sogar die Sockelleisten wurden nass abgewischt, die Fenster geputzt und die Fensterbank mit Blumen dekoriert. Auswahl gab es keine große, denn Blumen musste man gießen. Was die Journalistin regelmäßig vergaß. Deshalb stellte sie einfach eine Grünlilie auf die Fensterbank. Dazu gesellte sich noch ein putziger Osterhase als Dekoration. »Jahreszeit ist egal, Hasen gehen immer«, kommentierte Ira grinsend.

Bereits nach anderthalb Stunden war sie fertig und hatte sogar schon das Bett bezogen. Mit blumiger Bettwäsche, die bei ihr vollends für gute Laune sorgte – der Plackerei zum Trotz. Zum Abschluss setzte sie noch einen Stoffhund mit langen Schlappohren aufs Bett. Keine Frage, Ira hatte eine kindische Ader, die ihr der ein oder andere wohl nicht zugetraut hätte.

Schließlich stellte sie sich zufrieden in den Türrahmen und betrachtete ihr Werk. Die vermeintliche Rumpelkammer sah nun wirklich wie ein schönes Gästezimmer aus. Sauber und gemütlich.

Dann blieb Iras Blick jedoch an dem Gemälde haften, das über dem Bett hing. »Das ist zu düster«, sagte sie in den Raum hinein. »Der Schrei« von Edvard Munch war aus ihrer Sicht nun wirklich nichts für verzweifelte Menschen.

Eigentlich mochte sie das Bild. Es erinnerte sie an Gemeinderatssitzungen, in denen Gremiumsmitglieder mal wieder Probleme hatten, den neuen Doppelhaushalt zu verstehen. Oder die leidige Thematik von Gebühren, die kostendeckend auf die Bürgerschaft umgelegt werden mussten. Das war der Wille des Gesetzgebers, nicht der der Verwaltung, wie manches Mal unterstellt wurde. Gern hätte Ira dann eine Mimik und Gestik wie auf dem Bild an den Tag gelegt. Aber sie musste ja neutral bleiben als Presse. Also begnügte sie sich stets damit, einfach an den »Schrei« zu denken.

Aber für Emily, die ohnehin in einer tiefen Krise steckte, war das Motiv denkbar ungünstig. Ira ging zur Wand und hängte den Druck ab. »Ich hab' doch noch das Bild mit dem roten Klatschmohn«, fiel ihr ein. Erneut eilte sie in den Keller und steuerte den Raum an, in dem das Sammelsurium aus dem Gästezimmer untergebracht war. Sie öffnete die Tür und ließ ihren Blick schweifen.

»Ja, da ist es«, stieß sie aus. Frohlockend bahnte sie sich den Weg zur linken Zimmerecke. Dort stand an die Wand gelehnt das gesuchte Bild. Vorsichtig hob sie es an und verärgerte damit einige Spinnen, die dort gerade ein feingliedriges Netz kreierten. Mit der Hand fegte Ira ihre achtbeinigen Untermieter weg, griff sich erneut das großformatige Bild und zog es ächzend hinter den anderen Dingen, die sich an der Wand stapelten, hervor.

Den Triumphmarsch vor sich hin pfeifend, ging sie wieder hoch in die Wohnung und in die Küche. Mit einem feuchten Tuch wurde das Bild abgewischt, bis es nur so glänzte. Anschließend marschierte Ira zur Schreibtischschublade und nahm Hammer und zwei Nägel heraus. Dann ging sie zurück ins Gästezimmer. Pi mal Daumen klopfte sie die Nägel in die Wand, holte das Klatschmohn-Bild aus der Küche und hängte es über dem Bett im Gästezimmer auf.

»Viel besser«, befand sie, als sie einen Schritt zurücktrat und ihr Werk betrachtete. »Viel freundlicher. Und das Rot der Blüten passt toll zur Bettwäsche.« Und weil sie sowieso schon dabei war, nahm sie sich vor, auch im Schlafzimmer Ordnung zu machen.

Sie betrat dieses und wollte gerade die Betten machen, als ihr Handy klingelte. Sie legte den Hammer auf Peters Kopfkissen und nahm den Anruf an.

Es war Peter. »Hey Mädel, du glaubst nicht, wer hier wieder arbeitet«, meldete sich der Kommissar.

Die Journalistin stutzte. Wenn Peter so gut gelaunt war, gab es eigentlich nur einen Namen, dessen Träger für diese gute Stimmung verantwortlich sein konnte.

»Malte Tennemann«, mutmaßte sie daher.

»Stimmt. Woher weißt du das?«, wunderte sich der Kommissar.

»Ich hab' geraten«, gab Ira zu. »Ist sonst noch was? Ich hab' gerade keine Zeit, ich muss putzen.« Sie verließ das Schlafzimmer, um sich eine Zigarette zu holen.

»Du putzt? Warum das denn?«, staunte Peter, als würde Ira etwas ganz Ungeheuerliches machen. Aber er wusste eben, dass sie nicht gerade die klassische schwäbische Hausfrau war.

Ira, die mittlerweile auf dem Balkon angekommen war und sich eine Zigarette angesteckt hatte, erzählte, dass ihre Freundin Emily am Wochenende bei ihnen übernachten würde.

Peter staunte erneut: »Emily? Nie gehört. Wer ist das?«

In Kurzform erzählte die Journalistin, wie sie gemeinsam mit Emily ihre ersten Sporen bei der Zeitung in Stuttgart verdient hatte. Während sie genüsslich an ihrer Zigarette zog, schlug ihr Peter vor, dass sie sich nach Feierabend ausführlicher darüber unterhalten könnten.

»Jetzt muss ich Malte beibringen, wie gute Ermittlungsarbeit geht«, witzelte er. Und warf dabei einen

Blick zu seinem jungen Kollegen, der sich gerade wieder an seinem alten Schreibtisch einrichtete.

Als Antwort verzog Malte das Gesicht zu einer Grimasse. Und forderte dann Peter auf, Ira einen lieben Gruß auszurichten. Was dieser sofort tat.

»Danke, Grüße zurück. Wir reden heute Abend. Ich freu' mich!«, sagte Ira und beendete das Gespräch.

Den auf Peters Kopfkissen abgelegten Hammer hatte sie längst vergessen. Am Abend würde sie auf seine verblüffte Frage, was der Hammer auf seinem Kissen mache, eine schnelle Antwort parat haben: »Damit kannst du das Licht ausmachen.«

Julius blickte Emily verblüfft nach. Sie schien bester Laune zu sein, so, wie sie an ihm vorbei in die Küche gerauscht war.

Er folgte ihr und sah ihr zu, wie sie mit geübten Griffen den Kaffeeautomaten in Gang setzte. Das Klingeln an der Haustür hielt ihn davon ab, etwas zu sagen.

»Machst du auf? Das wird dein Gast sein«, rief Emily.

Der Chefarzt blieb die Antwort schuldig und ging ins großzügige Foyer der Villa.

Irgendwie war ihm plötzlich ganz komisch zumute. Er wusste ja, dass Gabi vor der Tür stehen würde. Nicht, dass ihn plötzlich sein Gewissen geplagt hätte. Dafür pochte seine Männlichkeit in der Hose dann doch etwas zu stark. Bereits beim Gedanken an die kesse Krankenpflegerin machte sich sein Glied selbstständig und versteifte sich etwas. Zwar nicht stark genug, dass es ihm in der Unterhose zu eng wurde. Nein, dafür bedurfte es schon der kleinen Wunderpillen. Aber als er schließlich nach der Türklinke griff, um seiner Gespielin zu öffnen, spürte er doch eine gewisse Atemnot. Diese Frau machte ihn einfach verrückt.

»Reiß dich zusammen, sie ist nur eine von vielen«, befahl er sich selbst. Aber es war heute doch eine etwas andere Situation. Denn zum ersten Mal traf einer seiner Betthasen auf Emily. Stets hatte er darauf geachtet, dass seine Gattin von seinen Seitensprüngen nichts mitbekam. Doch jetzt musste er auf Konfrontation gehen, schließlich war seine Mutter nicht mehr am Leben. Sprich, Emily würde unter der Woche wieder zuhause sein und nicht in einem Dialyse-Zentrum stundenlang am Bett der Mutter sitzen. Er konnte also nicht mehr so einfach ein Schäferstündchen mit der Krankenpflegerin erleben, ohne ertappt zu werden.

»Das muss jetzt sein, Gabi muss einziehen, sonst komm' ich nicht auf meine Kosten, wann ich will«, ging es ihm durch den Kopf. Schließlich öffnete er mit scheinbarer Lässigkeit die Tür.

»Immer herein«, sagte er zu Gabi, die gerade noch dabei war, ihre Frisur zu ordnen. Sie hatte ihre blonde Mähne in ein Haargummi gezwängt.

Mit leichtem Kopfnicken und strahlendem Blick betrat sie die Villa. Dabei wogte ihr Pferdeschwanz hin und her. Ein Anblick, den Julius liebte. Denn nur zu gern zog er ihr das Haargummi während ihrer Treffen aus den Haaren, sodass sich ihre lange, blonde Mähne wie flüssiges Gold um ihr Gesicht legte und über die Schultern floss. »Du bist meine Lorelei«, sagte er dabei immer.

Er nahm Gabi die Jacke ab und hängte diese flüchtig an einen Bügel an der Garderobe. Dann wollte er ihr heimlich einen Klaps auf ihren prallen, festen Hintern geben, als Emily plötzlich im Foyer erschien. Er erschrak und konnte gerade noch die Hand zurückziehen, um sie aus der Bewegung heraus in die Hosentasche zu stecken.

Mit den Worten »Herzlich willkommen! Sie müssen Gabi sein« und herzlich ausgestreckter Hand ging Emily auf die Krankenpflegerin zu.

Die reagierte etwas verlegen. Es war das erste Mal, dass die Krankenpflegerin Julius' Frau live sah. Bislang kannte sie sie nur als gerahmtes Foto auf dem Schreibtisch von Julius. Mit leicht traurigem Blick, gelangweilt dreinblickend. Deshalb hatte sie sich die Frau von Julius anders vorgestellt. Hässlicher, älter, welker. Stattdessen sah sich Gabi einer gepflegten, äußerst gastfreundlichen und höflichen Dame gegenüber. Die offensichtlich Dauergast bei der Kosmetikerin war. Und deren Kajal vermutlich fast so viel kostete wie eine Tankfüllung für ihren alten Ford.

»Sie ist ja eine Schönheit«, ging es Gabi durch den Kopf. »Und so schick angezogen!«

Etwas verschüchtert sagte sie: »Guten Tag. Ja, ich bin Gabi«, und schüttelte Emily die Hand. Dabei zog sie sich einen belustigten Blick von Julius zu, der die Situation einfach nur köstlich fand.

Längst hatte er sich wieder gefangen und war wieder ganz der alte Macho. Doch ihm entging ebenfalls nicht, was für eine Aura Emily umfing. Stark, selbstsicher, aber sehr freundlich trat seine Frau auf.

»Seltsam, sie sieht heute irgendwie anders aus«, überlegte er, während er an den Frauen vorbei in den Salon ging.

Emily machte eine einladende Bewegung, die Gabi vermittelte, dass sie Julius folgen sollte. Über all die Jahre hatte sie Routine darin gewonnen, ihre Gemütsbewegungen für sich zu behalten und eine perfekte Gastgeberin zu sein. Das war heute ihr Trumpf. In ihrem Inneren tobte zwar ein gewaltiger Kampf, aber ihre Miene blieb freundlich.

»Julius, möchtest du ihr nicht erst die Wohnung zeigen, bevor wir Kaffee trinken?«, erinnerte sie ihren Gatten daran, weshalb die junge Frau überhaupt gekommen war.

»Ach so, natürlich, du hast recht«, stieß der etwas zerstreut aus und drehte sich auf dem Absatz um. »Natürlich«, wiederholte er, und ließ der Krankenpflegerin den Vortritt an der Treppe. Er sah Emily an und erkundigte sich: »Willst du nicht mitkommen?«

Doch seine Gattin machte nur eine wegwerfende Handbewegung. »Nein, nein, ich schau' nach dem Kaffee. Sie gehört dir.« Beim zweiten Satz hatte sie bereits den Weg zur Küche aufgenommen. Daher konnte Julius nicht sehen, wie es um ihre Mundwinkel verräterisch zuckte.

Der Chefarzt ging mit der Krankenpflegerin die Treppe hoch und lachte etwas zu affektiert über einen Witz, den er gerade selbst gemacht hatte.

»So, der Herr Chefarzt ist ein wenig verunsichert«, kommentierte Emily amüsiert. Denn diese Art des übertriebenen Lachens kannte sie nur zu gut. Dann hörte sie das dümmliche Kichern von Gabi, während beide durch die Eingangstür der oberen Etage gingen.

»So, jetzt kann er endlich ihren Arsch begrapschen. Vorhin hab' ich ihn ja davon abgehalten. Er scheint doch noch einen Funken Anstand zu haben«, bemerkte sie zufrieden.

Sie wunderte sich über sich selbst. Noch vor einem Tag wäre sie fassungslos gewesen angesichts dieser Unverfrorenheit und dieser jungen, anscheinend anstandslosen Frau. Sie hätte sich maßlos gedemütigt gefühlt. Doch seit dem Gespräch mit Ira fühlte sie sich wie ausgewechselt. Als hätte sie selbst alles in der Hand und Julius wäre die Marionette – und nicht andersherum.

Was Emily ebenfalls wunderte, war, dass sie keinerlei Eifersucht spürte. Die Liebe zu Julius hatte sie wohl irgendwann verloren. Zwischen Galadinner im Golfclub und Dialyse-Station. Sie spürte nur noch eine große Leere, aber die tat ihr nicht weh. Die war sie seit langem gewöhnt. Was nun aber neu war, war, dass sie immer wieder ein Zucken um die Mundwinkel spürte. Am liebsten hätte sie schallend gelacht. Ja, Emily war endlich aufgewacht aus ihrer langen Lethargie.

In ihrem Kopf hatte sie plötzlich wieder Bilder aus der Zeit, in der sie mit Ira die Straßen von Stuttgart unsicher gemacht hatte. Lange Stunden, die sie in der Redaktion verbracht hatten, um an ihren Artikeln zu feilen. Oder wie sie im Straßencafé saßen und die Männer um sich herum nach Punkten bewertet hatten. Die höchste Punktzahl Zehn konnte nicht vergeben werden – schließlich gab es keinen perfekten Mann.

Emily wurde warm ums Herz. Sie spürte, wie das Leben wieder in ihrem Körper pulsierte. Dieses Gefühl genoss sie. Und sie wollte es nie wieder missen. »Ab übermorgen hol' ich mir alles wieder zurück«, sagte sie laut vor sich hin, während sie den Tisch deckte.

Wieder in der Küche angelangt, nahm sie aus den Augenwinkeln war, dass Gabis Jacke sich vom Bügel gelöst hatte und nun auf dem Boden lag. Julius hatte sie vor lauter Aufregung wohl nicht richtig aufgehängt. Emily ging rasch ins Foyer, schnappte sich die Jacke und wollte sie ordentlich aufhängen. Dabei rutschte etwas aus der Jackentasche.

Emily stutzte, ging in die Hocke und hob das Stück Papier auf. Eigentlich wollte sie es gleich wieder in die

Tasche stecken, aber als ihr Blick darauf fiel, stockte sie in der Bewegung.

»Das ist ja ein Ultraschallbild«, wunderte sie sich und schaute es sich genauer an. Gabi und Julius waren ohnehin oben in der Wohnung. Sie konnte sich also Zeit lassen.

Der Anblick versetzte ihr einen Stich. Nur zu gern hätte sie auch so ein Ultraschallbild gehabt. Auf dem sich die vagen Umrisse eines neuen Erdenbürgers abzeichneten – ihres Kindes. Aber auf diesem Ultraschallbild stand nicht ihr, sondern Gabis Name, mitsamt dem heutigen Datum. So schnell, wie der Stich sie ins Herz getroffen hatte, war er auch wieder weg.

»So, mein lieber Julius. Diese Dame fährt für dich das ganze Programm auf. Dir wird ein Kuckuckskind untergejubelt. Herzlichen Glückwunsch«, murmelte sie verächtlich. Schnell steckte sie das Bild zurück in die Jackentasche. Denn dass ihr unfruchtbarer Gatte keinesfalls der Vater dieses Kindes sein konnte, war ihr klar.

»Arme Gabi, diese Beziehung wird nicht lange bestehen«, prophezeite sie und ging lächelnd zurück in die Küche. Im Handumdrehen nahm sie erneut die Gastgeberinnen-Rolle ein und kümmerte sich um den Kaffee. Schon hörte sie, wie die beiden wieder die Treppe herunter kamen.

Gabi säuselte: »Oh, Julius, diese Wohnung ist einfach wunderschön. Ich danke dir …«

Vom Chefarzt hörte sie nur ein Grummeln.

»Entschuldigung, Herr Dr. Kotten, natürlich«, erklang wieder Gabis Stimme.

Emilys Grinsen wurde noch breiter. Der werte Gatte hatte die Krankenpflegerin wohl gerade daran erinnert, dass sie ihn, den Chefarzt, gefälligst zu siezen hatte.

»Die halten mich wirklich für komplett verblödet«, stellte Emily nüchtern fest, während sie mit der gefüllten Kaffeekanne in den Salon ging.

Kapitel 16

Nach ihrem Wohnungsputz schwang sich Ira hinters Steuer und fuhr nach Waldstetten. Im Juli würde dort die komplette Verwaltung aus dem Rathaus ausziehen. Vorübergehend in einem Mehrfamilienhaus untergebracht, konnte sie so weiterarbeiten, während im Ortskern das alte Rathaus abgerissen und am selben Platz ein neues gebaut würde. Wenn die Mitarbeiterinnen und Mitarbeiter dann wiederum in den Rathausneubau einziehen konnten, würde das Interimsrathaus zu einem Mehrfamilienhaus für sozial schwache Familien und Flüchtlinge umgebaut werden. Hierfür waren dann nur wenige Eingriffe in die Raumstrukturen nötig.

Das Interessante war, dass gerade die Nachbarn, die gern mit vermeintlichem Heiligenschein durch die Weltgeschichte liefen, ein Problem mit der späteren Nutzung des Interimsrathauses hatten. Darüber war ihr einiges zu Ohren gekommen. Klar wollte man Flüchtlinge mit offenen Armen begrüßen. Und sozial Schwachen eine ordentliche Wohnung bieten. Aber doch nicht nebenan! Ira wunderte sich immer wieder, wie viel Pharisäertum es doch auf Gottes schöner Erde gab. Aber das würde sich wohl nie ändern.

Auf ihrer Agenda stand an diesem späten Nachmittag der Besuch des Gemeindearchivs im Keller des Rathauses. Hier sorgte Fred Küpper dafür, dass alte Akten entweder entsorgt oder digitalisiert wurden. Eine Heidenarbeit, über die die Journalistin berichten würde.

Sie konnte sich noch gut an ihren Umzug von Stuttgart nach Heckenbach erinnern. Ohne Jim hätte sie diesen nie bewerkstelligen können. Daher war sie nun neugierig, wie der Umzug einer kompletten Verwaltung über die Bühne ging. Und dass sie nebenbei ein Stündchen mit Michel Rimbald verbringen konnte, war dabei ganz nach ihrem Gusto.

Sie mochte den Bürgermeister, den unter anderem sein rollendes »R« charakterisierte. Er hatte immer etwas Neues zu berichten und sparte nie mit Lob. Seine gute Laune war ansteckend, seine Herzlichkeit ebenso. Dabei wusste Ira sehr wohl, dass er auch einen anderen Ton anschlagen konnte, wenn ihn jemand ärgerte. Denn es war ihm das größte Anliegen, für seine Bürgerschaft das Beste rauszuholen. Aber wie sehr er sich auch manchmal über Vorgaben und komplizierte Bürokratie ärgerte, er blieb doch stets sachlich in seiner Kritik und über der Gürtellinie des jeweils anderen. Das zeichnete den Waldstetter »Dorfschultes« im besten Sinne aus.

Bei seinen Kollegen im Altkreis Gmünd genoss er größte Achtung. Sein Wissen war groß, da rief auch schon mal ein jüngerer Kollege an, um Nachhilfe und wertvolle Tipps von Rimbald in puncto Kommunalpolitik zu erhalten. Was die jüngeren Bürgermeister-Kollegen sehr schätzten.

Was Ira an Rimbald besonders bewunderte, war sein gigantisches Namensgedächtnis. Wenn der Schultes auf einem Termin vor Ort war, grüßte er die Passanten mit Namen – und zwar alle. Ira wiederum hatte oft Mühe, sich an Namen zu erinnern. Vor allem, wenn sie diese Person nicht regelmäßig, sondern nur alle paar Jahre traf.

»Das wird ein schöner Termin«, freute sich die Journalistin. Schließlich verfügte sie über einen ausgeprägten Geschichtsfimmel und liebte Archive aller Art. Und sie konnte gewiss sein, dass sie eine schöne Reportage über die Vorbereitung des Umzugs schreiben konnte. Denn der ehemalige Hauptamtsleiter, Fred Küpper, hatte immer eine Anekdote parat, die in der Vergangenheit schon so manchem ihrer Artikel Würze verliehen hatte. Das hatte sich mit Sicherheit nicht geändert, nur weil er nun, nach 43 Jahren im Hauptamt, in Rente gegangen war. Er war das Gedächtnis von Waldstetten und ein großer Gewinn für die Arbeit im Archiv.

»Na, das ist ja mal eine nette Person. Sie passt gut ins Haus«, nahm Emily das Gespräch mit Julius wieder auf, nachdem Gabi nach einer Tasse Kaffee und einer Runde Small Talk wieder gegangen war.

Ihr Gatte blickte sie argwöhnisch an. Verblüfft hatte er ihr wenige Minuten vorher zugehört, wie sie sich überaus freundlich, fast kameradschaftlich mit Gabi unterhalten hatte. Sein Gefühl sagte ihm, dass Emily anders war als sonst. Und dass er auf der Hut sein musste. Quasi über Nacht hatte sich seine Gattin verändert. Sie wirkte selbstsicher und souverän. Etwa, als sie Gabi erklärte, wie sie am besten ihre Siebensachen in Kartons für den Umzug packen sollte. Überhaupt hatte sie so getan, als nähme sie Gabi unter ihre Fittiche. Das gefiel ihm überhaupt nicht. Zu viel Vertrautheit zwischen seiner Frau und seiner Geliebten – das war ihm nicht geheuer.

Als er die Krankenpflegerin zur Tür gebracht hatte, hatte diese abschließend bemerkt: »Deine Frau ist ja echt nett.« Das hatte ihm den Rest gegeben. Irgendetwas stimmte hier nicht, da war er sich sicher. Darüber hatte er angefangen nachzugrübeln, als ihn Emily aus seinen Gedanken gerissen hatte.

»Was?«, fragte er nach.

Seine Gattin lächelte ihn über den Tisch hinweg an und wiederholte: »Ich sagte, dass Gabi gut ins Haus passen wird.«

Er nickte zerstreut.

Am Samstag, wenn sie zusammen nach Stuttgart fahren würden, würde er der lieben Gabi sagen, dass sie sich seiner Frau gegenüber nicht so unterwürfig verhalten solle. Denn das hatte ihn am meisten geärgert. Gabi hatte bislang zu allem, was er gesagt und gefordert hatte, Ja und Amen gesagt. Und jetzt hatte sie dasselbe bei Emily gemacht. Die hatte sich mit ihr über Emanzipation und so einen Scheiß unterhalten und begrüßte es, dass Gabi eine eigene Wohnung wollte.

»Das wird Sie sehr selbstständig machen«, hatte Emily seiner Geliebten gut zugesprochen.

Das Gespräch war ihm völlig entglitten, er war zur Randfigur geworden. Emily hatte die Gesprächsfäden in der Hand gehalten. Und Gabi hatte brav pariert. Dabei war er doch der Chef im Haus!

» … Packen muss ich ja auch noch …«, stellte Emily im Plauderton fest und erhob sich vom Kaffeetisch.

Mit dieser Feststellung hatte sie Julius' Aufmerksamkeit zurückgewonnen. Verdutzt schaute er sie an und erkundigte sich, warum sie packen wolle. Im selben Moment fiel ihm der Ärztekongress ein. Er schlug sich mit der flachen Hand so hart gegen die Stirn, dass es klatschte. »Ach so, klar, du musst meine Sachen packen für Stuttgart«, sagte er.

Doch Emily schüttelte den Kopf. »Nein, nicht deine Sachen. Meine.«

»Was? Wieso?« Jetzt verstand Julius gar nichts mehr.

»Na, ich werde mitfahren nach Stuttgart. Mal wieder die alte Heimat sehen. Das ist doch die Gelegenheit. Und du bist nicht so allein«, erklärte sie ihm. Dabei hatte Emily Mühe, nicht breit zu grinsen, denn Julius' Miene spiegelte jetzt eine Mischung aus Verständnislosigkeit und Verzweiflung wider.

»Du kannst nicht mit nach Stuttgart …«, stieß er hervor. In Gedanken vollendete er den Satz: » … ich fahr' doch mit Gabi.« Laut sagte er: »Du musst hier bleiben, die Formalitäten wegen der Beerdigung erledigen.«

Emily erkundigte sich, was er damit meine.

»Na, Mutter ist doch noch nicht unter der Erde. Da hast du bestimmt noch viel zu tun. Ich kann mich nicht kümmern, ich muss ja zum Kongress«, stammelte er.

Seine Frau ging um den Tisch herum, stellte sich hinter ihren Mann und strich ihm über die Haare. »Mein armer Julius«, sagte sie, und lächelte – für ihn nicht sichtbar – gehässig. »Du bist vor lauter Trauer schon ganz wirr. Morgen Vormittag ist die Beerdigung. Hinterher gibt es einen kurzen Empfang hier im Haus. Das Catering ist bestellt. Gegen 16 Uhr verabschieden wir die Gäste. Und dann können wir uns noch einen Abend lang entspannen, bevor wir am Samstag ganz früh losfahren«, erklärte sie in einem Tonfall, wie ihn eine Mutter bei einem nicht ganz hellen Kind anschlägt.

»Aber, aber, du bist doch sonst nie mitgekommen«, brach es aus Julius raus. Er hatte Mühe, ruhig zu bleiben. Denn wie sollte er Gabi klarmachen, dass sie nicht in seinem schicken Mercedes Platz nehmen durfte? Geschweige denn ein Zimmer im Hotel mit ihm teilen konnte, weil seine Frau selbst mitfuhr?

»Ich bin bislang nie mitgekommen, weil deine Mutter mich gebraucht hat. Aber jetzt ist sie gestorben und ich kann dich überall hin begleiten«, erklärte Emily.

Dabei setzte sie ihm einen vermeintlich liebevollen Kuss auf die Stirn, auf der klitzekleine Schweißperlen sichtbar waren. Gedanklich gratulierte sie sich selbst zu ihrer Vorstellung und musste schmunzeln, als ihr ein Bild in den Sinn kam: Sie stand in Hollywood auf der Bühne und bekam den Oscar überreicht. Als beste Hauptdarstellerin.

Da Emily Mühe hatte, angesichts des Gesichtsausdrucks von Julius nicht in schallendes Gelächter auszubrechen, verließ sie rasch den Salon und ging in die Küche. »Ich werde uns jetzt noch etwas zum Essen herrichten«, rief sie zu ihm in den Salon.

Julius tippte bereits eine Nachricht in sein Handy. Er schrieb Gabi, dass er sie in Kürze anrufen würde. Es gäbe eine Planänderung bezüglich des Kongresses. Schließlich konnte er seine Frau kaum davon abhalten, mit ihm zu fahren.

»Eine Katastrophe«, dachte er. »Und wie soll ich Gabi jetzt noch ein Zimmer im Kongresshotel besorgen? Es ist doch ausgebucht! Eine totale Katastrophe!« Julius schüttelte gestresst den Kopf.

Die nächste Ansage seiner Gattin aus der Küche war wie eine Erlösung für ihn. »Schatz, ich werde übrigens nicht bei dir im Hotel übernachten. Ich bleib' bei Ira.«

»Ah, sehr gut«, entfuhr es ihm voller Erleichterung. Gleichzeitig hätte er sich auf den Mund schlagen können. Hatte er gerade zu glücklich gewirkt? War Emily das aufgefallen?

Während er sich dies fragte, stand seine Frau in der Küche und hielt sich tatsächlich den Mund zu. Denn am liebsten hätte sie schallend losgelacht. Sie spürte ganz genau, welche Ängste der werte Gatte gerade ausstand. Zudem hatte sie kurz in den Salon gespickt und gesehen, wie er wie wild auf sein Handy eingetippt hatte. Jetzt würde er gewiss gleich unter einem Vorwand irgendwohin gehen, wo er in Ruhe mit seiner Gabi telefonieren konnte.

In diesem Moment rief Julius in die Küche: »Schatz, ich muss kurz ins Büro. Ich soll mich in der Klinik melden. Dauert nicht lang.«

Bei den letzten Worten war er bereits aus dem Salon durch die große, doppelflügelige Tür ins Foyer gerauscht und in seinem Büro verschwunden.

Emily hörte, wie die Tür ins Schloss fiel. Gerade noch rechtzeitig, denn sie konnte sich das Lachen nicht mehr verkneifen und prustete laut hinaus. Was problemlos möglich war, denn Julius würde sie nicht hören. Sein Vater hatte einst die Bürotür polstern lassen, damit er seine Privatsphäre hatte. Kein Laut drang vom Büro nach draußen. Und auch keiner von draußen nach drinnen.

Julius stürmte an seinen Schreibtisch und ließ sich auf seinen bequemen Drehstuhl fallen. Er holte tief Luft.

Dabei betrachtete er das Portrait seines Vaters, der ihm aus einem dunklen Bilderrahmen an der Wand gegenüber streng entgegenblickte.

»Papa, hattest du auch so viel Stress wegen der Weiber?«, fragte er laut ins Zimmer. Dann tippte er die Ziffer 2 in sein Handy. Und wurde automatisch mit Gabi verbunden. Seine Betthasen erhielten stets die Ziffer 2. Ihre Namen unter Kontakte einzugeben wäre ihm zu viel Aufwand gewesen, so oft, wie sie wechselten.

Kurze Zeit später rauschte er sichtlich unter Strom wieder aus dem Büro und betrat mit leicht gerötetem Gesicht die Küche. »Ich muss noch mal schnell weg. Wir haben einen komplizierten Fall in der Klinik. Privatpatient – du weißt schon«, stieß er hervor.

Mitleidig blickte ihn Emily an, ging zwei Schritte auf ihn zu und nahm ihn in die Arme. Dabei flüsterte sie fast: »Du Armer. Geh nur. Ich pack' und mach' alles fertig. Lass dir ruhig Zeit.«

Innerlich wunderte sie sich ob ihrer Kaltschnäuzigkeit. Denn sie musste tatsächlich noch etwas Wichtiges erledigen, wobei sie auf keinen Fall gestört werden wollte.

Julius hatte ihr einmal erklärt, wie man einen hundertprozentig tödlich wirkenden Giftcocktail aus den Medikamenten seiner Mutter mixen könnte, wenn ihr deren Pflege zu viel werden würde. »Klappt wirklich so gut, dass keiner dahinterkommt«, hatte er ihr damals versichert.

Seine Erklärungen hatten bei Emily Fassungslosigkeit ausgelöst. Schließlich liebte sie ihre Schwiegermutter. Und nichts lag ihr ferner, als ihr ein Leid anzutun! Aber dank ihres guten Gedächtnisses wusste sie noch genau, welche Medikamente in welcher Dosierung miteinander kombiniert zum tödlichen Cocktail wurden. So würde die übrig gebliebene Medizin ihrer Schwiegermutter nun doch noch ihren Zweck erfüllen. Aber bei jemandem, der es wirklich verdient hatte. Emily lächelte versonnen.

»Und in deinem Grapefruitsaft wirst du die Mixtur nicht herausschmecken, dank der Bitterstoffe der Früchte.« Sie öffnete eine kleine Schranktür in der Küche und angelte sich eine 0,2-Liter-Flasche Saft heraus. Dann ging sie ins Bad und schnappte sich die Tüte mit Medikamenten.

Aus der Ferne hörte sie noch ein »Ich bin dann weg«, bevor die Haustür ins Schloss fiel.

»Gut, dass du jeden Morgen deinen Saft trinkst. Das macht es mir leichter«, sagte Emily zufrieden vor sich hin. Dann schnappte sie sich in der Küche ihren Mörser aus Marmor und befüllte diesen mit allerlei Tabletten, die sie aus den Packungen genommen hatte. Schließlich griff sie zum Stößel. Laut vor sich hin pfeifend zerkleinerte sie die Tablettenmixtur, bis nur noch feingemahlenes Pulver übrig war. Dabei wirkte sie wie eine gutmütige Hausfrau, die gerade das Weihnachtsgebäck backte, mit dem sie immer die ganze Familie verwöhnte. Dann griff sie sich ihren kleinsten Trichter, öffnete die Saftflasche, setzte den Trichter drauf und ließ das Pulver in die Flasche gleiten. Ganz langsam, damit es keine Klumpen gab. Anschließend verschloss sie die Flasche und schüttelte sie so kräftig, wie sie nur konnte.

Sie trug die Flasche wieder ins Bad und stellte sie in das Fach, in dem ihre Kosmetika standen. Sorgfältig schloss sie die Tür. Am nächsten Morgen würde sie beim Zusammenpacken ihrer Utensilien nicht nur Hautcreme, Deo und Schminksachen einpacken, sondern auch den Tod in der Flasche.

Kapitel 17

Emily schlüpfte aus den hochhackigen Pumps und stellte sie ordentlich in den Schuhschrank. Dann ging sie ins Bad. Julius war bereits im Schlafzimmer. Sie hatte noch die letzten Gläser in die Spülmaschine gestellt. Es war geschafft, die letzten Trauergäste hatten sich verabschiedet.

Sie war müde. Sie hatten die Beerdigung im kleinen Kreis abgehalten. Gerade mal zwanzig enge Freunde und Bekannte waren gekommen. Und das, obwohl die Mutter von Julius einst eine Größe im gesellschaftlichen Leben gewesen war. Nicht verwunderlich, hatte ihre Schwiegermutter im Laufe ihrer Krankheit doch immer weniger Besuch erhalten. Es hatte den Anschein, als fürchteten sich selbst die besten Freunde davor, sich anzustecken. Was bei Krebs natürlich unmöglich war. Doch kaum jemand wollte sich mit einer Todkranken unterhalten. Hielt diese ihrem jeweiligen Besucher doch den Spiegel entgegen, in dem sich die eigene Vergänglichkeit zeigte. Mit dieser Tatsache konnten und wollten jedoch die wenigsten umgehen.

Julius war ebenfalls müde. Vor der Trauerfeier hatte er aus der Klinik erfahren, dass es einen weiteren Anwärter auf den Posten des Ärztlichen Direktors gab. Das ärgerte ihn maßlos, es war für ihn so etwas wie Majestätsbeleidigung. Schließlich war er der beste Chefarzt der Klinik. Davon war er felsenfest überzeugt. Er wunderte sich zudem über Emily, die die ganze Trauerfeier über eine vorbildliche Gastgeberin gewesen war. Charmant, zurückhaltend und immer zur Stelle, wenn ein Glas aufgefüllt werden musste. Auf dem Friedhof hatte sie zwar geweint, doch kurze Zeit später war sie wieder die Grande Dame gewesen.

»Irgendwie hat sie sich verändert«, war er sich sicher. Ihm gegenüber zeigte sie sich fürsorglich und fast liebevoll. Einmal hatte er sie an diesem Tag sogar mit seiner jungen, hübschen Gabi verglichen – und die Krankenpflegerin hatte verloren. Denn Emily war immer noch attraktiv. Jetzt eben eine reife Frau und nicht mehr die junge Journalistin, als die er sie einst in Stuttgart kennengelernt hatte.

»Es wird Zeit, dass ich Gabi klarmache, wo ihr Platz ist. Und in dieses Haus kommt sie auch nicht«, beschloss der Chefarzt plötzlich. Nein, die Krankenpflegerin passte hier nicht rein mit ihrer manchmal nervigen Dümmlichkeit. Sie hatte keinen Stil und Emilys Niveau würde sie nie im Leben erreichen. Mit ihr Spaß haben konnte er auch an einem anderen Ort. Danach konnte er nach Hause flüchten und sich so ihrem Klammergriff entziehen.

»Wann fahren wir morgen los? Wir brauchen gut fünf Stunden bis Schwäbisch Gmünd.« Emilys Frage riss ihn aus seinen Gedanken.

Er überlegte kurz. »Bis zwölf Uhr sollte ich in Stuttgart sein«, gab er zurück. Stille.

»Wie wäre es dann, wenn wir gegen halb sechs losfahren?«, schlug Emily vor. »Ich steig' in Gmünd ja nur aus, du kannst gleich weiterfahren. Dann brauchst du noch etwa 45 Minuten bis zum Hotel.«

»Und ich muss Gabi am Bahnhof in Gmünd noch aufgabeln«, ging es Julius durch den Kopf. »Und zwar so, dass Emily es nicht mitbekommt. Wobei, warum eigentlich nicht? Das muss ich ja nicht verheimlichen«, dachte er weiter. »Doch, das braucht sie nicht mitzubekommen. Schließlich hat eine Krankenpflegerin eigentlich nichts auf einem Ärztekongress verloren …«

Er hatte die Krankenpflegerin am Vorabend angewiesen, mit dem Zug von Potsdam nach Schwäbisch Gmünd zu fahren. Dort könnte sie dann in sein Auto steigen und mit ihm weiterfahren bis zum Hotel. Gabi hatte gleich zugestimmt, auch wenn ihre Enttäuschung darüber, dass sie nicht die komplette Strecke mitfahren konnte, unüberhörbar gewesen war. Doch sie hatte begriffen, dass Julius seine Frau nicht abwimmeln konnte und es nicht möglich war, mit ihm und seiner Frau mitzufahren. Sie hatte auch gleich einen Zug herausgesucht, der kurz vor elf Uhr in Gmünd ankommen würde.

»Okay, wir fahren um halb sechs«, gab er zurück. »Müsste passen. Wenn ich ein bisschen später komme, ist es auch egal. Der erste Vortrag startet erst um 13 Uhr.«

»Prima, dann geb' ich Ira Bescheid, dass ich gegen elf Uhr am Bahnhof bin. Sie holt mich ab«, informierte ihn Emily.

Insgeheim ärgerte sich Julius darüber, dass Emily sich wieder mit dieser Journalistin treffen wollte. Nach all den Jahren. Es hatte ihn viel Mühe gekostet, die beiden auseinanderzubringen. So manchen Brief hatte er verschwinden lassen, den Ira nach Emilys und seiner Heirat nach Potsdam geschickt hatte. Diese dumme Kuh war ihm zu selbstständig, zu selbstbewusst. Es war gut, dass er Emily gleich mit nach Potsdam genommen hatte. Dort hatte sie nicht länger unter dem schlechten Einfluss ihrer nervigen Freundin gestanden.

Ira hatte ihm stets mit Blicken klargemacht, dass sie nicht viel von ihm hielt. Er hatte leichtes Spiel gehabt, Emily nach und nach von ihr zu entfremden. Er hatte seiner Frau versichert, dass Ira nur neidisch auf sie sei. Und selbst gern eine gute Partie haben wollte. Nach einigen abgefangenen Briefen hatte er seit zwanzig Jahren nicht mehr den Namen »Ira« gehört. Und jetzt, plötzlich, wollte Emily zu ihr! Das passte ihm so gar nicht.

Sie würde seiner Frau nur Flausen in den Kopf setzen, der Besuch würde für ihn nur Nachteile bringen. Iras direkte, aufmüpfige Art passte ihm nicht in den Kram. Und Frauen in den besten Jahren konnten bei diesem Geschwätz über Frauenrechte und Selbstbestimmung schon ins Grübeln kommen. Womöglich sogar Emily. Aber er wollte doch sein liebes Hausweibchen behalten und keine Emanze zurück nach Potsdam kutschieren. Emilys Schilderungen hatte er entnommen, dass Ira das gemacht hatte, was sie schon immer vorgehabt hatte: Sie war raus aus Stuttgart und aufs Land gezogen. Lebte dort im Remstal und arbeitete als freie Journalistin.

»Sie hat sich immer noch nicht geändert, im Gegenteil – wahrscheinlich ist sie jetzt noch zickiger und bockiger als früher«, mutmaßte Julius. Daraus, dass Ira ihn nie leiden konnte, hatte sie nie einen Hehl gemacht. Bissige Kommentare waren bei ihr ihm gegenüber an der Tagesordnung gewesen.

»Hoffentlich begegne ich ihr nicht«, wünschte er sich sehnlichst. Denn dass die Freundin seiner Gattin eine starke Frau war, war ihm bewusst. Mit ihr in einen ordentlichen Dialog zu treten, aus dem er als

Sieger hervorging, schien für ihn aussichtslos. Er hatte Ira immer als Gegnerin betrachtet. Und das hatte sich bis heute nicht geändert.

Wieder einmal ärgerte er sich maßlos, dass er damals keinen Ehevertrag hatte aufsetzen lassen. Im Falle einer Scheidung würde Emily die Hälfte seines Hab und Gut bekommen. Eine grausige Vorstellung.

Wenigstens war es ein Trost, dass er der Alleinerbe seiner Mutter war. Das Geld konnte er gut gebrauchen, schließlich waren seine wechselnden Betthasen wirklich nicht billig. Zumindest was den Gebrauch seiner Scheckkarte anbelangte. Gabi im Speziellen warf sein Geld nur so zum Fenster raus. Und der Trip nach Stuttgart würde ihn erneut ein kleines Vermögen kosten. Da war er sich sicher. Aber sie war es wert. Zwar würde sie nie das Niveau von Emily erreichen, die sich mühelos in der Potsdamer Gesellschaft zu bewegen wusste. Doch eine so willige Gespielin im Bett wie Gabi hatte er noch nie zuvor gehabt.

»Können wir uns auf der Rückfahrt wieder in Gmünd am Bahnhof treffen? Ich will keine Zeit verlieren«, rief er Emily zu, die mittlerweile im Bad verschwunden war.

»Klar. Kein Problem. Wir machen einfach wieder eine Uhrzeit aus«, antwortete Emily völlig locker. »Ich weiß ja, dass du Ira nicht leiden kannst«, fügte sie an.

Julius fühlte sich ertappt und gab daher stammelnd zurück: »Äh, nein nein, das ist es nicht. Ich hab' einfach keine Zeit. Meine OP-Termine sind für Dienstag anberaumt, da muss ich fit sein, und kann nicht erst am Montag spät nachts zurückkommen.«

Emily blickte in den Spiegel. »Lügner«, flüsterte sie.

Eine völlig andere Frau als noch vor wenigen Tagen blickte ihr entgegen. Mit entschlossen vorgerecktem Kinn und funkelnden Augen.

»Ich hoffe, wir werden wenig Verkehr haben und gut durchkommen. Ich will spätestens um 20 Uhr hier sein«, sagte Julius. Jetzt wieder mit fester Stimme.

»Alles klar, Schatz«, gab sie zurück. Dabei lächelte sie verächtlich in den Spiegel und flüsterte: »Du wirst hier aber leider nicht mehr ankommen …«

Als sie bei der Trauerfeier mitbekommen hatte, wie Julius mit Gabi am Telefon palavert hatte, war sie fassungslos ob dieser Pietätlosigkeit gewesen. Seine Mutter war noch keine zwei Stunden unter der Erde, und er hatte offensichtlich nur seine Libido im Kopf. Und sie nur noch Vergeltung.

Emily stellte ihre Nachtcreme wieder zurück in das Fach, direkt neben die Flasche mit Grapefruitsaft. Deren Anblick zauberte ihr ein Lächeln aufs Gesicht. Sie schloss die Tür des Faches und ging ins Schlafzimmer zu Julius. Der schnarchte bereits lautstark.

Emily hob ihre Bettdecke an und schlüpfte darunter. Sie blieb auf dem Rücken liegen und blickte nachdenklich zur Zimmerdecke. Sie fragte sich, wie es so weit hatte kommen können. Doch jetzt gab es kein Zurück mehr. Sie wollte endlich leben – und sich an Julius dafür rächen, dass er sie jahrelang im Unklaren über seine Unfruchtbarkeit gelassen hatte.

Kapitel 18

Peter und Ira saßen auf dem Sofa. Der Kommissar berichtete von seinem Arbeitstag und von Maltes Rückkehr.

»Aber jetzt erzähl mir was von dieser Emily«, forderte er die Journalistin auf. »Wenn du so einen großangelegten Wohnungsputz hinlegst, muss sie ja was ganz Besonderes sein«, stellte er grinsend fest.

Ira ließ sich nicht zweimal bitten und legte los. Sie berichtete von der Zeit in Stuttgart, der engen Freundschaft zu Emily. Und beschrieb deren Gatten, den sie selbst nie hatte ausstehen können. Sie schilderte auch das Telefonat mit ihrer Freundin aus längst vergangenen Tagen und erklärte, warum sie in großer Sorge um Emily war. Eben alles, was ihr einfiel und wichtig erschien.

Nach und nach zeichnete sich ein Bild rund um die Person Emily Kotten in Peters Kopf ab. Nach kurzem Schweigen stellte er fest: »Na, der muss ja ein sehr einflussreicher Mann sein, wenn es ihm gelungen ist, eine Journalistin kleinzukriegen«, kommentierte der Kommissar.

Er selbst konnte sich in blühenden Farben vorstellen, wie Ira mit ihm umgehen würde, wenn er sich in ihr Leben einmischte. Das erste, was passieren würde, wäre, dass er obdachlos würde. Denn das Haus in Heckenbach, in dem sie beide wohnten, gehörte schließlich ihr. Da müsste zuerst einmal die Couch bei Kollege Hermann herhalten …

»Aber warum hat sie sich von ihm so einwickeln lassen? Sie scheint doch damals recht selbstständig gewesen zu sein.« Verständnislos schüttelte er den Kopf.

»Sie war bis über beide Ohren in ihn verliebt. Und er hat alles getan, um sie von Birgit und mir fernzuhalten«, erklärte Ira. Birgit, Jims verstorbene Frau, war die Dritte im Bund gewesen. Sie war ebenso erstaunt wie Ira gewesen, als Kollegin und Freundin Emily quasi über Nacht eine 180-Grad-Wandlung vollzogen hatte.

»Ach, das hab' ich ja ganz vergessen, Jims Frau war ja auch Journalistin«, nickte Peter. Und nahm sich vor, auch mit Jim über diese Emily zu reden, um sein Bild über sie zu vervollständigen. Auf dem Kommissariat war es momentan ohnehin recht ruhig, da hatte er Zeit, mit seinem amerikanischen Kumpel zu plaudern.

Ira warf einen Blick auf die Uhr. »Huch, schon so spät! Höchste Zeit, ins Bett zu gehen«, rief sie erschrocken aus. Peter gähnte, gab ihr recht und sie beendeten ihr Sofagespräch.

15 Minuten später schlummerten sie bereits friedlich, während Emily im fernen Potsdam immer noch keinen Schlaf fand. Sie musste an den Inhalt der Grapefruitflasche denken. »Hab' ich wirklich das Zeug zur Mörderin?«, fragte sie sich.

In diesem Moment stöhnte Julius im Schlaf neben ihr und gab ein wollüstiges »Jaaa, Gabi« von sich.

Mit einem knappen »Ja« gab sie sich selbst die Antwort. Der Mann neben ihr im Bett bedeutete ihr nichts mehr. Das Feuer war schon lange erloschen. Sie spürte nur noch Verachtung und Wut. Jedoch nicht nur für Julius, sondern auch für sich selbst. Mittlerweile konnte sie einfach nicht mehr begreifen, was sie überhaupt an ihm gefunden hatte.

»Ich war einfach nur blind«, dachte sie. Sie drehte sich auf die Seite und nach einer Weile fiel sie endlich in einen traumlosen Schlaf. Die Beerdigung der Schwiegermutter und die schmerzlichen Emotionen, die damit einhergingen, ihr mörderischer Plan und ihre Aufregung darüber, dass sie am nächsten Tag nach der langen Zeit endlich Ira wiedersehen würde – das alles hatte ihr letztlich die Kraft zum weiteren Wachbleiben geraubt. Körper und Geist forderten ihren Tribut. Sie schlief tief und fest, bis am nächsten Morgen sehr früh der Wecker klingelte.

»Tschüss Mausi, ich geh' jetzt böse Jungs und Mädels jagen«, kündigte Peter an, und drückte Ira einen Kuss auf die Stirn. Die überhörte das »Mausi«, war sie doch in Gedanken versunken.

»Ja, tschüss«, murmelte sie abwesend.

Der Kommissar wunderte sich. Keine Gegenwehr wegen des »Mausis«? Er blickte zu Ira. Sie starrte auf ihren Kaffeebecher, mit den Gedanken scheinbar kilometerweit weg. Dabei fuhr sie mit den Fingern durch ihre Haare, bis sie in alle Himmelsrichtungen abstanden.

»Süß«, dachte Peter liebevoll. Natürlich war sie noch nicht im Bad gewesen. Entsprechend verstrubbelt sah sie aus.

Er liebte Ira von ganzem Herzen. Und freute sich riesig, dass sie endlich eingewilligt hatte, seine Frau zu werden. Sie waren füreinander geschaffen – daran bestand für ihn kein Zweifel. Peter lächelte und verließ nach einem letzten zärtlichen Blick auf Ira die Wohnung.

»Na, da bin ich ja mal gespannt auf heute Mittag«, sagte er vor sich hin, während er die Treppe hinunterging. Eigentlich musste er an diesem Samstag nicht arbeiten. Er hatte auch keinen Bereitschaftsdienst. Aber er musste noch einen Bericht über den kürzlich entlarvten Enkeltrick-Betrüger fertigstellen. Eine Arbeit, die ihm nicht leicht von der Hand gehen würde. Nur zu gern hätte er Iras Talent besessen, in Windeseile Texte zu verfassen. Sie brauchte für hundert Zeilen maximal 25 Minuten. Bewundernswert. Er hingegen zerbrach sich stundenlang den Kopf über die passende Formulierung.

Den ursprünglichen Plan, mit Friedrich in den Wald zum Bäumefällen zu gehen, hatte er verworfen. Zumal Ira nicht mit Viktoria nach Stuttgart fuhr, da ja Emily im Anflug war. Nachdem er mit dem Bericht fertig war, wollte er daher noch kurz bei Malte in dessen Wohnung vorbeischauen. Die hatte der junge Kollege vor Jahren gekauft. Und als er in den Norden versetzt worden war, leer stehen lassen. Er hatte sich Zeit lassen wollen mit dem Verkauf. Zum Glück, denn so hatte er nun flugs wieder einziehen können.

Was Peter nicht wusste, war, dass Malte bereits nach vier Wochen so großes Heimweh nach Gmünd und vor allem nach Peter und Hermann bekommen hatte, dass er alles daran gesetzt hatte, wieder in den Ostalbkreis versetzt zu werden. Denn ihm war klargeworden, dass er nirgends auf der Welt so gute Freunde wie seine beiden Kollegen finden würde. Von Ira ganz zu schweigen, die ihm sehr am Herzen lag.

Nach dem letzten Schluck Kaffee setzte sich Ira an ihren Computer. Es war bereits kurz nach halb acht, und sie wollte noch den Text über den Pumptrack in Lorch verfassen. Der Termin mit Bürgermeisterin Fank war schon ein paar Tage her. Jetzt musste sie liefern, der Artikel sollte in der Monatsausgabe erscheinen.

Ira erinnerte sich gern an das Gespräch im Lorcher Rathaus. Die junge Bürgermeisterin Madita Fank, die vor ihrer Wahl das Hauptamt in Wäschenbeuren geleitet hatte, war nun schon über ein Jahr im Amt. Voller Elan und Optimismus sowie Fachkenntnis hatte sie sich in die Arbeit gestürzt. Ihr Lachen war ansteckend und sie hielt bei Terminen mit Ira immer einen Kaffee bereit. »Sie ist die gleiche Kaffeetante wie ich«, murmelte die Journalistin vor sich hin.

In Nullkommanichts schrieb sie den Text über die engagierten Jugendlichen, die sich für den Pumptrack stark gemacht hatten. Mit vorgefertigten Plänen waren sie bei Madita Fank aufgeschlagen. Ja, die Jugend wurde oft schlechter geredet, als sie war. Die jungen Biker hatten sich voll eingebracht bei der Entwicklung und Konstruktion der Trainingsbahn. Und die junge Bürgermeisterin und die Gemeinderäte hatten diesen Einsatz honoriert: Es gab nicht nur grünes Licht für den Pumptrack, die Gemeinde stellte sogar ein Grundstück neben der Remstalhalle für die Mountainbiker bereit, das bestens für ihre Zwecke geeignet war.

Rasch war der Artikel fertig und in die Redaktion gemailt. Anschließend hastete Ira ohne Zeit zu verlieren ins Bad. Denn in zwanzig Minuten würde Viktoria mit ihren Stöcken vor der Tür stehen. Nachdem sie nun doch keinen Ausflug nach Stuttgart machten, um nach einem Brautkleid Ausschau zu halten (»Hast wieder Glück gehabt«, hatte Viktoria grinsend festgestellt), hatten sie vereinbart, eine Runde mit ihren Nordic-Walking-Stöcken zu drehen. Währenddessen hatten sie viel Zeit, in der sie Viktoria von Emily erzählen konnte. Denn natürlich kannte auch ihre Freundin die einstige Kollegin von Ira nicht.

Während Ira und ihre Freundin loszogen zum »Steggla«, wie sie es nannten, waren Emily und Julius längst auf der Autobahn angelangt. Zäher Verkehr machte ihnen beiden das Leben schwer.

»Pause gibt's keine, sonst komm' ich zu spät«, hatte Julius gegrummelt. Er war sauer. Emily hatte doch glatt vergessen, sein Lieblingshemd einzupacken. »Du hast doch sonst nichts zu tun«, hatte er ihr wütend entgegengeschleudert.

Eigentlich war er aber mächtig angefressen, weil seine liebe Gattin und nicht die sexy Gabi neben ihm im Auto saß. Der konnte er ganz ungeniert zwischen die Beine greifen, wenn er dazu Lust verspürte. Emily dagegen saß aufrecht wie ein Stock auf dem Beifahrersitz und schien unter großer Anspannung zu stehen. Warum hatte sie auch unbedingt mitkommen müssen? Diese blöde Ira würde ihr nicht guttun. Auf der Heimfahrt von Stuttgart würde er eine Emanze neben sich sitzen haben. Nicht gerade rosige Aussichten …

»Gott sei Dank steigt Gabi in diesem Schwäbisch Gmünd zu, dann hab' ich wenigstens noch eine Stunde meinen Spaß«, redete sich Julius gut zu.

»Jetzt erzähl, wer ist diese Emily?«, forderte Viktoria Ira auf, während sie mit ihren Stöcken in Richtung Lindach aufbrachen.

Die Journalistin legte los und erzählte von der Freundin aus früheren Tagen. Sie klärte Viktoria über Julius auf und berichtete davon, wie unglücklich Emily am Telefon geklungen hatte. Peter hatte sie davon nichts erzählt. Aber Viktoria war ihre engste Vertraute und sie waren unter sich. Da konnte sie Tacheles reden.

»Na, dann wird es Zeit, dass Emily wieder zu Kräften kommt. Aber ich mach' mir da keine Sorgen, du schaffst das schon«, munterte Viktoria Ira auf.

»Was heißt hier ich, dazu brauch' ich dich auch«, erwiderte Ira. Um dann verzweifelt festzustellen, dass der Hügel, den sie gerade vor den Toren von Lindach mit ihren Stöcken erklommen, wohl auch immer steiler zu werden schien. Ira war das Gegenteil einer Sportkanone. Sie kam schon ins Schwitzen, wenn sie an sportliche Anstrengung nur dachte.

Viktoria lachte nur. Ihre Kondition war um einiges besser als Iras. »Bleibt es dann bei unserem Mädelsabend?«, erkundigte sie sich mit einem Seitenblick auf die schwitzende Ira.

»Klar, um 19 Uhr bei mir. Peter fliegt raus«, nickte Ira.

»Ja, Herrenabend mit Friedrich und Jim ist angesagt, das wird ihm guttun«, erklärte Viktoria. Und grinste dabei schelmisch. Denn es war klar, dass die drei Herren sich an diesem Abend wohl einige Tröpfchen guten Wein, Bier oder auch Whisky gönnen würden. Sie selbst hatte bereits den Prosecco in den Kühlschrank gestellt. Schließlich hatten auch Frauen Durst …

Kapitel 19

Ira stand am Bahnhof in Schwäbisch Gmünd. Nicht auf den Kurzzeitparkplätzen, die waren – wie so oft – alle belegt. Sondern gegenüber, vor der Fachhochschule für Gestaltung. Da es Samstagvormittag war, gab es dort noch freie Flächen. Sie sah zu, wie ein schwarzer Mercedes an den Taxiständen einparkte.

»Der hat sich nicht verändert. Nur ein paar graue Haare hat er bekommen«, stellte Ira mit Blick auf den Fahrer fest. In der Frau auf dem Beifahrersitz erkannte sie Emily. Top gestylt öffnete diese die Autotür und stieg aus.

»Wie aus dem Ei gepellt«, dachte Ira. Ja, die Freundin hatte schon immer einen ausgezeichneten Modegeschmack gehabt. Wusste genau, was ihr stand – und was nicht. Emily trug ein schickes, champagnerfarbenes Kostüm. Wobei die elegant fallende Jacke dieselbe Länge hatte wie der Rocksaum, der kurz unter den Knien endete. »Elegant vom Scheitel bis zur Sohle«, kommentierte Ira bewundernd. Auch die Hochsteckfrisur passte perfekt zu Emilys Outfit. Sie sah aus wie eine Grande Dame. Gerade war sie zum Kofferraum gegangen und angelte nun einen kleinen Kabinenroller heraus.

»Der steigt ja nicht mal aus«, stellte Ira erstaunt fest. Julius schien hinterm Steuer zu sitzen und seine Frau ungeduldig im Rückspiegel zu beobachten. »Kavalier geht anders«, kommentierte die Journalistin verächtlich. Der Herr Doktor wollte sich wohl nicht die Finger schmutzig machen.

Jetzt hatte Emily den Kabinenroller auf den Boden gestellt. Der Kofferraum verschloss sich wie von Geisterhand wieder. Energisch zog sie den Griff heraus und schritt mit dem kleinen Köfferchen in Richtung Bahnhof. Dort verschwand sie in der Menge der Leute, die gerade aus einem ankommenden Zug gestiegen waren.

»Nanu, wo geht sie denn hin?«, wunderte sich Ira. Vor lauter Beobachten hatte sie Emily kein Zeichen gegeben. Die kannte ja ihr Auto nicht. Dennoch zögerte Ira. Sie wollte Julius nicht über den Weg laufen. Daher wartete sie, bis er ausgeparkt hatte. Dann verließ sie ihren Wagen und ging in Richtung Bahnhof. Sie hörte noch, wie Julius mit Vollgas vom Bahnhof wegfuhr.

Kurz vor dem Gebäude rauschte eine Blondine mit mindestens zwölf Pfund Schminke im Gesicht an ihr vorbei. Die Parfümwolke, die die junge Frau hinter sich herzog, nahm der Journalistin fast den Atem. Iras Blick blieb an deren hochhackigen Pumps haften. Gekonnt tippelte die Blondine in Richtung Taxistand. Wieder einmal hatte Ira nur Bewunderung für das Schuhwerk übrig. Beziehungsweise für den professionellen Umgang damit.

Sie blickte an sich selbst hinunter und musste grinsen. Sie hatte ihre Lieblingsschuhe an. Schwarze Schnürboots, mit denen man auch problemlos durch Wald und Wiesen laufen konnte. »Die passen eben gut zum Hemd«, überlegte sie, immer noch schmunzelnd. Das Hemd war schwarz-blau kariert und hing ihr lose über die engen Jeans. Zur Feier des Tages hatte sie ihre Lieblingsklamotten angezogen und dabei mit geübtem Griff Peters Hemd aus dessen Schrank geholt. »Für mich perfekt«, hatte sie beschlossen.

Emily war wohl im Bahnhofsgebäude verschwunden, denn Ira konnte sie nirgends sehen. Sie blieb in der Tür stehen und ließ ihre Augen suchend über die Menschenmenge schweifen. Da drang erneut das Geräusch eines röhrenden Motors an ihre Ohren und sie drehte sich um zum Taxistand. Dort hielt gerade Julius mit seinem dicken Benz, direkt neben der Blondine. Er stieg aus dem Auto aus, schnappte sich den Koffer der jungen Frau, die währenddessen ins Auto einstieg, verstaute ihn im Kofferraum, sprintete wieder zur Autotür, stieg ein und brauste lautstark davon.

»Was war das denn jetzt?«, sagte Ira verblüfft vor sich hin.

Die Person, die sich, während Ira die Szene beobachtet hatte, unbemerkt hinter sie gestellt hatte, bemerkte trocken: »Das war Julius' Geliebte.«

Ira wirbelte herum und sah Emily vor sich stehen. Sie fielen sich in die Arme.

»Mensch Emily, ich dachte du wolltest gleich wieder mit dem Zug nach Hause fahren, so schnell wie du in den Bahnhof gegangen bist. Ist das schön dich zu sehen!«

Emily lachte auf. Sie hatte das Gefühl, als würden tausend Tonnen Gewicht von ihr abfallen. Viele Male hatte sie sich gefragt, wie Ira sie wohl nach all der Zeit begrüßen würde. Von so einer innigen Umarmung hatte sie nicht zu träumen gewagt. Es tat so unendlich gut, die alte Freundin endlich wiederzusehen. Ihr Herz hüpfte vor Freude.

»Na sag mal, warum lässt du dir denn sowas gefallen? Da müssen wir aber dran arbeiten«, bemerkte Ira, während sie sich aus der Umarmung löste.

Emily nickte nur und antwortete: »Machen wir.« Sie erklärte, dass sie schnell im Bahnhof auf der Toilette gewesen war, da Julius während der Fahrt keine Pause machen wollte. »Er musste doch seine Gabi hier pünktlich abholen«, sagte sie und verdrehte die Augen. »So, die hast du jetzt auch schon gesehen. Voilà.«

»Er hat extra eine Ehrenrunde gedreht, falls du dich noch einmal umschaust?«, fragte Ira ungläubig.

»Genau«, bestätigte Emily. »Der hält mich für komplett bescheuert.«

Anstatt darauf etwas zu erwidern schnappte Ira sich kurzerhand den Kabinenroller ihrer Freundin und ging Richtung Ausgang.

Emily folgte ihr lachend. »Ich glaub' es nicht. Als wäre es gestern gewesen. Und du bist immer noch so geschmacklos angezogen wie früher«, sprudelte es aus ihr heraus.

Ira schnitt eine Grimasse und konterte: »Und du bist immer noch die noble Dame.« Gut gelaunt gingen sie zu Iras Auto.

»Jetzt machen wir uns eine schöne Zeit«, kündigte Ira an, während sie das Köfferchen achtlos auf den Rücksitz beförderte. Die beiden ungleichen Frauen setzten sich in den Wagen. Ira ließ den Motor an und glitt aus der Parkbucht.

Leise sagte Emily: »Ja, und diese schöne Zeit wird nie mehr aufhören.«

Irgendetwas an ihrem Unterton ließ Ira aufhorchen. Sie warf einen kurzen Blick zu ihrer Beifahrerin und erschrak. Denn Emily hatte einen entschlossenen Gesichtsausdruck und funkelnde Augen, die bei der Journalistin die Alarmglocken schrillen ließen. Emily, die sonst weiche und hübsche Gesichtszüge hatte, saß mit einer Miene da, die blanken Hass widerspiegelte.

Während Ira mit Emily den Mutlanger Berg hochfuhr und ihr von Viktoria erzählte, die am Abend zu ihnen stoßen würde, lehnte Jim an einem Oldtimer.

»Ist das nicht verrückt, Darling? Ich wollte mich doch bei Ira erkundigen, ob sie was von Emily gehört hat. Und jetzt kommt sie nach Heckenbach. Crazy …« Er schüttelte den Kopf und betrachtete das Bild seiner Frau. Er erhielt zwar keine Antwort von seiner verstorbenen Gattin, aber plötzlich schien die Sonne in einem so ungewöhnlichen Winkel in die Werkstatt hinein, dass das Bild, das hinten an der Wand hing, angestrahlt wurde. Es sah fast schon mystisch aus.

Der Amerikaner näherte sich verblüfft dem Portrait seiner Frau. Bislang hatte es in diesem Winkel seiner Werkstatt eigentlich noch nie einen derart starken Sonneneinfall gegeben. Wie gebannt blieb er vor dem Bild stehen und betrachtete das Lächeln seiner geliebten Birgit verwundert. Durch den Lichtstrahl schien es noch viel weicher und liebevoller zu sein als gewöhnlich. Plötzlich war der Spuk vorbei. Der Sonnenstrahl war verschwunden.

Jim kratzte sich nachdenklich am Kopf und flüsterte vor sich hin: »Oh my god.« Er schaute an sich hinunter und hatte plötzlich die Stimme seiner Frau im Kopf. »Zieh dich um. Du weißt doch, dass Emily Wert auf ein gepflegtes Äußeres legt.« Jim stand da wie angewurzelt und blickte nochmals zum Bild seiner Frau.

»Meinst du?«, fragte er laut. In diesem Moment wurde das Bild für den Bruchteil einer Sekunde abermals von einem Sonnenstrahl getroffen.

»Okay, Darling«, nickte Jim. »I got the message«, brummelte er vor sich hin, während er die Werkstatt verließ und absperrte. Dann ging er die Treppe zu seiner Wohnung hinauf. Gemächlich wie immer, denn ihn konnte so leicht nichts aus der Ruhe bringen. Er würde sich eine kurze Dusche gönnen und dann sein weißes Lieblingshemd und eine saubere Jeans anziehen.

»So, Madame, wir sind da.« Mit diesen Worten bog Ira in den Hof vor ihrem Haus ein.

»Das ist ja herrlich hier«, geriet Emily ins Schwärmen. »Dieses Panorama ist gigantisch. In Potsdam haben wir zwar einen großen Garten, aber ringsum blickt man nur auf Häuser.«

Als Ira den Motor abgestellt hatte, stieg Emily eiligst aus dem Wagen und schaute verzückt zu den Kaiserbergen. »Wahnsinn! Kein Wunder, dass du dich hier verkrochen hast. Das ist ja fantastisch.«

Ira freute sich, als sie Emily beobachtete, die glückselig die Berge betrachtete. Ja, für ihre Freundin würde der Aufenthalt hier zur reinsten Kur werden. Und die hatte sie augenscheinlich bitter nötig. Das gut geschnittene Kostüm sprach eine deutliche Sprache bezüglich ihrer Figur. Emily war viel zu dünn. Und die dunklen Ringe unter ihren Augen, die man trotz exklusivem, sorgfältig aufgetragenem Make-up erahnen konnte, sprachen für sich.

Die Journalistin ließ Emily den Anblick der Berge genießen und holte zwischenzeitlich den Koffer aus dem Auto. Dann gingen die beiden Freundinnen gemeinsam zum Haus.

»Wir werden uns jetzt ein Tässchen Kaffee auf dem Balkon gönnen. Da kannst du dich dann sattsehen am Panorama«, kündigte Ira an.

Was sich Emily nicht zweimal sagen ließ. »Prima«, freute sie sich, während sie Ira ins Haus folgte.

Kurze Zeit später stellte Ira Emilys Koffer schwungvoll neben das Bett im Gästezimmer.

»Warum ist es hier so sauber, hast du dich so sehr verändert?«, flachste Emily. Der Raum gefiel ihr auf Anhieb.

»Kaum da, da wirst du auch schon frech?«, grinste Ira sie breit an. »Du bist wohl immer noch die perfekte Hausfrau«, stichelte sie.

Emily zuckte mit den Schultern und stellte leise fest: »Was anderes hab' ich doch in den vergangenen Jahren nicht zu tun gehabt.«

Sie konnte sich noch bestens an Iras Wohnung damals in Stuttgart erinnern. Die war äußerst gemütlich, aber nie porentief rein gewesen. Immer wieder hatte sie ihre Freundin und Kollegin damit aufgezogen, wenn sie früher ihre Mädelsabende bei ihr verbracht hatten. Ira hatte die größte Wohnung der drei Freundinnen gehabt, sie und Birgit hingegen hatten nur kleine Studentenbuden bewohnt. Dort musste man rückwärts reingehen, damit man vorwärts wieder rauskam. Emilys Geld war immer für tolle Klamotten draufgegangen, da blieb für die Wohnung nicht mehr viel übrig. Und die Quadratmeterpreise in Stuttgart waren schon damals astronomisch hoch gewesen.

»Und jetzt hast du ein schnuckliges Haus, in dem du mit deinem Peter wohnst«, sagte sie laut.

Ira nickte – sie hatte Emily bereits am Telefon vor zwei Tagen kurz von ihrem Lebensgefährten erzählt. Und auch, dass sie bald heiraten wollten.

»Na, auf den Mann bin ich echt gespannt, der dich vor den Altar kriegt«, kicherte Emily. »Der muss ja was ganz besonderes sein, wenn er dich gezähmt hat.«

Zur Antwort boxte Ira ihr an die Schulter. Das hatte sie schon damals, zu Redaktionszeiten, immer gemacht. Und dafür stets einen Anpfiff kassiert. Denn Emily hasste dieses Boxen. Doch jetzt ließ sie es kommentarlos geschehen und blickte Ira nur liebevoll an. Mit glasigen Augen flüsterte sie: »Oh, was hab' ich dich vermisst.«

Ira, die ein kleines Problem mit Gefühlsduselei hatte und lieber die Harte spielte, schluckte. Ja, auch sie hatte Emily vermisst – auch wenn sie in Viktoria eine echte Freundin, in Jim einen engen Vertrauten und in ihrem Peter den besten Partner gefunden hatte, den sie sich nur wünschen konnte.

Um abzulenken, platzte Ira heraus: »Hab' ich dir schon gesagt, dass Jim auch hier wohnt?«

Diese Nachricht schlug bei Emily ein wie eine Bombe. Völlig aus dem Häuschen fragte sie: »Warum das, er hat doch seine Birgit? Ich hab' sie immer um ihn beneidet, so lieb, wie der war.«

Jetzt war es an Ira, glasige Augen zu bekommen. Natürlich, Emily wusste ja gar nicht, dass Birgit gestorben war. Quasi auch aus ihrem Leben verschwunden war, nachdem Emily sich Jahre vorher mit Julius in Richtung Potsdam verabschiedet hatte. Emily entging Iras Gesichtsausdruck nicht.

»Was ist mit Birgit?«, hakte sie nach.

»Sie ist an Krebs gestorben«, sagte Ira leise. Stille legte sich über den Raum. Die beiden Frauen blickten sich an.

»Arme Birgit, armer Jim«, brach schließlich Emily voller Trauer und Mitleid die Stille. Ira nickte nur.

Dann riss sie sich zusammen und schlug vor: »Du machst dich jetzt ein bisschen frisch und ich setz' schon mal Kaffee auf. Wir treffen uns auf dem Balkon, ist ja herrliches Wetter.« Die Freundin willigte ein.

»Hier ist es so schön und gemütlich. Einfach toll«, stellte Emily wenig später zum gefühlt hundertsten Mal fest, während sie einen Schluck Kaffee nahm.

Da klingelte es. Ira stand auf und ging zur Tür. Es war Jim, der mit strahlendem Lächeln und einer Tüte voller süßer Stückchen vor ihrer Nase hin und her wedelte.

»Ich würde gern Emily kurz begrüßen«, begründete er sein Kommen.

Ira machte die Tür frei und eine einladende Bewegung: »Wir sind auf dem Balkon.« Dabei registrierte sie etwas amüsiert, dass sich der Amerikaner schick gemacht hatte. Um diese Tageszeit hatte er für gewöhnlich seinen blauen Jeansoverall an und verströmte stets einen Hauch von Motoröl. Jetzt aber trug er Jeans und Hemd und die Journalistin wähnte sogar einen Hauch Rasierwasser in der Luft, als ihr bester Freund an ihr vorbeiging. Ira zog die Augenbrauen hoch und ein Lächeln umspielte ihre Lippe. »Stimmt, für Emily hatte er schon immer eine Schwäche«, ging es ihr durch den Kopf.

Der Amerikaner ging schnurstracks auf den Balkon, während Ira in die Küche lief, um für ihn ebenfalls eine Tasse Kaffee und drei Kuchenteller für die süßen Stückchen zu holen. Als sie wenig später wieder zu ihren Gästen stieß, traute sie ihren Augen nicht. Jim und Emily umarmten sich innig. Gesprochen wurde nichts.

»Hört auf, ich werde ja eifersüchtig«, raunzte sie gespielt beleidigt.

Jim drehte ihr den Kopf zu, ohne Emily loszulassen, und bemerkte lediglich trocken: »Du hast deinen Peter!«

Und wie auf Kommando fuhr der gerade auf den Hof.

Jim machte eine Handbewegung in Richtung Hof und meinte nur: »That's it.«

Ira lachte. »Der hat nur auf dein Zeichen gewartet«, war sie sich sicher.

Dann setzte sie sich wieder auf ihren Stuhl und beobachtete Jim und Emily. »Ein schönes Paar«, dachte sie und lächelte zufrieden. Denn Jim wirkte im Moment irgendwie jünger. Und sehr, sehr glücklich.

Emily hatte ihm zur Begrüßung sogleich ihr Beileid zum Tod seiner Frau, die ja auch ihre Freundin gewesen war, ausgesprochen. Ohne Worte hatte Jim sie in seine Arme genommen – und Emily wünschte sich, er würde sie nie wieder loslassen. »So geborgen hab' ich mich schon ewige Zeiten nicht mehr gefühlt«, war sie sich sicher. Und genoss jede Sekunde. Zum Abschluss der Umarmung gab ihr Jim noch einen zärtlichen Kuss auf die Stirn. Dann setzten sich beide.

Ira hatte die guten Schwingungen zwischen den beiden sehr wohl bemerkt. Und freute sich sehr darüber.

Sie lächelte immer noch, als Peter mit einem fröhlichen »Hallo zusammen!« auf den Lippen den Kopf durch die Balkontür streckte.

Dann trat er auf Emily zu, die sich sogleich wieder von ihrem Stuhl erhob. »Du bist also die verloren geglaubte Freundin Emily.« Mit diesen Worten streckte er ihr die Hand entgegen. Sie nickte zustimmend.

»Ich freue mich sehr, dich kennenzulernen«, antwortete sie. Es folgte herzliches Händeschütteln.

Plötzlich erschien noch ein Kopf in der Balkontür. »Krieg ich auch ein süßes Stückchen?«, fragte der Kopf. Ira blickte erstaunt auf. Dann stand sie ohne Worte auf, ging zu der Person in der Tür und umarmte sie herzlich.

»Malte, wie schön, dass du wieder da bist!«

Der blonde Hüne aus Norddeutschland strahlte sie an. »Ira, du Frau meiner Träume«, säuselte er übertrieben.

»Jetzt ist aber gut«, brummte ihn Peter sofort an. Die Schäkerei zwischen Malte und Ira und Peters prompt folgende Intervention war wie ein Spiel zwischen den dreien gewesen, das durch Maltes Versetzung unterbrochen worden war.

Ira lachte schallend und küsste Malte auf die Wange. Dann ging sie zu Peter und umarmte ihn. »Du bist doch mein einziger Schatz«, versicherte sie ihm und plinkerte dabei mit den Augen.

»Gut so, Mausi«, entgegnete Peter. Und heulte wenig später auf, weil ihn ein Boxhieb von Ira an der Schulter getroffen hatte.

»Mein einziger Schatz bis jetzt …«, polterte Ira übertrieben. »Nenn mich nicht Mausi, sonst ändert sich das schnell«, fügte sie mit Seitenblick auf Malte an. Der grinste von einem Ohr zum anderen.

Emily hatte die Szene beobachtet und amüsierte sich köstlich. »Geht es hier immer so zu?«, erkundigte sie sich bei Jim.

Der nickte bedächtig und bemerkte: »Ja, seit vielen Jahren mach' ich das hier schon mit, Sweetheart. I think that's crazy.«

Doch Emily schüttelte den Kopf. »Nein, das ist ein lebendiges Haus. Einfach nur wundervoll.«

Sie wirkte unendlich glücklich und hatte ihre Hand lose auf Jims Armlehne gelegt. Die ganzen letzten Jahre hatte sie sich nicht so lebendig und gut aufgenommen gefühlt. So mitten im Leben, in einer Gruppe lieber Menschen, und nicht als Randfigur, als Frauchen des großen Chirurgen.

Jim, der sie beobachtete, sah, wie sich ein bitterer Zug um ihre Mundwinkel schlich. Ihr Untergewicht war ihm aufgefallen, ihren dünnen Körper hatte er bei der Umarmung gespürt. Fast hatte er Angst bekommen, dass er sie wie Glas zerbrechen würde.

»Emily hat Riesenprobleme«, analysierte er in Gedanken. »Aber immer noch ihr wundervolles Haar und ihre schönen Augen«, ergänzte er. Er beschloss, nun nicht nur auf Ira, sondern auch auf Emily aufzupassen.

Diese spürte seine Blicke und drehte sich zu ihm. Die Wärme, die er ausstrahlte, tat so gut. »Lieber, lieber Jim«, dachte sie, während sie ihn anblickte. Er verstand sie ohne Worte. Und legte seine warme, große Hand schützend auf ihre. Emily spürte, wie die Kälte, die seit vielen Jahren in ihrem Körper wohnte, wich. Plötzlich wurde ihr bewusst, was sie all die Jahre vermisst hatte.

Ein Lächeln umspielte Iras Lippen, während sie die beiden beobachtete. »Nanu, nanu«, ging es ihr durch den Kopf. »In den nächsten zwei Tagen kann noch vieles passieren«, war sie sich sicher. »Julius, du Arschloch, du wirst verlieren. Und ich werde meinen Teil dazu beitragen, wenn ich kann.«

Kapitel 21

Julius hatte aufgehört zu zählen, wie oft er während der Fahrt zwischen Schwäbisch Gmünd und Stuttgart geblitzt worden war. Einmal hatte es vor dem Tunnel in Schorndorf geblitzt, und zuletzt hatte es kurz vor dem Kappelberg-Tunnel kurz grell aufgeleuchtet. Egal, er hatte sich nicht grundlos vor langer Zeit selbst einen großzügigen Etat eingeräumt, aus dem er dann seine Gattin die Strafzettel bezahlen ließ. Er selbst hatte für solche Banalitäten keine Zeit.

Mit der linken Hand lenkte er den Mercedes, die andere lag auf Gabis linkem Schenkel. Er lächelte äußerst selbstzufrieden vor sich hin. Er war maßlos stolz auf sich. Hatte er doch Gabi dasselbe Parfüm geschenkt, das auch Emily benutzte. So würde es seiner Frau auf der Rückfahrt nicht auffallen, dass die Geliebte mit im Auto gesessen hatte. Schließlich hatten Autos die lästige Angewohnheit, gewisse Gerüche eine Zeit lang zu konservieren. Was ihn jedoch irritierte, war, dass Gabi wohl in dem Parfüm gebadet hatte. An ihr wirkte es für seine empfindliche Nase eher aufdringlich und billig. Bei Emily war stets nur ein wohlduftender Hauch wahrzunehmen.

Mit einem kurzen Seitenblick stellte er fest, dass die Krankenpflegerin einfach billig war. »Billig und willig«, ging es ihm durch den Kopf. Er grinste. Er freute sich, die naive Blondine in Stuttgart dabei zu haben. Es würden vergnügte Stunden werden, in denen sie ihm zur Verfügung stehen würde. Das versprach zumindest der laszive Blick, den sie ihm gerade zugeworfen hatte. Zum Glück konnte er durchaus manchen Vortrag ausfallen lassen, wenn es sein Verlangen erforderlich machte.

Allerdings hatte er sich nach Gabis Wohnungsbesichtigung, bei der diese so gut mit Emily ausgekommen war, vorgenommen, sie so bald wie möglich wieder loszuwerden. Sie wurde ihm zu besitzergreifend. Vor allem in den letzten beiden Tagen. Ständig schickte sie ihm Nachrichten aufs Handy. Versicherte ihm, dass er für sie der tollste Mann aller Zeiten sei, und dass sie ihn über alles liebte. Es war einfach nur nervig. Sie ging ihm auf den Geist. Schließlich wollte er nicht ihre bedingungslose Zuneigung, sondern nur ihre Muschi.

»Dummes Gör«, dachte er sich. Musste dann aber doch kurz stöhnen, denn Gabi massierte ihm gerade sein Glied. Was während der Fahrt durchaus aufregend und ein willkommener Vorgeschmack auf die späteren Vergnügungen im Hotelzimmer war. Wieder entglitt Julius ein Stöhnen. Zeitgleich blitzte eine Kamera am Straßenrand auf. Dieses Bild würde mit Sicherheit außergewöhnlich werden, denn er hatte kurz die Augen geschlossen, um den Moment zu genießen. Gleich nach ihrer Ankunft im Hotel würde er sich eine seiner blauen Wunderpillen gönnen, damit es schnell zur Sache gehen konnte. Erst am frühen Abend würde der erste Vortrag stattfinden. Und zumindest den wollte er auf keinen Fall verpassen.

»Du wirst nachher aussteigen, kurz bevor wir am Hotel ankommen. Ich will allein vorfahren. Ich schick' dir dann die Zimmernummer und du kommst nach«, ordnete Julius an.

Gabi nickte. »Also wie immer.« Innerlich ärgerte sie sich zwar, doch sie mahnte sich zur Geduld. Diese

Spielchen würden bald ein Ende haben, schließlich würde sie schon bald die neue »Frau Chefarzt« sein. Spätestens wenn sie Julius das Ultraschallbild unter die Nase hielt, wäre er Wachs in ihren Händen. Dessen war sie sich sicher. Doch bis dahin musste sie sich eben noch mit dem Status einer Geliebten begnügen. Entschlossen beugte sie sich zu »ihrem« Chefarzt hinüber und wollte den Reißverschluss an seiner Hose öffnen.

Doch Julius stieß sie weg. »Jetzt lass den Scheiß, wir sind gleich da. Spar dir das auf bis nachher, wenn wir auf dem Zimmer sind«, herrschte er sie an. Als Antwort zog sie einen Schmollmund und setzte sich übertrieben aufrecht auf dem Beifahrersitz hin.

»Böses Mädchen«, fügte Julius jetzt mit normaler Stimme an. Er wollte sie ja nicht verstimmen, sondern sie nachher so richtig schön durchvögeln. So wie es Emily niemals zulassen würde. Bei der Krankenpflegerin dagegen gab es keine Tabus. Er lächelte Gabi an – und sofort formte sie aus dem Schmollmund einen Kussmund.

»Na also, geht doch«, stellte er zufrieden fest. Während Gabi zum ersten Mal klar wurde, dass Julius ein richtiges Macho-Arschloch sein konnte. Aber egal, schon bald würde sie mit seiner Kreditkarte einen Bummel durch Stuttgart unternehmen. Und der hatte eben seinen Preis – wie alles im Leben.

Keine Stunde später räkelte sich Julius mit der Krankenpflegerin im Hotelbett. Da klopfte es plötzlich. »Verdammt, wer will denn jetzt was von mir?«, ärgerte er sich lautstark. Dank der blauen Pille hatte er es endlich geschafft, in Fahrt zu kommen. Die Anreise aus Potsdam war für seinen besten Freund wohl doch anstrengender gewesen als gedacht.

Widerwillig löste er sich von Gabi und befahl: »Ab ins Bad mit dir.«

Die Krankenpflegerin tat in Windeseile wie ihr geheißen, ließ die Tür zum Zimmer allerdings einen Spalt offen. Da sie im Bad kein Licht angemacht hatte, konnte sie durch den Türschlitz beobachten, wie Julius seinem Kollegen Dr. Schall die Tür öffnete.

»Hey Julius, hast du mir kurz die Tagesordnung von heute? Ich habe das Kongress-Programm zuhause liegenlassen«, überrumpelte der Kollege den Chefarzt und stand auch schon mitten im Zimmer. Während Julius in seiner Aktentasche nach der Tagesordnung suchte, ging der Internist zu den Getränken, die auf einem kleinen Tisch für den Gast bereitgestellt worden waren. Er schnappte sich eine Mineralwasserflasche und öffnete sie. Dann setzte er an und trank die Flasche in einem Zug leer.

»Wow, das war nötig. Bin gerade erst angekommen«, stellte er danach fest.

Julius ärgerte sich. »Mann, ich wollte gerade auch was trinken«, beschwerte er sich.

Der grinste, deutete auf das zerwühlte Bett und meinte: »Du alter Schwerenöter, hast wohl schon ein anstrengendes Mittagschläfchen gemacht?« Mit Blick auf Gabis Jacke, die diese achtlos auf einen Stuhl geworfen hatte, spöttelte er weiter: »Und bevor du nachher zum Eröffnungsvortrag kommst, zieh dir lieber was Ordentliches an.«

Julius nickte und legte ein selbstgerechtes Lächeln auf: »Wer kann, der kann.« Mit diesen Worten überreichte er Schall die Tagesordnung. Der nahm sie dankend entgegen.

»Mein Zimmer ist gleich gegenüber. Ich fotografier' sie schnell ab und bring' sie wieder. Gib mir eine Minute.« Mit diesen Worten eilte er auch schon zur Tür hinaus.

»Hast du Lust auf einen flotten Dreier? Der ist solo«, fragte Julius in Richtung Badezimmertür.

»Kein Bedarf«, kam die prompte Antwort von Gabi hinter der Tür.

Julius wollte etwas erwidern, doch da rauschte auch schon wieder der Kollege ins Zimmer. Er hatte die Tür nur angelehnt gelassen.

»So, fertig.« Er überreichte Julius das Blatt. »Und ein neues Wasser habe ich dir auch mitgebracht«, sagte er augenzwinkernd und stellte eine Flasche auf den Tisch.

»Wäre nicht nötig gewesen, in der Minibar hat es ja auch noch«, erwiderte Julius, doch der Internist bestand darauf, ihm die Flasche dazulassen.

Dann wandte er sich Richtung Tür. »So, jetzt stör' ich nicht länger. Wir sehen uns nachher im Konferenzsaal. Viel Spaß beim Weiterschlafen, du hast ja laut Programm noch fast eine Stunde Zeit«, flötete Schall, zwinkerte Julius zu und war auch schon wieder zur Tür hinausgegangen. Diesmal allerdings zog er sie hinter sich zu.

Gabi kam aus dem Bad heraus und warf sich aufs Bett. »Komm her, Tiger«, forderte sie Julius auf. Der ging allerdings erst zur Minibar und holte sich eine kalte Flasche Mineralwasser. Auch er leerte die Flasche in einem Zug. Die andere Flasche mit Zimmertemperatur vom Kollegen würde er sich morgen früh vor dem Duschen gönnen. Und den Grapefruitsaft von Emily hielt er lieber für den Nachmittag bereit, wenn er sich wieder von Gabi verwöhnen ließ. Da wäre ein kleiner Vitaminschub vorab genau das Richtige.

»Mach dich bereit«, kündigte er Gabi an, legte den weißen Bademantel ab, gesellte sich zu ihr aufs Bett und kam auch gleich zur Sache. Während er auf ihr Turnübungen veranstaltete, überlegte sie, wohin sie morgen als Erstes zum Einkaufen gehen wollte. Sie kannte sich in Stuttgart nicht aus.

»Da frag' ich einfach nachher den Concierge«, nahm sie sich vor. Sie lauschte dem brunftigen Stöhnen von Julius und grinste vor sich hin. Männer waren so leicht zu manipulieren!

»Hmmm, lecker …« stellte Emily genüsslich fest, während sie die Masse für Iras Schinken-Crème-Fraîche-Zwiebel-Baguette kostete.

Zufrieden grinste die Freundin sie an. »Ich hab' noch keinen erlebt, der die nicht mag«, erklärte die Journalistin. Dann blickte sie auf die Uhr. »Gleich können wir loslegen mit unserem Mädelsabend«, kündigte sie an.

Peter war bereits zu Jim hinübergegangen und Friedrich und Viktoria hatten gerade im Hof vor der Werkstatt des Amerikaners geparkt.

»Und die Herren sind auch bereit«, kommentierte Ira, während sie einen Blick aus dem Küchenfenster warf und beobachtete, wie Friedrich beschwingt die Treppe zu Jims Wohnung hinaufging. Er hatte wohl ihre Blicke gespürt, denn er drehte sich um und winkte ihr vergnügt zu.

Nun näherte sich Viktoria ihrem Haus und grinste dabei von einem Ohr zum anderen. Sie war mit einem Korb bepackt, aus dem etliche Flaschenhälse ragten.

»Jetzt kommt leckerer Prosecco«, verkündete Ira und deutete aus dem Fenster. Emily trat zu ihr und schaute ebenfalls hinaus.

»Ah, das ist also Viktoria«, sagte sie. »Sie sieht sehr nett aus.«

Ira behauptete: »Tarnung. Die kann auch anders.«

Emily nickte. »Das glaub' ich, als Firmenchefin muss man tough sein.«

»Eben«, gab ihr Ira recht und ging schon mal in den Flur zum Türöffner.

Kurz darauf erschien sie mit Viktoria wieder in der Küche. Eilig wurde der mitgebrachte Prosecco in den Kühlschrank gestellt. Die eine Flasche, die bereits den Tag über dort gelagert hatte und dementsprechend gut gekühlt war, nahm Ira heraus und öffnete sie. Die drei Mädels prosteten sich zu und genossen die köstliche Erfrischung.

»Auf einen schönen Abend«, sprach Emily kurze Zeit später einen Toast aus.

»Und auf die männerfreie Zone«, grinste Viktoria.

Ira wiederum stellte feierlich fest: »Und auf den Weltfrieden.« Es folgte schallendes Gelächter und die Gläser wurden geleert. Es sollte längst nicht bei dieser einen Runde bleiben.

Ira schob die Baguettes in den Backofen, dann machten es sich die drei Damen im Wohnzimmer bequem.

»Sag mal Jim, woher kennst du denn Emily?«, erkundigte sich derweil Friedrich. Er saß mit Peter im Wohnzimmer des Amerikaners. Dieser wiederum befand sich in der Küche und hantierte dort mit Gurken, Hackfleisch, Zwiebeln, scharfer Soße und vielem mehr. Er war in seinem Element, denn für den Männerabend hatte er seine berühmten Burger auf dem Speiseplan stehen.

Während er eine Fleischscheibe mit Gewürzen verfeinerte, erklärte er Friedrich: »Emily war eine Kollegin meiner Frau. Damals, in Stuttgart. Ist ewig her. Dann hat sie geheiratet und ist nach Potsdam gezogen. Heute habe ich sie nach gut zwanzig Jahren wiedergesehen …«

Peter hüstelte leicht und ergänzte dann frech: »... und gleich Schmetterlinge im Bauch bekommen.«

Jim rief entrüstet rüber: »Nein, wir waren immer Freunde und sind es eben immer noch. Red' keinen Bullshit.«

Der Kommissar lachte als Antwort und machte klar: »Ich hab' Augen im Kopf. Du brauchst dich doch nicht zu rechtfertigen. Zumal es wohl auf Gegenseitigkeit beruht. Ist doch schön. Ihr Mann muss laut Iras Schilderungen ja ein richtiges Arschloch sein.«

»Yes, Sir. Dem hätte ich schon damals gern richtig die Meinung gesagt. Aber es ging mich ja nichts an. So ein arroganter Affe. Birgit und Ira konnten ihn auch nicht leiden«, erzählte Jim.

Friedrich, der bisher weder Emily noch deren Gatten Julius kannte, erkundigte sich, wo dieser denn sei.

»Der ist auf einem Ärztekongress in Stuttgart. Emily ist mitgefahren und Ira hat sie in Gmünd abgeholt. Julius ist dann weitergefahren, aber nicht bevor er noch heimlich seine Geliebte aufgegabelt hat. Das hat mir Ira erzählt«, erklärte Peter dem Freund.

Aus der Küche drang ein derber Fluch auf Englisch ins Wohnzimmer. Es handelte sich um Jims Kommentar zu Peters Ausführungen. Der sonst so gutmütige Amerikaner kochte vor Wut. Wie konnte man Emily nur so schändlich behandeln? Es war ihm ein Rätsel. Wäre er ihr Mann, würde er sie auf Händen tragen. Beim Gedanken an sie klopfte sein Herz schneller als gewöhnlich. Mit dieser Vertrautheit, die er vorhin zwischen sich und Emily gespürt hatte, kam er kaum klar. Ja, er hatte schon immer eine kleine Schwäche für sie gehabt. Aber irgendwie war da noch mehr gewesen, als sie zusammen auf Iras Balkon gesessen hatten. Es handelte sich um ein Gefühl, dass er seit dem Tod seiner Frau nicht mehr gespürt hatte.

»Nachschub«, kündigte Ira an, als sie mit der nunmehr dritten Prosecco-Flasche im Wohnzimmer erschien. Die drei hatten die Baguettes verputzt und lümmelten nun zu dritt auf dem Sofa. Es war ein herrlicher Abend.

Emily sah Viktoria von der Seite an und meinte: »Ich hab' das Gefühl, dass wir uns schon ewig kennen.«

Die nickte. »Stimmt, ich auch. Komisch eigentlich.«

Ira freute sich unbändig. Sie hatte insgeheim gehofft, dass sich ihre Freundinnen, die eine aus der Vergangenheit, die andere aus der Gegenwart, gut verstehen würden. Aber dass sie gleich so vertraut miteinander umgehen würden, war wirklich verblüffend.

»Ich bin richtig happy«, stellte sie zufrieden fest. Und wieder prosteten sie sich zu. Viktoria hatte von sich und Friedrich erzählt und Emily manche Story aus ihrem Leben in Potsdam aufgetischt. Nicht nur einmal waren Ira und Viktoria erstaunt darüber gewesen, dass sie sich so viel von ihrem Gatten hatte gefallen lassen. Es lag wohl am Alkohol, dass Emily immer mehr erzählte. Schonungslos und tief aus dem Nähkästchen. Von ihrer Schwiegermutter, und was diese ihr auf dem Sterbebett über Julius erzählt hatte.

»So ein Schwein«, schimpfte Ira. »Du wolltest im Gegensatz zu mir immer Kinder. Das ist echt fies von ihm!«

Auch Viktoria schüttelte fassungslos den Kopf. »Wie kann man nur so sein als Ehemann?«, fragte sie.

Emily erzählte von Situationen, in denen sich Julius ihr gegenüber absolut widerwärtig verhalten hatte. Dann schilderte sie vom Besuch seiner Gabi bei ihnen in der Villa. Und dass er seine Geliebte in ihrem Zuhause einquartieren wollte.

»Das schlägt doch dem Fass den Boden aus«, rief Ira. »Du musst dich wehren.«

Viktoria stellte in ihrer trockenen Art fest: »Den würde ich einen Kopf kürzer machen.«

Als Sahnehäubchen erwähnte Emily noch das Ultraschallbild, das aus der Jacke der Krankenpflegerin gefallen war.

»So eine Schlampe. Na, da wird sie ja bald wieder solo sein. Julius wird sich wohl kaum ein Kuckuckskind unterjubeln lassen«, amüsierte sich Ira. Dann setzte sie sich auf und blickte ihre Freundinnen verschwörerisch an. »Wer von euch kennt den Film ›Club der Teufelinnen‹?«

Viktoria hob den Finger, als säße sie in der Schule. Emily schüttelte den Kopf.

Also fasste Ira die Handlung des Films zusammen, in dem sich drei Frauen zusammentun, um ihren widerlichen, ständig untreuen Ehemännern alles zu nehmen, was ihnen wichtig war im Leben. Während Viktoria Iras Erzählungen immer wieder etwas hinzufügte, schüttete Emily den Prosecco nur so in sich hinein. Dabei war sie Alkohol eigentlich nicht gewöhnt.

»Weißt du was? Wir machen das genauso«, schlug Ira Emily abschließend vor. »Wir lassen Julius dafür bezahlen, was er dir angetan hat.«

»Ganz genau, ich bin dabei«, bekräftigte Viktoria. Und ging bereits in Gedanken ihre einflussreichen Bekannten in Potsdam durch. Es musste doch möglich sein, Julius auf irgendeine Art und Weise zu schaden und ihn für sein Verhalten Emily gegenüber büßen zu lassen.

Erwartungsvoll blickten Ira und Viktoria zu Emily. Wie würde sie auf ihr Angebot reagieren? Doch die saß plötzlich zusammengekauert auf dem Sofa und begann zu schluchzen.

Erschrocken erkundigten sich die Freundinnen bei ihr, was denn jetzt los sei. Sie würden sie doch unterstützen. Etwa bei einer Scheidung oder Ähnlichem. Zu der sie ihr eindringlich rieten. Ira bot ihr sofort an, dass sie bei ihr wohnen könne, also nicht mehr nach Potsdam zurückkehren müsse.

»Und ich habe einen hervorragenden Anwalt«, versicherte Viktoria Emily und sagte ihr sofort ihre uneingeschränkte Hilfe zu.

Die bitteren Tränen, die Emily vergoss, wuschen das fein aufgetragene Make-up weg. Tiefe, dunkle Augenringe kamen zum Vorschein. Auch der zarte Lidstrich war verschwunden. Jetzt waren die geröteten Augenränder deutlich zu erkennen.

Ira und Viktoria warfen sich einen besorgten Blick zu. Es war offensichtlich, dass Emily in den vergangenen Tagen viel geweint hatte. Dass sie verzweifelt und offensichtlich am Ende ihrer Kräfte war. Am ganzen Leib zitternd, saß sie auf dem Sofa und beruhigte sich langsam wieder. Dann holte sie tief Luft.

»Ich brauche keinen Anwalt«, stellte sie nüchtern fest. »Und auch keine Wohnung mehr«, schob sie nach. Die Tränen waren versiegt und sie blickte Ira und Viktoria an.

»Warum denn nicht, du darfst nicht bei ihm bleiben!«, schrie Ira sie fast an. Nur zu oft hatte sie beruflich mit Frauen zu tun, die sich regelmäßig in Frauenhäuser flüchteten – und dann immer wieder zu ihren Ehemännern zurückkehrten, obwohl die sie aufs Übelste misshandelt hatten. Sie fanden immer wieder Ausreden für diese widerwärtigen Kerle und suchten die Schuld bei sich.

Die Journalistin wurde zornig. Wenigstens ihrer verzweifelten Freundin, die sich zwar nicht mit einem gewalttätigen, aber einem absolut abstoßenden, kaltherzigen und widerlichen Ehemann herumschlagen musste, wollte sie helfen. Nein, musste sie helfen.

Viktoria stieß ins selbe Horn: »Du musst dich scheiden lassen und einen Schlussstrich ziehen. Sonst gehst du kaputt. Schau dich doch an!«

Emily setzte sich aufrecht hin, immer noch am ganzen Leib zitternd. Sie stieß einen tiefen Seufzer aus und sagte dann mit erstaunlich klarer, fester Stimme: »Ich brauche keinen Anwalt, weil man sich von Toten nicht scheiden lassen kann. Und ich brauche keine Wohnung, weil ich ins Gefängnis gehe.«

Während im Nachbarhaus schallendes Gelächter zu hören war, nachdem Friedrich einen Witz gerissen hatte, herrschte in Iras Wohnzimmer Totenstille.

Kapitel 23

Ira hockte aufrecht im Schneidersitz auf dem Sofa. Viktoria hatte sich in der Ecke zurückgelehnt und die Beine über die Rückenlehne des Sofas geschwungen. Sie schien kaum zu atmen. In der Mitte verharrte Emily. Kerzengerade sitzend, als hätte sie einen Stock verschluckt. Die Szene hätte locker die bildhauerische Meisterleistung eines italienischen Künstlers aus längst vergangenen Tagen sein können.

Schließlich durchbrach die Journalistin die Stille. »Was hast du getan?«, fragte sie Emily.

Die holte tief Luft. »Ich habe aus Julius' geliebtem Grapefruitsaft mit den Medikamenten meiner Schwiegermutter einen Todescocktail gemixt«, sagte sie ohne Umschweife.

Ira und Viktoria wechselten einen überraschten Blick.

»Verdient hat er es auf alle Fälle«, stellte Viktoria dann nüchtern fest. »Was meinst du, wann er ihn trinkt?«

»Bislang hat er seinen Saft immer morgens getrunken, bevor er in dem jeweiligen Hotel frühstücken gegangen ist. Ich schätze mal, da wird er auch in Stuttgart keine Ausnahme machen. Es sei denn, gleich klingelt mein Telefon. Dann hat er ihn schon abends getrunken«, antwortete Emily.

Automatisch fielen Viktorias und Iras Blicke auf das Handy, das die Potsdamerin die ganze Zeit vor sich auf dem Tisch liegen hatte. Die beiden hatten sich schon gewundert, warum sie es ständig bei sich trug. Schließlich war sie im Urlaub.

Da fiel bei Ira der Groschen. »Du rechnest mit einem Anruf aus Stuttgart?«, fragte sie.

»Ja«, kam die Antwort. »Aber eigentlich nicht vor morgen früh.« Emily begann erneut, leise vor sich hinzuschluchzen. »Ich muss wie in Trance gewesen sein. Warum hab' ich das Gift in die Flasche gegeben? Was für ein Teufel hat mich da geritten? Und jetzt kann ich nichts mehr machen. Auch wenn ich wollte, es ist zu spät …«

Ira und Viktoria warfen sich einen kurzen Blick zu. Trocken stellte Ira fest: »Dann hilft nur noch beten. Vielleicht trinkt er ja nichts von dem Saft, weil ihm der Sinn nach etwas anderem steht …«

»Denkst du, sie kommen dir auf die Schliche?«, hakte Viktoria nach.

»Weiß nicht. Eigentlich habe ich streng nach Julius' Vorgabe gehandelt. Er hatte mir erklärt, wie ich mit den verschiedenen Medikamenten seine Mutter umbringen könnte, wenn sie mir zu sehr zur Last fallen würde. Er war der Ansicht, dass kein Notarzt einen Mord vermuten würde. Einfach ein Herzstillstand, beziehungsweise multiples Organversagen ob der tödlichen Krankheit«, erklärte Emily emotionslos. »Dann kreuzt der Arzt an, dass es sich um eine natürliche Todesursache handelt. Punkt. Ende der Geschichte.«

»Was für ein Schwein«, brach es aus Ira heraus. Denn ihre Freundin hatte ihr erzählt, wie gut sie sich mit ihrer Schwiegermutter verstanden hatte und wie sehr sie sie vermisste. Die Journalistin kam nicht umhin, Emily einen bewundernden Blick zuzuwerfen. Bis zum Schluss hatte sie ihre Schwiegermutter aufopferungsvoll gepflegt.

»Eigentlich müsste doch dann alles paletti sein«, überlegte Viktoria laut. »Dein Mann ist ja wohl vielbeschäftigt und jeden Tag beruflich sehr gefordert. Da arbeitet das Herz ständig auf Hochtouren. Und dann noch eine junge Geliebte. Da kann man schon mal an sein Limit kommen. Und du bist weit weg, wenn er stirbt.«

»Du wirst nicht ins Gefängnis kommen, wenn du deine Rolle gut spielst. Und ich werde dir dabei helfen«, kündigte Ira an.

»Ich bin dabei«, sagte auch Viktoria. »Frauen können schweigen!« Sie nickte bekräftigend.

Die drei Frauen sahen sich an. Der Pakt war geschlossen.

Kapitel 24

Gleichzeitig, wie abgemacht, hatten sich sowohl der Männer- als auch der Mädelsabend aufgelöst. Viktoria und Friedrich hatten sich auf den Heimweg begeben. Ihr Auto stand allerdings immer noch im Hof vor Jims Werkstatt – besser so.

Emily wiederum war ins Bad gegangen. Anschließend rief sie Peter und Ira ein »Gute Nacht« zu und verschwand im Gästezimmer. Ira räumte noch kurz im Wohnzimmer auf und hing ihren Gedanken nach, während Peter es sich in seinem Lieblingssessel gemütlich gemacht hatte.

»Ich finde es süß«, stellte er nachdenklich fest.

»Was denn?«, erkundigte sich die Journalistin, während sie eine peinlich große Anzahl an Prosecco-Flaschen in den Altglas-Korb stellte.

»Na, dass Jim sich wie ein Teenager benimmt«, erklärte der Kommissar. »Gestern Abend ist er immer wieder in die Vergangenheit abgetaucht und hat von euch drei Mädels zu euren Stuttgarter Zeiten erzählt.«

Ira grinste. Ja, das war schon eine tolle Zeit gewesen.

»Ich hab' auch viel über dich erfahren«, schob ihr Partner nach.

»Soso«, murmelte Ira, immer noch grinsend. Dann wurde sie wieder ernst. Emily und ihr Giftcocktail gingen ihr durch den Kopf. Julius war wirklich das Letzte. Und sie wollte auf keinen Fall, dass die Freundin wegen ihm in Handschellen abgeführt würde. »Mit viel Glück kommt keiner dahinter«, überlegte sie weiter. Sie selbst würde schweigen wie ein Grab. Viktoria ebenfalls. Da gab es keinen Zweifel.

Peter musterte sie und erkundigte sich schließlich, über was sie so angestrengt nachgrübelte. Die Journalistin fühlte sich ertappt und wandte ihr Gesicht von ihm ab. »Nichts. Ich bin nur hundemüde. Und der letzte Prosecco war wohl nicht mehr so ganz frisch. Mir ist ein bisschen komisch«, murmelte sie und gähnte.

Peter lachte laut auf. »Na, wenn ich mir die vielen Flaschen so anschaue, hattet ihr Mädels einen gewaltigen Durst. Kein Wunder.«

Ira zuckte nur mit der Schulter und sagte: »So, fertig. Alle Spuren beseitigt. Ich geh' jetzt ins Bad.«

Das Wohnzimmer war wieder ordentlich aufgeräumt. Für Iras Begriffe etwas zu ordentlich, wie der Kommissar erstaunt feststellte. Irgendetwas ging seinem Mausi durch den Kopf. Da war er sich sicher. Aber sie wollte offensichtlich nicht darüber reden.

Der Kommissar nickte. »Ich komm' dann nach«, kündigte er an.

Wenig später lagen die beiden im Bett. Peter hatte sich heute anscheinend vorgenommen, den Schwäbischen Wald abzuholzen. Ira lag wach und lauschte seinem Schnarchen. Es störte sie nicht. Es beruhigte sie eher.

»Ob morgen Vormittag wohl der Anruf aus dem Hotel kommt?«, überlegte sie. »Bin mal gespannt. Und ich drück' Emily alle Daumen, dass sie nicht auffliegt. Ein Herr in den besten Jahren kann schon mal von einem Herzinfarkt dahingerafft werden. Vor allem, wenn er seine Geliebte auf dem Zimmer hat …« Sie starrte in die Dunkelheit des Schlafzimmers und begann leise zu beten. Dann wurde auch sie vom Schlaf übermannt.

Am anderen Morgen sah Ira nicht gerade wie aus dem Ei gepellt aus. Schlaftrunken schlurfte sie in die Küche und machte sich einen Kaffee. Peter hingegen hatte bereits dem Badezimmer einen Besuch abgestattet und saß ausgeschlafen am Esszimmertisch.

»Guten Morgen, mein Liebling«, flötete er ihr entgegen. Aus der Küche kam aber keine Antwort. Was normal war, denn Ira war vor dem dritten Kaffee für gewöhnlich nicht ansprechbar. Mit ihrem Kaffeepott schlurfte sie an ihm vorbei und ließ sich auf ihren Stuhl fallen.

Mit einem Seitenblick auf das zerzauste Wesen neben ihm stellte der Kommissar in Gedanken liebevoll fest: »Ja, die will ich heiraten.«

Gerade hatte seine Angebetete einen großen Schluck Kaffee genommen und sah ihn aus ihren großen blauen Augen an. Ohne Schminke, quasi komplett unverfälscht, liebte er sie noch viel mehr. Aber warum blickte sie so sorgenvoll drein? Der Kommissar beobachtete sie weiter.

»Sie benimmt sich wirklich merkwürdig. Irgendwas muss gestern Abend vorgefallen sein«, überlegte er und erkundigte sich dann laut bei der Journalistin: »Hattet ihr einen schönen Abend?«

Zur Antwort erhielt er nur ein Brummen. Klar, Ira hatte erst den ersten Pott Kaffee intus. Da konnte er nicht mehr erwarten. Peter schmunzelte und sagte plötzlich: »Ich finde es toll, dass du mich heiraten willst, Mausi.« Doch auch beim Klang des ihr so verhassten Kosenamens zeigte Ira keine Reaktion, sondern starrte nur vor sich hin. Sie hatte ihn nicht gehört, so weit weg war sie mit ihren Gedanken.

»Jetzt muss ich mir Sorgen machen«, stellte Peter fest.

Wortlos stand Ira auf und ging in die Küche. Peter hörte, wie das gebrauchte Kaffeepad ins Spülbecken geschleudert wurde. Wenig später gurgelte bereits die Kaffeemaschine. »Tasse zwei«, zählte der Kommissar. »Jetzt noch eine, dann kann ich es nochmals riskieren, sie anzusprechen.«

Ira kam zurück, den Kaffeebecher in der Hand. Sie setzte sich, nahm einen tiefen Schluck und setzte den Becher ab. Dann zog sie die Beine hoch und verharrte in dieser zusammengekauerten Stellung auf dem Stuhl. Das machte sie sonst nie.

Jetzt war sich Peter sicher, dass etwas im Busch war. Und es musste mit dem gestrigen Mädelsabend zusammenhängen. Er war als Polizist geschult genug, dass er sich bestens auf Mimik und Gestik verstand – und er kannte seine Ira. Und die sah gerade aus wie ein scheues Reh, das in Bedrängnis geraten war und sich schützen musste. Gedankenverloren fuhr sie sich gerade durch die Haare, die sich mittlerweile in alle Himmelsrichtungen aufgestellt hatten.

»Was geht ihr durch den Kopf, was ist bloß los?«, fragte sich der Kommissar. Liebevoll legte er seine Hand auf ihren Arm.

Ira blickte erstaunt auf und blickte ihn an, als würde sie ihn zum ersten Mal sehen. »Vielleicht überlegen wir uns das mit der Hochzeit nochmal«, murmelte sie plötzlich. Sie hatte gerade darüber nachgedacht, wie sich die Beziehung zweier Menschen ändern konnte, von heißer Liebe zu eiskaltem Hass. Emily und Julius waren das Paradebeispiel dafür!

Der Kommissar fühlte sich, als hätte Ira ihm eine gescheuert. »Was ist denn los? Du weißt doch, dass ich dich liebe. Und das wird sich nie ändern«, stammelte er fassungslos. Er hatte mit vielem gerechnet, aber nicht damit.

Die Journalistin blickte über ihre angezogenen Knie zu ihm rüber. Beim Anblick seines verletzten Gesichtsausdrucks wachte sie endlich aus ihren Gedanken auf. Sie stand auf, ging zu Peter, setzte sich auf seinen Schoß und kuschelte sich an ihn.

Auch mit dieser Reaktion hatte der Kommissar nicht gerechnet. Gut zwei Minuten verharrte Ira in dieser Pose, den Kopf an seine Schulter gelehnt. Er saß nur da und hatte die Arme um sie geschlungen.

»Ich möchte, dass es immer so bleibt. Dass wir füreinander da sind und uns vertrauen können«, wünschte sie sich flüsternd. »Ich liebe dich so sehr.«

Der Kommissar war platt. Was war heute früh nur mit ihr los? Er verstand überhaupt nichts mehr. Er küsste sie zärtlich auf ihre verwuschelten Haare. »Du bist mein Schatz. Und das wird immer so bleiben«, versicherte er ihr. Und das meinte er auch so.

Ira hob den Kopf von seiner Schulter und blickte ihm tief in die Augen. »Versprochen?«, hakte sie nach.

»Ja, Mausi«, nickte Peter bekräftigend. Statt ihn ob des Kosenamens zurechtzuweisen, küsste sie ihn innig.

»Vielleicht heiraten Jim und Emily ja vor uns?«, mutmaßte sie dann. Und war insgeheim froh, Peter von ihrem aufgewühlten Inneren abgelenkt zu haben. Denn er durfte natürlich nicht wissen, was in ihrem Kopf vor sich ging. Und bald würde das Telefon klingeln …

Emily hatte früher schon keine halben Sachen gemacht und würde dies auch heute nicht tun. Julius' Todesurteil war gesprochen.

Es war nur eine Frage der Zeit, wann es vollstreckt würde.

Aus dem Flur kam ein »Guten Morgen«, gefolgt von der Frage, ob das Bad frei sei. Emily war ebenfalls aus den Federn gekrochen.

»Ja, fühl dich wie zuhause«, rief Ira in den Flur zurück. »So, dann richt' ich mal das Frühstück her. Und wenn Emily fertig ist, geh' ich ins Bad«, kündigte sie an und erhob sich von Peters Schoß. Sie schlenderte scheinbar vergnügt in die Küche und wollte Teller und Messer holen.

»Ich helfe dir«, bot Peter an und stand ebenfalls auf.

In diesem Moment klingelte Emilys Handy, das sie zum Laden auf die Anrichte im Flur gelegt hatte, direkt neben Iras. Ira, die gerade drei Teller aus dem Schrank gehievt hatte und sie soeben auf die Theke stellen wollte, verharrte erschreckt in der Bewegung. Emily konnte das Klingeln nicht hören – im Flur neben der Küche vernahm die Journalistin das leise Plätschern des Wassers aus der Dusche. Ihr Herz klopfte plötzlich wie wild.

Kapitel 25

»Frau Sander, wollen Sie nicht ans Handy gehen?«, fragte Peter, als er in die Küche kam. Verblüfft sah er, dass Ira unbeweglich, einer Statue gleich, dastand, die Teller noch in der Hand. Das Handy klingelte munter weiter.

Seine Aufforderung, den Anruf anzunehmen, riss die Journalistin schließlich aus ihrer Starre. Da sie damit gerechnet hatte, dass Emilys Handy klingeln würde, war sie gar nicht auf die Idee gekommen, dass jemand versuchen könnte, sie zu erreichen. Dabei war ihr Klingelton unverwechselbar: die Titelmusik von »Kill Bill« mit dem Pfeifen des Musikers. Dieser Klingelton sorgte immer wieder für erstaunte Blicke und hochgezogene Augenbrauen. Zu gern vergaß die Journalistin auf Terminen, ihr Handy auf »lautlos« zu stellen. Amüsierte Kommentare waren dann immer die Folge. Wurde die Melodie im Film doch stets gepfiffen, wenn die junge Titelheldin, gespielt von Uma Thurman, grausam Rache an ihren Peinigern nahm.

Ira verknüpfte schöne Erinnerungen mit diesem Klingelton. Birgit, Emily und sie hatten den Klassiker immer wieder angeschaut und wundervolle Filmabende zusammen verbracht. Wohl nicht nur deshalb hatte sie beschlossen, diese Melodie als Klingelton einzuspeichern.

Flugs stellte die Journalistin die Teller auf der Küchentheke ab und eilte in den Flur. Am Handy meldete sich Hans Jaus, der zweite Fotograf des Stauferboten.

»Guten Morgen, Ira«, grüßte er sie.

Statt den Gruß zu erwidern, motzte Ira: »Hans, sag mal, weißt du wie spät es ist?«

Der kicherte. »Ja, es ist kurz vor zehn Uhr«, antwortete er glucksend. Er wusste sehr wohl, dass man Ira morgens besser nicht ansprach.

»Sag' ich doch. Mitten in der Nacht!«, maßregelte Ira ihn. »Du traust dich was!«

Doch ihre Stimmung hob sich, schließlich konnte sie den Meister der Fotografie gut leiden.

Hans rechtfertigte sich: »Ich wollte dich nur davor retten, umgebracht zu werden.«

Ira zog die Braue hoch und erkundigte sich verwundert, wer sie denn wohl umbringen wolle.

»Na, Dagobert Traubel. Du hast im Bildtext aus ihm einen Jürgen gemacht«, lachte Hans. »Ist mir gerade aufgefallen, als ich mein Bild ins Redaktionssystem eingepflegt hab'.«

»Gott sei Dank hast du es bemerkt!« Ira war dankbar und erleichtert. »Hast du Anna Bescheid gegeben?«, fragte sie. Denn diese Kollegin hatte dieses Wochenende Redaktionsdienst.

»Nein. Das mach mal schön selber. Ich verpfeif' dich nicht«, lachte Hans.

Die beiden plänkelten noch ein wenig miteinander, dann beendeten sie den Anruf. Ira schrieb sofort eine Nachricht an Anna, dass sie doch bitte den Namen im Bildtext korrigieren solle.

»Erledigt«, verkündete sie anschließend und legte ihr Handy zurück auf die Kommode. Später würde sie die Kollegin anrufen, um sicherzustellen, dass diese die Nachricht auch gelesen hatte. Jetzt machte das wenig Sinn, denn Ira wusste, dass Anna gerade auf Termin war.

»Guter Hans«, ging es ihr durch den Kopf. Sie kannte den Fotografen schon lange Zeit und pflegte ein vertrauensvolles Verhältnis zu ihm. Beide hatten ein großes Herz für die Fliegerei. Hans war oft auf dem Hornberg anzutreffen, wo sich auch Ira gern aufhielt. Manchmal trafen sie sich dort zufällig, wenn Ira zusammen mit ihrem Flieger Robin in die Lüfte abhob.

Bei ihren Flügen mit Robin entstanden immer wieder beeindruckende Luftaufnahmen. Ob es nun um ein großes Bauvorhaben oder um eine neue Straße ging: Aus der Vogelperspektive konnte man in solchen Fällen einfach bessere Bilder machen als vom Boden aus.

»Ich muss Robin mal fragen, ob er demnächst Zeit hat für einen Flug«, überlegte Ira. Denn sie hatte einige Motive auf ihrer Agenda, die sie aus der Luft ablichten wollte. Etwa den Rohbau des neuen Seniorenzentrums in Göggingen. Oder auch die Mehrzweckhalle mit neuer Ballspielhalle in Alfdorf. Nicht zu vergessen die umfassende Neubebauung auf dem ehemaligen Triumph-Areal in Heubach. Und das Schulzentrum in Leinzell, das gerade für gut sieben Millionen Euro generalsaniert wurde. »Und ein Luftbild von Heckenbach könnte ich auch mal machen«, nahm sie sich vor. Das würde sie Friedrich schenken, der demnächst Geburtstag hatte.

»Du wolltest Frühstück machen«, riss sie Peters Stimme aus der Küche aus ihrem Gedankengang.

»Stimmt«, nickte die Journalistin.

Nachdem Emily aus dem Bad gekommen und Ira schnell hineingewitscht war für eine Turbo-Dusche, saßen die drei gemütlich plaudernd am Tisch. Vermeintlich. Denn Ira spürte die Anspannung, die von Emily ausging. Sie kannte sie einfach zu gut. Und es war ja nur logisch, dass sie auf Kohlen saß.

Peter wiederum schwatzte unbekümmert mit der Freundin über seltsame Handyklingeltöne. Amüsiert berichtete er von Iras ganz speziellem Klingelton.

Verdutzt blickte Emily ihn an. »Was? Kill Bill?«, hakte sie nach. Der Kommissar nickte.

»Den hab' ich aber auch«, sagte Emily. Jetzt blickten sie zwei verblüffte Augenpaare an.

Bis Ira feststellte: »Ja, die gute alte Zeit.«

Die Freundin nickte bestätigend und um ihre Mundwinkel zuckte es.

Der Kommissar wiederum verstand nichts. »Wieso?«, wollte er von den beiden Frauen wissen.

»Och. Gemeinsame Erinnerungen eben«, sagte Emily und machte eine wegwerfende Handbewegung. Zeitgleich mit Ira fing sie an zu kichern.

»Na, ihr seid ja zwei so Hühner«, lachte Peter. Dann stand er auf. »Ich schau' mal kurz zu Jim rüber. Dann könnt ihr beiden in Ruhe in Erinnerungen schwelgen.« Er gab Ira einen Kuss, winkte Emily zu und verließ das Esszimmer. Wenig später hörten die Freundinnen, wie er die Haustür hinter sich zuzog.

»Du kannst dich entspannen, jetzt sind wir unter uns«, forderte Ira die Freundin auf.

»Boah, ich steh' dermaßen unter Strom. Ich warte sekündlich darauf, dass mein Handy klingelt«, stieß Emily aus.

Ira nickte: »Ich weiß.« Es entstand eine Pause.

Emily blickte gedankenverloren vor sich hin. Ira beobachtete sie. Sie spürte, wie elend sich die Freundin fühlte. Die Journalistin, die normalerweise wenig von Gefühlsduselei hielt, ergriff Emilys Hand. Sie war eiskalt. Beide schauten sich in die Augen. Keine sagte etwas. Aber sie unterhielten sich dennoch. Ira sicherte der Freundin zu, dass sie sie nicht im Stich lassen und an ihrer Seite bleiben würde. Und Emily dankte ihr stillschweigend.

Schließlich erhob sich Ira und ging in den Flur, um ihr Handy zu holen. Zurück im Esszimmer, legte sie es vor sich auf den Tisch. »Ich schätze mal, dass sich gleich Viktoria meldet.« Sie hatte die letzte Silbe noch nicht ausgesprochen, da erhielt sie auch schon eine Textnachricht, die sich mit leisem »bling, bling« ankündigte.

Die Journalistin warf einen Blick aufs Display und grinste: »Sag ich doch!« Es war tatsächlich die Freundin aus Heckenbach, die sich erkundigte, ob es etwas Neues gebe.

Ira tippte ein: »Nein. Alles ruhig an der Front. Wir sind beim Frühstück.«

»Ok. Haltet mich auf dem Laufenden, sonst platze ich. Ich bin in Gedanken bei euch«, antwortete Viktoria.

»Machen wir«, tippte Ira, und legte das Handy wieder zur Seite.

»Weißt du, ich wollte mich tatsächlich umbringen. Ich hatte die Rasierklinge schon in der Hand und wollte meine Pulsadern aufschneiden«, sagte Emily in den Raum.

Ira schluckte. »Was hat dich zurückgehalten?«

»Du«, antwortete die Freundin. Und erzählte, wie sie das kleine Fotoalbum im Spiegel auf dem Schrank hinter sich erblickt hatte. »Du hast mich davon abgehalten.«

Im Hotel in Stuttgart herrschte helle Aufregung. Es konnte wirklich kaum etwas Schlimmeres passieren, als dass die Polizei vor dem Eingangsportal parkte und dann auch noch das Haus betrat. Der Empfangschef war zwar routiniert freundlich, doch auch mächtig aufgeregt. Schließlich kam es nicht jeden Tag vor, dass ein Gast tot im Hotelflur aufgefunden wurde. Was noch übler war: Mittlerweile war die Kriminalpolizei angerückt. Denn der rasch herbeigerufene Notarzt hatte sich geweigert, ohne weitere Untersuchungen eine natürliche Todesursache zu attestieren. Folglich musste die Kripo hinzugezogen werden.

Der Gast, ein gewisser Julius Kotten, seines Zeichens Chefarzt in der Chirurgie nahe Berlin, war auf dem Weg zum Konferenzsaal zusammengebrochen. Bei ihrem Eintreffen hatte die Spurensicherung sogleich die Flasche, die er bei seinem Kollaps noch in der Hand gehalten hatte, konfisziert. Der Hotelflur war für die Öffentlichkeit mit einem weiß-roten Band abgesperrt worden. Die Beamten von der Polizei nahmen die Personalien der übrigen Kongressteilnehmer auf.

Im Zimmer des Toten fand man eine komplett aufgelöste, spärlich bekleidete Frau. Sie sagte immer nur: »In der Flasche war was drin, es muss so gewesen sein«, wie in einer Dauerschleife. Die hübsche Blondine stand sichtlich unter Schock. Die Kripobeamten hatten in Erfahrung gebracht, dass sie wohl mit dem Chefarzt angereist war, um ihm zwischen den Vorträgen die Zeit zu vertreiben. Von einem Arztkollegen des

Toten, einem gewissen Leonhard Sanwald, war Kommissar Tillmann Maierle darauf aufmerksam gemacht worden, dass Kotten verheiratet gewesen war – aber eben nicht mit besagter Dame, die wohl als Krankenpflegerin in derselben Klinik arbeitete, in der auch Kotten tätig gewesen war.

Nach einer Unterhaltung mit dem Gerichtsmediziner, der nach kurzer Untersuchung der Leiche und angesichts der mysteriösen Flasche auf einen Giftmord getippt hatte, sich aber noch nicht festlegen wollte, war die Leiche in die Pathologie gebracht worden. Besagter Doktor Sanwald hatte Maierle auch die Telefonnummer der Chirurgengattin gegeben, die der Kommissar jetzt wählte.

»Ich hasse diese Anrufe«, gestand er sich ein, während es bereits klingelte.

»Weißt du, es könnte auch sein, dass gar niemand anruft, weil Julius die Flasche runtergeworfen hat. Also gar nichts getrunken hat«, versuchte Ira die Freundin aufzumuntern.

Denn die hatte ihr gerade anvertraut, dass sie ihre Tat sehr bereue. »Warum hab' ich nicht einfach einen Scheidungsanwalt bemüht? Nein, ich hab' mich lieber zur Mörderin gemacht. Damit kann ich nicht leben«, schluchzte Emily los. Sie war am Ende ihrer Kräfte. Ihr Gewissen hatte sich eingeschaltet und machte ihr sehr zu schaffen.

»Du warst in einem emotionalen Ausnahmezustand«, erklärte Ira. »Und der Affe hat es verdient. Er hat dir schon vor langer Zeit dein Leben genommen, du hast es nur erst jetzt gemerkt. Ihr seid quitt.«

»Ich werde das nicht durchhalten«, schluchzte Emily. »Ich werde alles gestehen!« In ihrer Erregung war sie aufgestanden. Sie zitterte jetzt wie Espenlaub.

»Nein, das wirst du nicht. Das müssen sie dir erst einmal nachweisen. Bleib jetzt cool«, ordnete Ira an. »Sonst zerstört er dein Leben auch noch nach seinem Tod. Vergiss es. Das ziehen wir bis zum ...« Sie konnte ihren Satz nicht mehr beenden, denn Emilys Handy klingelte.

Wie ferngesteuert ging Emily in den Gang, nahm das Handy in die Hand und das Gespräch an. Ira war ihr gefolgt und beobachtete sie gespannt.

»Ja, ich bin Emily Kotten«, bestätigte die Freundin gerade mit fester Stimme. Sie hatte sich selbst Contenance auferlegt. Darin war sie schließlich seit vielen Jahren Meisterin.

Kommissar Maierle stellte sich vor und brachte ihr möglichst schonend bei, dass ihr Gatte verstorben war. Die Arztfrau brachte mit brüchiger Stimme nur noch ein ungläubiges »Was ...?« heraus – und fiel dann in Ohnmacht, mitten in Iras Diele. Die Journalistin eilte zu ihr und konnte gerade noch verhindern, dass Emilys Kopf hart auf dem Boden aufschlug.

Geistesgegenwärtig schnappte sich Ira das Handy und meldete sich. »Hallo?«

Maierle erklärte noch einmal, wer er war, und erkundigte sich, wer sie denn sei. Die Journalistin nannte ihren kompletten Namen und erklärte, dass die Freundin gerade in Ohnmacht gefallen sei.

»Was haben Sie ihr denn gesagt?«, fragte sie.

Der Kommissar überlegte kurz, teilte ihr dann aber den traurigen Grund seines Anrufs mit. »Wie geht es

Frau Kotten?«, fragte er schließlich. Emily war gerade dabei, wieder die Augen aufzuschlagen.

»So weit gut, sie kommt gerade zu sich. Ich bin ihre beste Freundin und kümmere mich um sie«, versicherte Ira dem Kommissar.

Zaghaft bat der Polizist, dass Ira Emily nach Stuttgart bringen solle. »Ist Ihnen das möglich? Ich weiß, von Potsdam nach Stuttgart ist es weit«, bedauerte er. Doch Ira beruhigte ihn. Emily halte sich momentan bei ihr in Heckenbach, also in der Nähe von Schwäbisch Gmünd auf, erklärte sie ihm. Ihr Mann sei zum Ärztekongress nach Stuttgart gefahren und Emily Kotten habe derweil ihrer alten Freundin einen Besuch abgestattet.

»Ah, das ist gut. Da haben Sie ja nur eine Autostunde vor sich. Bitte kommen Sie direkt ins Hotel«, bat der Kommissar. »Wir haben da noch ein paar Fragen.«

»Kein Problem, geben Sie uns anderthalb Stunden«, sagte Ira zu und verabschiedete sich. Als sie ihr Handy gerade weglegen wollte, erlangte Emily offensichtlich wieder vollends das Bewusstsein und wollte sich aufsetzen.

Gerade als sie Luft holte, um etwas zu sagen, kam Peter zur Tür herein. Verdutzt schaute er auf die Szene, die sich ihm im Flur bot. »Was ist denn hier los?«, fragte er besorgt.

Ira platzte mit voller Absicht raus, damit Emily nicht zu Wort kommen und sich womöglich verplappern würde: »Die Polizei aus Stuttgart hat angerufen. Emilys Mann ist tot. Im Hotel zusammengebrochen. Wir sollen gleich kommen, hat der Kommissar gesagt.«

Peter starrte Emily entsetzt an. »Mein Gott, Emily, das ist ja furchtbar. Mein herzliches Beileid!«

Emily nickte schwach, sah ihn dabei aber nicht an. Nach einigen Sekunden, in denen alle versuchten, sich wieder zu sammeln, fragte Peter schließlich nach: »Warum Kommissar und nicht Arzt?« Beim Wort »Kommissar« hatte er natürlich aufgehorcht.

»Nun, da ist wohl was nicht mit rechten Dingen zugegangen. Keine Ahnung«, stellte Ira betont lässig fest. »Er hat Emily nur die Todesnachricht überbracht und die ist daraufhin ohnmächtig geworden. Mir wollte er wohl keine Auskunft geben. Er hat mich nur gebeten, mit ihr nach Stuttgart ins Hotel zu kommen.«

»Wie hat der Kommissar denn geheißen?«, erkundigte sich Peter, der vor seiner Zeit im Gmünder Revier bei der Kripo in Stuttgart gearbeitet hatte.

»Ein Kommissar Tillmann Maierle«, antwortete Ira.

Als er den Namen hörte, grinste Peter unweigerlich. »So, so, der Tillmann. Das ist ja lustig«, amüsierte er sich.

Ira blickte ihn verdutzt an. Das Wort »lustig« hatte sie im Zusammenhang mit dem Tod eines Menschen nicht erwartet.

»Ach so, kannst du nicht wissen«, entschuldigte sich ihr Partner sofort. »Weißt du, in meinen Stuttgarter Zeiten war er quasi mein Azubi. Ja, lang ist's her … Aber da er von mir gelernt hat, ist er natürlich nahezu brillant«, warf sich Peter in die Brust.

Dann wurde er sich seiner Pietätlosigkeit bewusst und stammelte in Emilys Richtung: »Entschuldigung. Was musst du bloß von mir denken?«, sagte er geknickt. Und hatte dabei einen Hundeblick aufgesetzt, der es mit dem eines Golden Retriever-Welpen aufnehmen könnte. Ira hatte Peter vor zwei Tagen einiges von Julius erzählt, sodass er wusste, dass der Verlust für die Witwe nicht allzu schmerzlich sein konnte. Wobei, Emilys Ohnmacht hatte ihn dann doch ins Grübeln gebracht. Sie schien ihren Mann wohl immer noch zu lieben. Auch wenn er ein widerlicher Schuft war.

Laut stellte er fest: »Gut, wenn du mit ihr fährst. Da müssen sicher einige Formalitäten erledigt werden. Steh ihr zur Seite«, bat er Ira.

Die schaute ihn nur kurz an und bemerkte: »Selbstverständlich. Um was es auch immer geht.«

Emily hatte sich wieder gefasst und ging langsam und mit gesenktem Kopf ins Bad. Ira und Peter schauten sich an. »Wenn du den Maierle kennst, kannst du ihn nicht anrufen? Mich würde interessieren, was da passiert ist«, bat Ira.

Der Kommissar grinste und nickte. Klar, dass seine kleine Spürnase Fakten wollte. Und das nicht erst, wenn sie in Stuttgart angekommen war.

»Ich schau' mal, was ich tun kann«, versprach er.

»Und dann rufst du mich sofort an. Wir brauchen ja gut eine Stunde nach Stuttgart«, sagte die Journalistin und plinkerte ihn mit ihren blauen Augen an.

»Klaro, mein Mausi«, flüsterte er und zog sie an sich.

Währenddessen kam Emily wieder aus dem Bad heraus. Sie sah sehr blass aus und tat Peter leid. »Du schaffst das«, versuchte Peter sie aufzumuntern. »Und du hast die stärkste Frau an der Seite, die ich kenne.« Er deutete auf Ira.

Emily verzog das Gesicht und versuchte zu lächeln. »Ich weiß«, nickte sie.

»Los, wir fahren«, forderte Ira die Freundin auf, die nochmals nickte und voranging.

Ira folgte ihr, drehte sich aber in der Haustür nochmals zu Peter um und forderte ihn auf: »Ich brauch' Fakten, und zwar schnell. Ruf mich im Auto an, sobald du was weißt. Nur so kann ich Emily beistehen.«

Als Antwort stand ihr Partner stramm und sagte laut: »Jawoll!«, bevor er ihr noch einen Handkuss hinterherwarf.

Kapitel 26

Emily saß angespannt auf dem Beifahrersitz und starrte Löcher in die Landschaft, die während der Fahrt an ihr vorbei flog.

Ira saß am Steuer und hing ihren Gedanken nach. »Lieber Gott, mach, dass sie auf der Flasche keine Fingerabdrücke hinterlassen hat«, sandte sie ein Stoßgebet zum Himmel.

Die Journalistin warf einen kurzen Seitenblick zu Emily. Sie war leichenblass und hatte die Hände im Schoß verknotet. Ab und zu rieb sie ihre Finger so stark, dass die Knöchel weiß wurden. Sie stand offensichtlich total unter Strom. »Ich muss sie irgendwie beruhigen«, dachte Ira.

Plötzlich fragte Emily in die Stille hinein: »Was passiert jetzt mit mir?«

Ira ließ sich Zeit mit ihrer Antwort. Sie musste sich erst ein Herz fassen, bevor sie eine Gegenfrage stellte: »Hast du deine Fingerabdrücke von der Flasche entfernt?«

Emily nickte eifrig. »Ja, da habe ich zum Glück dran gedacht. Als ich die Flasche in seine Tasche gelegt habe, habe ich sie komplett abgewischt.«

Ira nickte zufrieden. »Gut.« Dann gab sie ihrer Freundin Anweisungen: »Du spielst jetzt die trauernde Witwe. Es war ganz gut, dass du am Telefon ohnmächtig geworden bist. So reagiert eine liebende Gattin. Alles wird gut«, sagte sie. In Gedanken schob sie nach: »Lieber Gott, hilf ihr!«

Zügig fuhr sie an Waiblingen vorbei. Sie kamen gut voran, es herrschte wenig Verkehr auf der B29.

Schließlich war Sonntag. Noch rund 25 Minuten, dann würden sie am Hotel ankommen. Ira hoffte inständig, dass Peter bei seinem ehemaligen Azubi in Erfahrung bringen konnte, was genau in Stuttgart passiert war und was Emily erwartete. Dann könnten sie sich besser auf das Gespräch mit der Kripo vorbereiten.

Emily war wieder verstummt und starrte jetzt auf ihre Finger. Sie drehte ständig ihren Ehering am rechten Ringfinger hin und her.

Kurzerhand drehte Ira die Radio-Lautstärke auf und schaltete auf ihren USB-Stick um. »80er-Hits sind jetzt genau das Richtige«, sagte sie laut. Emily blickte auf. Schon trällerte Michael Jackson sein »Beat it« ins Auto. Ira sang laut mit. Und nach einer Weile schien sich auch Emily zu entspannen. Sie begann sogar, mit den Händen den Takt mitzuschlagen, was die Journalistin erleichtert zur Kenntnis nahm.

In Heckenbach hatte Kommissar Brand sofort nach der Abfahrt der beiden Frauen zum Handy gegriffen. Es hatte ihn einiges an Überredungskunst gekostet, um direkt zu Tillmann Maierle durchgestellt zu werden. Er hatte mit »Amtshilfe« argumentiert.

»Ja«, ging der junge Kollege mürrisch ans Handy. Er stand gerade im Hotelzimmer und ließ seine Blicke auf der blonden Krankenpflegerin ruhen. Die hatte sich zwischenzeitlich angezogen und saß da wie ein Häufchen Elend. Ihr Gesichtsausdruck war allerdings trotzig. »Billiges Bettspielzeug für den Herrn Doktor«, ging es dem Kripo-Beamten durch den Kopf.

»Was heißt hier ›ja‹? Mach mal ordentlich Meldung! Bei mir hast du das so nicht gelernt«, raunzte

Peter gespielt empört ins Handy. Stille. Kommissar Maierle war sich nicht ganz sicher, ob er richtig gehört hatte. Schließlich fragte er zögerlich ins Handy: »Peter, bist du's?«

Seine Frage erntete Gelächter. »Ja. Was hast du denn gedacht, der Weihnachtsmann?«

Kurzerhand gab Tillmann Maierle dem anderen Beamten im Zimmer ein Zeichen und verschwand in den Hotelflur hinaus. Dann nahm er das Gespräch wieder auf: »Mensch, Peter, schon lange nichts mehr von dir gehört. Hast du die Provinz mittlerweile von allen Verbrechern befreit?«, fragte Maierle hörbar erfreut.

Wie lange war es her, dass Peter nach Schwäbisch Gmünd versetzt worden war? Nachdem er sich wiederholt über die Dienstvorschriften hinweggesetzt und damit den Zorn der Obrigkeit auf sich gezogen hatte. Wohl weit über zehn Jahre. Und jetzt hörte Maierle plötzlich wieder die immer noch vertraute Stimme.

»Klar, es gibt hier nichts mehr zum Ermitteln. Die sind alle vor mir abgehauen und wildern jetzt bei dir im Revier«, gab Peter amüsiert zurück.

»Ha, ha«, machte Tillmann. Kommissar Brand war einst sein Vorgesetzter gewesen und er hatte viel von ihm gelernt. Auch so manche unbürokratische Ermittlungsmethode, die ihm Erfolg eingebracht hatte. Damit hatte ihm Peter zu einer steilen Karriere bei der Kripo in Stuttgart verholfen.

»Hör zu, ich sollt' ein paar Infos von dir haben«, begann Peter. Er erklärte Tillmann Maierle, dass Emily Kotten, die Freundin seiner künftigen Ehefrau, wohl von ihm erfahren habe, dass sie Witwe sei.

»Na, die Welt ist wirklich klein«, staunte der Stuttgarter Kollege.

»Ira und Emily sind schon auf dem Weg zu dir ins Hotel. Emily ist total fertig. Ich bin froh, dass sie meine Ira an ihrer Seite hat«, erklärte Peter. »Aber jetzt verrate mir doch mal, was Sache ist.«

Der junge Kollege ließ sich nicht zweimal bitten und erzählte, was geschehen war. Er schloss damit, dass dem Notarzt das Ableben des Chirurgen so seltsam vorgekommen war, dass er die Polizei gerufen hatte.

»Warum?«, hakte Peter aufmerksam nach.

»Na, der Arzt vermutet eine Vergiftung. Denn der Tote war anscheinend ein kerngesunder Mann in den besten Jahren. Da fällt man nicht einfach so tot um. Und er hatte wohl kurz vor seinem Tod noch etwas aus einer Flasche getrunken, die neben ihm lag. Der Leichnam ist jetzt in der Gerichtsmedizin zur Obduktion und die Flasche bei der KTU.« Maierle seufzte. »Sein Betthase, eine Krankenpflegerin, sitzt völlig aufgelöst in seinem Hotelzimmer. Ich bin gerade dabei, sie zu vernehmen.«

Peter nickte und meinte: »Soso, Krankenpflegerin. Da soll einer die Welt verstehen. Da hat der Mann so eine tolle Frau und braucht dennoch eine Gespielin. Gibt's denn sowas!« Er bedankte sich bei seinem Kollegen und bat ihn, behutsam mit der Witwe umzugehen. Zumal diese ob der Todesnachricht ihres Gatten völlig neben sich stehe. »Und richte meiner Ira einen schönen Gruß aus«, schob Peter nach.

»Gern. Sie muss ja was ganz Besonderes sein, wenn du sie sogar heiraten möchtest. Da bin ich ja mal gespannt, was das für ein Frauchen ist«, frotzelte der junge Kollege.

»Beiß dir nicht die Zähne aus, sie ist Journalistin«, warnte ihn Peter lachend.

»Klingt interessant!« Der Kollege war jetzt vollends neugierig geworden. Er versicherte seinem einstigen Vorgesetzten noch, sanft mit der Witwe umzugehen, bevor die beiden ihr Telefonat beendeten.

»Also, er ist wohl auf dem Hotelflur tot zusammengebrochen. Eine Flasche, aus der er augenscheinlich kurz vor seinem Tod getrunken hatte, hat neben ihm gelegen. Der Notarzt vermutet, dass er vergiftet wurde«, erklärte Peter wenig später der im Auto sitzenden Ira. Emily hörte mit. Ihre Augen waren vor Angst geweitet.

»Emily, hörst du mit?«, fragte Peter.

»Ja«, sagte diese kaum hörbar und zögerlich.

»Mädchen, bleib tapfer. Der Kollege hat nur ein paar Fragen an dich. Reine Routine. Danach kannst du die Sachen deines Gatten schnappen und gehen. Mach dir keine Sorgen, das dauert nicht lange«, sprach er ihr Mut zu.

Ira musste bei diesen Worten schmunzeln. Es war wirklich süß, wie Peter mit Emily sprach.

»Danke«, hauchte diese als Antwort, und Ira beendete das Gespräch.

»Bleib ruhig. Lass lieber mich reden. Du musst mit Trauern beschäftigt sein. Okay?«, legte sie der Freundin nahe. Emily nickte nur. Und verknotete wieder ihre Finger ineinander.

Wenig später kamen sie am Hotel an. Ein Rezeptionsangestellter geleitete sie zu Julius' Zimmer.

Ira hatte einen Stein im Magen. »Warum konnte er die Flasche nicht austrinken, sie wegwerfen, noch ein paar Meter gehen und dann tot umfallen?«, haderte sie mit dem Schicksal.

Der Hotelangestellte klopfte an die Tür und Sekunden später öffnete ein gutaussehender Enddreißiger die Tür. Er musterte die beiden Frauen und stellte sich vor: »Guten Tag, ich bin Kommissar Tillmann Maierle.« Er trat ihnen entgegen und drückte ihnen die Hand. Nachdem sich die beiden Freundinnen vorgestellt hatten, sprach er Emily sein Beileid aus.

»Sympathisches Kerlchen«, befand Ira und lächelte ihn an.

Der Kripobeamte machte eine einladende Handbewegung, und die Frauen traten ein. Dabei musterte er sie mit fachmännischem Blick. Ira gefiel ihm auf Anhieb. Sie hatte etwas Freches an sich. Und diese blauen Augen … Peter bewies einen guten Geschmack. Und die Frau des Toten schien eine echte Dame zu sein. Zurückhaltend, höflich und sehr gut gekleidet. Außerdem hübsch.

»Wieso hat man bei einer solchen Frau eine Geliebte?«, fragte er sich nicht zum ersten Mal in seinem Berufsleben. Manchmal konnte er seine Geschlechtsgenossen einfach nicht verstehen.

Die Krankenpflegerin hatte er zwischenzeitlich in das freie Hotelzimmer nebenan führen lassen. Er hatte verhindern wollen, dass die Witwe und sie aufeinandertrafen, bevor er wusste, was hier eigentlich los war. Außerdem hatte Peter ihn ja gebeten, sanft mit Emily Kotten umzugehen. Und auf Peters Menschenkenntnis konnte man sich verlassen. Die Witwe hatte nun wirklich nichts mit dem Tod ihres Mannes zu tun. Das sah man auf den ersten Blick. Sie war völlig verheult und recht wacklig auf den Beinen.

Tillmann schloss die Tür und forderte Emily auf, sich auf den Stuhl am Schreibtisch zu setzen. Er hatte Sorge, dass sie ihm zusammenklappen würde. Dankbar lächelnd folgte sie seiner Aufforderung.

Ira allerdings blieb neben ihm stehen und sah ihn direkt an. »Was ist hier passiert?«, wollte sie wissen.

Der Kommissar musste schmunzeln. Peter hatte ihn ja vorgewarnt. Sie war von der direkten Sorte. Journalistin eben.

»Nun, bevor wir darauf eingehen, muss ich zuerst etwas anderes berichten«, begann er.

»Ja?« Ira blickte ihn aus ihren blauen Augen auffordernd an.

Als der Kommissar nicht sofort antwortete, sagte sie: »Na, raus damit.« Bemerkte aber selbst, dass das wohl etwas zu forsch gewesen war. Daher schob sie noch ein Zwinkern nach. Emily starrte derweil wie gebannt auf den Nachttisch neben dem Bett.

Kommissar Tillmann Maierle stellte sich direkt vor Ira und sagte, ohne mit der Wimper zu zucken: »Ich soll einen schönen Gruß von Peter ausrichten.«

Daraufhin grinste Ira ihn breit an. Ihr wurde ganz leicht ums Herz, denn dieser Kommissar schien einen guten Draht zu Peter zu haben. Sonst würde er sich ihr gegenüber nicht so locker, fast schon freundschaftlich verhalten. Er schien keinen Anfangsverdacht gegen Emily zu hegen. Die Journalistin freute sich. Kurz blickte sie zu Emily, die immer noch auf den Nachttisch starrte. Ira war verwirrt. Was gab es dort denn so

Spannendes, dass die Freundin ihren Blick nicht davon lösen konnte?

Während Maierle Emily darum bat, ihre Personalien fürs Protokoll anzugeben, wandte sich die Journalistin von ihm ab und folgte Emilys Blick. Beim Anblick des Gegenstands auf dem Nachttisch durchzuckte es sie. Plötzlich verstand sie, warum Emily so darauf fixiert gewesen war: Die Grapefruitsaft-Flasche mit den zerstoßenen Tabletten darin stand unschuldig und scheinbar unberührt auf dem Nachttisch.

Jetzt verstand Ira gar nichts mehr.

Ira hatte große Sorge, dass der smarte Kommissar im Zimmer den Krach hören konnte, den der Felsbrocken verursachte, der ihr vom Herzen fiel. Aber den von Emily, der sich einige Zeit vorher gelöst haben musste, nämlich als sie die Saftflasche gesehen hatte, hatte ja schließlich auch niemand wahrgenommen!

Die Journalistin musterte ihre Freundin, die sich mittlerweile vom Stuhl erhoben hatte und dem Kommissar Rede und Antwort stand. Die Wandlung, die Emily vollzogen hatte, konnte nur Ira auffallen. Immer wieder schlug die frisch Verwitwete die Augen nieder und seufzte.

»Ja, es geht mir jetzt wieder etwas besser«, versicherte die Freundin gerade dem Kommissar. »Im ersten Moment war der Schock einfach zu groß.«

Maierle hatte sich nach ihrem Befinden erkundigt und ihr voller Mitleid die Hand an den Ellenbogen gelegt. »Die Frau hat echt Format«, ging es ihm durch den Kopf. »Jetzt muss ich sie allerdings noch damit konfrontieren, dass ihr werter Gatte das Zimmer nicht allein bezogen hatte …« Ihm war klar, dass diese Ankündigung nicht gerade förderlich für das Befinden der Witwe sein würde. Aber es musste eben sein, schließlich galt es jetzt, den Mörder von Dr. Julius Kotten zu finden.

Kurz zuvor hatte er eine SMS bekommen, in der stand, dass in der Flasche, die man neben dem Toten gefunden hatte, Spuren von Kaliumchlorid gefunden wurden. Ein Mittel, das eigentlich in der Veterinärmedizin als Narkotikum eingesetzt wurde. Doch jetzt hatte es wohl den guten Doktor dahingerafft. Das hielt das stärkste Herz nicht aus. Und die kleinen, blauen Pillen, die die Kollegen in der Jacke des Toten gefunden hatten, die über dem Stuhl gehangen hatte, waren ebenfalls recht aufschlussreich gewesen. Potenzmittel gingen nun mal aufs Herz.

»Eigentlich habe ich echt einen Scheißjob«, überlegte Tillmann Maierle, während er tief Luft holte. Dann sagte er laut zu Emily: »Ich kann es Ihnen leider nicht ersparen …«

Emily blickte ihn fragend an und erkundigte sich, was er meine.

»Ihr Mann war nicht allein in diesem Zimmer. Er hatte eine Frau bei sich«, sagte der Kommissar sachlich.

Emily blieb still und schaute zu Ira, die sich neben der Eingangstür postiert hatte. Die Journalistin hatte das Stichwort verstanden. »Was? Das kann doch nicht sein!« Sie schüttelte energisch den Kopf.

Emily tat es ihr gleich. Sie blickte den Kommissar an. »Nein, mein Mann war allein. Wie kommen Sie bloß auf so etwas?« Fassungslos schaute sie ihn an.

Ira musste sich ein Grinsen verkneifen. In Gedanken sprach sie den Satz: »And the Oscar goes to …« Emily spielte die Rolle der ahnungslosen Ehefrau einfach perfekt. Jetzt ließ sie sich sogar scheinbar wie betäubt auf den Stuhl fallen. Herrlich!

Der Kommissar war sofort bei ihr und tätschelte ihre Schulter. »Es tut mir leid. Aber es stimmt«, sagte er leise.

»Wer ist sie?«, erkundigte sich Emily kaum hörbar.

»Es handelt sich um eine gewisse Gabi Schmitt. Sie ist wohl Krankenpflegerin in der Klinik, in der Ihr

Mann arbeitet. Pardon, arbeitete«, erklärte Maierle. »Kennen Sie die Frau?«

Wahrheitsgemäß sagte Emily, dass sie diese Person sehr wohl kenne. Und dass sie sie kürzlich zum ersten Mal gesehen habe, als diese die Wohnung in der Villa besichtigt habe. »Da sie kein Zimmer im Schwesternwohnheim gefunden hatte, wollte Julius sie bei uns einquartieren …« Der Witwe schien plötzlich ein Licht aufzugehen. Sie blickte entsetzt hoch zum Kripobeamten.

»Was muss diese arme Frau gerade durchmachen«, kommentierte der in Gedanken. Laut gab er dem Kollegen im Zimmer, der sich bislang im Hintergrund gehalten hatte, Anweisung, Gabi Schmitt hereinzubringen.

Wenig später tauchte der Polizist mit der Geliebten von Julius auf. Ira hatte sich neben Emily gestellt und mimte die fürsorgliche Freundin. Als die Krankenpflegerin das Zimmer betrat, schaute sie ihr ins Gesicht. Was nicht einfach war, denn die Blondine versuchte, jeden Blickkontakt zu vermeiden. Mal schaute sie zum Fenster, mal zum Boden und mal zum Bett. Es herrschte gespenstische Stille im Raum.

Plötzlich flüsterte die Blondine: »Frau Kotten, es tut mir sehr leid.«

Emily sah sie nur an. »Jetzt kracht es gleich«, war sich Tillmann Maierle sicher. Doch er sollte sich täuschen. Die Witwe blieb ruhig. Setzte sich allerdings noch etwas aufrechter auf den Stuhl und fixierte die Krankenpflegerin.

»Wow, die ist ja die Ruhe in Person«, zollte der Kommissar der Arztgattin in Gedanken Respekt. Weder Unmut, geschweige denn Zorn waren an ihrer Miene abzulesen. Ihr Gesichtsausdruck blieb emotionslos. Allerdings suchte ihre Hand die von ihrer Freundin. Ira ergriff sie.

Die Krankenpflegerin stand da wie ein Häufchen Elend. Ihr wäre es lieber gewesen, wenn die Witwe einen Zornesausbruch bekommen hätte. Denn der wäre bei weitem nicht so schlimm für sie gewesen wie die Stille, die im Raum herrschte.

Gabi Schmitt blickte zu Boden. Und wünschte sich, weit weg zu sein. Verlegen nestelte sie an ihrem Jackenärmel. Und wiederholte schließlich: »Es tut mir wirklich ganz arg leid.« Dabei warf sie Emily einen flehenden Blick zu. Frau Kotten sollte mit ihr reden und aufhören, sie so anzusehen. Doch Emily gewährte der Krankenpflegerin ihren Wunsch nicht. Sie saß auf dem Stuhl wie eine Statue, während Ira ihre Hand hielt.

Plötzlich durchbrach die Journalistin die Stille. Mit kalter, ruhiger Stimme fragte Ira: »Was tut Ihnen leid? Dass Sie mit dem Ehemann von Frau Kotten ein Verhältnis hatten? Oder dass er tot ist?« Ihre Worte trafen Gabi wie Peitschenhiebe. Sie zuckte heftig zusammen. Und ihr wurde übel.

Der Kommissar beobachtete, wie sie sich instinktiv an den Unterbauch fasste. Er grübelte: »War da was im Busch? War sie womöglich schwanger?« Weiter kam er mit seinen Überlegungen nicht, denn Ira hatte bereits zum nächsten Peitschenhieb ausgeholt. Sie stellte süßlich fest: »Ach. Jetzt erzählen Sie gleich, dass es die große Liebe war, und er seine Frau wegen Ihnen verlassen wollte? Lassen Sie mich raten. Sie sind von ihm schwanger?«

Ertappt riss Gabi die Augen auf und antwortete, jetzt mit trotziger Stimme: »Ganz genau. Und jetzt muss jemand für den Unterhalt aufkommen. Schließlich ist es das Kind von Julius«, wandte sich die Blondine nun mit funkelnden Augen an Emily.

Kommissar Maierle war sprachlos ob dieser Unverschämtheit der Krankenpflegerin und schaute zu Emily in Erwartung eines Zornesausbruchs. Und tatsächlich, jetzt holte die Witwe tief Luft. Doch es hörte sich eher an wie ein Seufzen. Ein mitleidiges Seufzen. Maierle verstand nicht, was in ihr vor sich ging. »Warum explodiert die nicht endlich?«, fragte er sich. Plötzlich lächelte Emily milde und stand auf. Sie ließ Iras Hand los und ging langsam auf Gabi Schmitt zu.

Instinktiv machte der Kommissar, ebenso wie der andere Beamte im Zimmer, einen Schritt nach vorne. Die Luft im Raum war aufgeladen. Sie mussten auf der Hut sein. Und gegebenenfalls dazwischengehen, falls sich die beiden Frauen in die Haare kriegen würden.

Ira, die neben dem Stuhl verharrte, blickte gespannt zu Emily. Was würde sie tun? Wie auf diese Unverschämtheit reagieren? Die Augen der Krankenpflegerin funkelten angriffslustig.

Da hob Emily plötzlich langsam ihre Hand und legte diese liebevoll und immer noch lächelnd an die linke Wange der Krankenpflegerin. Dann sagte sie freundlich, aber bestimmt: »Mein Kind. Es tut mir Leid für dich. Aber der Unterhalt für dein Kind geht mich nichts an.«

Maierle war baff. Diese Emily Kotten war echt der Hammer. Gegen sie war ja sogar die Schneekönigin emotionsgeladen! Er kam nicht umhin, sie bewundernd anzublicken. Was wiederum Ira nicht entging. Sie amüsierte sich köstlich, denn jetzt wusste sie plötzlich, was ihre Freundin gleich sagen würde. Ira freute sich schon auf die Gesichter von Gabi Schmitt und Kommissar Maierle.

»Oh doch, Sie werden zahlen. Julius ist tot, damit sind Sie für das Kind verantwortlich«, blaffte die Krankenpflegerin Emily wütend an. Und stieß dabei ihre Hand weg.

»Jetzt geht's los«, war sich Kommissar Maierle sicher und machte sich bereit, einzugreifen. Doch Emily spielte jetzt den Trumpf aus, den nur sie und Ira kannten. Nüchtern und ruhig sagte sie: »Nein, ich werde nicht zahlen. Und das aus gutem Grund.«

»Und warum nicht?« Gabi Schmitt schrie diese Frage fast.

Emilys Antwort kam prompt: »Mein Mann ist seit einer Drüsenerkrankung in jungen Jahren unfruchtbar. Das ist der Grund, warum unsere Ehe kinderlos geblieben ist. Er kann also nicht der Vater Ihres Kindes sein. Ich denke, Sie müssen sich auf die Suche nach dem richtigen Vater machen. Ich wünsche Ihnen viel Glück dabei.«

Das saß. Gabi Schmitt wurde leichenblass. Jetzt wurde ihr klar, warum Julius keinen Wert auf Verhütung gelegt hatte. Dieser verdammte Mistkerl hatte sie verarscht!

Ira und der Kommissar beobachteten die Blondine. Die Gefühle, die in ihr tobten, waren von ihrem Gesicht abzulesen. Emily hatte sich von ihr abgewandt und ging wieder zu Ira.

Immer wieder legte die Krankenpflegerin die Hand auf den Bauch. Seit dem Morgen hatte sie immer wieder schmerzende Stiche im Unterleib gespürt. Auch jetzt wieder. Gerade hatte sie das Gefühl, als würde ihr jemand ein Messer in den Rücken bohren.

»Können wir kurz in der Lobby einen Kaffee trinken?«, fragte Ira den Kommissar. Dieser nickte nur und hielt dabei den Blick auf Gabi Schmitt gerichtet. Die Journalistin und die Witwe verließen rasch das Zimmer.

Er selbst hatte einige Fragen an die Krankenpflegerin. Schließlich hatte sie die letzten Stunden von Julius Kotten mit ihm verbracht, bevor er zusammengebrochen war. Bislang hatte es noch keine Gelegenheit zu einer Befragung gegeben. Maierle hatte sich erst mit den übrigen Ärzten aus dem Umfeld des Chefarztes unterhalten wollen, jedoch wenig Aufschlussreiches erfahren. Außer, dass er seit geraumer Zeit mit der Krankenpflegerin zusammen war. Und dass die Gattin davon nichts gewusst hatte – was sich im Gespräch mit Emily ja bestätigt hatte.

»So, und jetzt unterhalten wir zwei Hübschen uns noch«, begann er.

Gabi Schmitt hatte sich auf das Bett gesetzt. Die Schmerzen im Unterleib ließen endlich langsam nach. Sie schielte auf die Saftflasche auf dem Nachttisch und nahm sich vor, diese mitzunehmen, wenn sie abreiste. Die Vitamine konnte sie auf der langen Zugfahrt gut gebrauchen.

Kommissar Tillmann Maierle hatte die Information bezüglich des Gifts in der Mineralwasserflasche sofort an die Kollegen weitergegeben. Diese wiederum hatten sich beim Hotelpersonal erkundigt und von Mitarbeitern des Zimmerservice erfahren, dass auf jedem Zimmer standardmäßig Mineralwasser als Begrüßungsgetränk zum Nulltarif bereitgehalten wurde. Und nein, keiner der anderen Hotelgäste, die das Wasser getrunken hatten, klagte über gesundheitliche Probleme. Geschweige denn, dass es noch einen weiteren Toten gegeben hätte.

Diese Nachricht erhielt Kommissar Maierle umgehend. Er war froh darüber. Denn es wäre ein riesiger Aufwand gewesen, alle Flaschen einzusammeln und zu untersuchen. Aber da die aktuell im Hotel wohnenden Gäste sämtliche Flaschen auf ihren Zimmern bereits leergetrunken hatten und offensichtlich nur eine einzige Flasche mit Gift versetzt worden war, konnte man sich diese Mühe sparen.

Gott sei Dank, denn der Hotel-Manager war bereits auf 180 gewesen, als der Tote in einem Sarg abtransportiert worden war. Er hatte darauf bestanden, dass der Leichnam nicht mit dem normalen Personenaufzug nach unten transportiert, sondern über den Lastenaufzug zum Lieferanteneingang an der Rückseite des Hotelgebäudes gebracht wurde. Dort wurde der Sarg dann in den Leichenwagen verfrachtet und abtransportiert. Ohne dass die Hotelgäste etwas davon mitbekommen hatten. Selbst die Polizeifahrzeuge, die direkt am Eingangsbereich gestanden hatten, waren zwischenzeitlich umgeparkt worden. Sie standen jetzt in Reih und Glied in der Tiefgarage. Was Gäste zu der Vermutung veranlasste, dass im Hotel wohl eine Polizei-Tagung stattfinden musste.

»Wie kam das Gift in die Flasche? Und wer steckt dahinter?«, überlegte Tillmann Maierle, während Ira und Emily es sich in der Lobby bequem gemacht hatten.

Von der Rezeption waren sie lediglich durch eine halbhohe, von Pflanzen kaschierte Wand getrennt. Daher verstanden sie jedes Wort, das die Gäste und Mitarbeiterinnen sprachen.

Ira orderte zwei Tassen Kaffee. Gerade als die beiden den ersten Schluck genommen hatten, drangen Stimmen an ihre Ohren.

»Was, eine kalte Abreise?«, fragte eine Frauenstimme.

»Ja, wenn ich es dir doch sage. Es wimmelt hier nur so von Polizisten. Das wird eine interessante Schicht«, versicherte eine zweite, tiefere Frauenstimme. »Irgendein Arzt wurde umgebracht. Die vom Zimmerservice reden von Gift in einer Mineralwasserflasche. Das ist doch der Hammer!«

Ira und Emily blickten sich an. »Es gibt einen Gott«, flüsterte die Journalistin, bevor sie sich den nächsten Schluck gönnte. Emily nickte nur.

»Ja, aber wie haben sie die Leiche abtransportiert? Oder ist sie noch im Hotel? Haben sie das Sofa genommen?«, erkundigte sich die jüngere Stimme.

Jetzt musste Ira grinsen, während Emily sie fragend anschaute. »Sofa? Hä?«, flüsterte sie. Sie wollte nicht, dass die beiden Frauen an der Rezeption etwas hörten.

Die Freundin nickte. Von ihrem Cousin Leopold wusste sie, dass es in Hotels der gehobenen Kategorie für plötzlich verstorbene Gäste eigens ein Spezialmöbel gab, meist ein großes Sofa. Dieses wurde dann aufgeklappt, die Leiche darin gebettet und diese anschließend unauffällig zum Hinterausgang transportiert. Schließlich wollte man den Hotelgästen den Anblick eines Sarges auf dem Flur ersparen.

Aber da es hier um polizeiliche Ermittlungen ging, war die Leiche in einem schnöden Sarg abgeholt und in die Gerichtsmedizin gebracht worden. Dieser Ablauf war Ira durch ihre jahrelange unfreiwillige Erfahrung mit unnatürlichen Todesfällen vertraut. Dass man bei der Untersuchung eines Mordfalls keine Rücksicht auf das Hotel oder dessen Gäste nehmen konnte, war klar.

»Der Chef dreht schier durch. Dem laufen wir heute hoffentlich nicht über den Weg«, wünschte sich die Frau mit der tieferen Stimme. Zur Antwort gab es ein zustimmendes Brummen. Dann hob sich die Stimme plötzlich und die Mitarbeiterin erkundigte sich bei einem Gast, der an die Rezeption getreten war, wie sie ihm helfen könne.

»Ich glaube, ich habe mehr Glück als Verstand. Du kannst dir nicht vorstellen, wie ich mich gefühlt habe, als ich die Saftflasche auf dem Nachttisch entdeckt habe«, flüsterte Emily.

Ira nickte. Da meldete sich ihr Handy. Sie hatte eine Nachricht bekommen. Die Journalistin stellte die Tasse auf dem kleinen Tisch ab und holte das Handy aus der Tasche. Es war Viktoria, wie ihr der Blick aufs Display zeigte. »Gibt es was Neues? Wie geht's Emily?«, erkundigte sie sich.

Ira tippte schnell: »Alles in Ordnung. Emily geht's gut. Es gab eine überraschende Wende. Ich melde mich später.« Das blaue Häkchen zeigte ihr, dass Viktoria die Nachricht bereits gelesen hatte.

»Oh, da bin ich ja gespannt. Grüß Emily«, kam die prompte Antwort.

Ira wollte das Handy wieder in die Tasche stecken, als sie eine Nachricht von Jim bekam. Peter hatte ihm erzählt, was passiert war. Er machte sich große Sorgen um Emily und wollte ebenfalls wissen, wie es ihr ging.

»Alles gut, wir sehen uns nachher«, antwortete Ira. Dann steckte sie das Handy wieder ein.

»Grüße von Viktoria und Jim«, sagte sie beiläufig. Denn sie beobachtete gerade, wie Kommissar Maierle aus dem Aufzug kam und zur Rezeption lief. Er hatte sie nicht bemerkt, da er auf der anderen Seite der bepflanzten Wand stehengeblieben war.

»Haben Sie mir die Liste?«, erkundigte er sich beim Personal.

»Ja«, kam die Antwort. Es folgte ein Rascheln. Die Mitarbeiterinnen hatten ihm wohl die Gästeliste ausgehändigt. Und tatsächlich bemerkte die mit der tieferen Stimme: »Das sind alle Kongressteilnehmer.« Der Kommissar bedankte sich und ging zurück zum Aufzug.

»Was glaubst du, wer Julius umgebracht hat? Es muss doch einer vom Kongress gewesen sein? An Gift kommt ein Otto-Normalverbraucher nicht so leicht ran«, stellte Emily fest.

»Wohl kaum«, bestätigte Ira. Und beschloss, Peter anzurufen, der den Anruf nach wenigen Sekunden annahm.

»Also, Julius wurde wohl mit etwas vergiftet, das in der Mineralwasserflasche vom Hotel war. Könntest du deinen Kollegen Maierle nicht mal anfunken und fragen, um welches Gift es sich handelt?«, fragte Ira.

Doch Kommissar Brand motzte: »Hast du mit den Leichen im Ostalbkreis nicht genug zu tun? Musst du dich jetzt auch noch in Stuttgart einmischen? Schaut, dass ihr möglichst schnell heimkommt. Lass Maierle und seine Jungs und Mädels ihre Arbeit machen. Bis dann«, verabschiedete er sich knapp – und hatte die Verbindung bereits unterbrochen.

Ira, die bereits bei einigen Fällen im Ostalbkreis mithilfe ihrer Spürnase dazu beigetragen hatte, die Täter dingfest zu machen, ärgerte sich. »Was glaubt der eigentlich, wer er ist?«, fragte sie laut.

Emily blickte sie neugierig an. »Was ist denn?«, erkundigte sie sich.

»Peter will mir sagen, was ich zu tun und zu lassen habe«, raunzte die Journalistin.

Emily grinste und sagte nur »Oh-oh …« Aus ihrer gemeinsamen Vergangenheit wusste sie, dass Ira sich nicht zurückpfeifen ließ, wenn sie erst einmal etwas wissen wollte. Und sich schon gar nicht irgendwelche Vorschriften machen ließ. Im Gegenteil, jetzt würde sie erst recht loslegen.

»Mir kann das egal sein, ich bin raus. Meine Weste ist weiß.« Betont desinteressiert hob sie die Achseln.

»Na, das hat vor einer Stunde aber noch ganz anders geklungen«, spöttelte Ira.

»Stör mich nicht, ich muss mich auf meine Rolle konzentrieren«, maßregelte sie die Freundin mit strengem Blick und hob abwehrend die Hand.

Ira kicherte. Auf einmal fiel ihr auf, wie sich Emily in den letzten Minuten verändert hatte. Sie sah jünger aus, ihre Augen strahlten wieder. Sie wirkte, als sei sie von einer schweren Last befreit worden.

»Ich bestell' noch eine Tasse Kaffee, magst du auch einen?«, erkundigte sie sich bei der Journalistin.

Ira nickte, meinte aber: »Ein Prosecco wäre mir lieber.« Emily kicherte verhalten und verwies auf den bevorstehenden Abend.

Plötzlich versteinerte sich ihr Gesichtsausdruck. Sie hatte jemanden entdeckt, der gerade hinter Ira herangetreten war. Es war Dr. Leonhard Sanwald. Er nickte Ira nur flüchtig zu, ging zu Emily, nahm ihre Hand und sagte: »Oh Emily, es tut mir so leid. Wie geht es dir?«

Mit brüchiger Stimme antwortete die Gefragte: »Oh, es ist alles so unfassbar. Ich habe es noch gar nicht richtig realisiert. Verzeih, ich kann gerade nicht reden«, entschuldigte sie sich. Dabei rannen ihr wie auf Kommando Tränen übers Gesicht.

»Ich melde mich in den nächsten Tagen bei dir. Bleib tapfer, liebe Emily. Und wenn ich etwas für dich tun kann …« Der Kollege ihres Gatten lächelte sie schüchtern an.

»Der hat ein Gesicht wie ein Vollmond«, ging es Ira durch den Kopf. Und sie zog in Gedanken ganz tief den Hut vor Emily. Sie beherrschte ihre Rolle perfekt. Trauriger konnte eine Witwe wohl kaum aussehen!

Dr. Sanwald zog sich wieder zurück und Ira wollte ihrer Freundin gerade zu ihrer preisverdächtigen Leistung gratulieren, da stolzierte ein hochgewachsener Beau auf Emily zu. Er kam von der Seite, so, dass Ira ihn genau mustern konnte. Ohne Umschweife ging dieser zu Emily und sagte: »Mein allerherzlichstes Beileid.« Die Freundin dankte artig – und schon wieder liefen ihr die Tränen über die Wangen.

Ira war fasziniert von der Vorstellung. Da klingelte ihr Handy. Sie fischte es aus der Tasche und ging ran. Der Arzt, bei dem es sich um Dr. Jens-Peter Schall handelte, nahm sowieso keinerlei Notiz von ihr. Er sprach auf die Witwe ein, aber Ira bekam nur Wortfetzen mit, da sie sich jetzt auf Peters Stimme konzentrierte.

»Also, es war Kaliumchlorid. Wird in der Veterinärmedizin zum Einschläfern von Tieren genutzt. Das haut den stärksten Hengst um, wenn es zu hoch dosiert ist«, erklärte der Kommissar. »So, jetzt sag ich aber nix mehr. Bis später.« Und schon hatte er wieder aufgelegt.

Ira grinste und bemerkte: »Hengst? Wie passend.«

» … schließlich geht es um die Zukunft der Klinik. Da braucht es frischen Schwung …«, hörte sie den Arzt gerade zu Emily sagen. Die schien ihn nicht leiden zu können und erhob sich aus dem bequemen Sessel.

»Entschuldigung, ich muss mich frisch machen«, stieß sie hervor und ließ ihn einfach stehen. Der Arzt schaute ihr wenig erfreut nach, bevor er sich selbst entfernte. Ira würdigte er dabei keines Blickes.

»So ein arroganter Affe«, kommentierte die Journalistin.

Kommissar Maierle war der Verzweiflung nahe. Er hatte in einem kleineren Konferenzraum des Hotels alle Mediziner aus dem direkten Umfeld von Julius Kotten zusammengetrommelt. Insgesamt sieben Personen. Er hatte alle befragt – und nicht einen einzigen Anhaltspunkt für ein mögliches Mordmotiv gefunden. Dass die Gattin nichts von der Untreue des Toten gewusst hatte, war offensichtlich gewesen. Und hier ging es gerade so weiter: Alle waren sich einig, dass der Verstorbene ein brillanter Mediziner gewesen war.

Doch wo sollte man den Mörder suchen, wenn nicht im direkten Dunstkreis? Aber leider schien es so, als hätte keiner der Halbgötter in Weiß einen Grund dafür gehabt, Kotten umzubringen. Zwar hatte sich herauskristallisiert, dass der Chefarzt aus der Chirurgie es mit der ehelichen Treue seit langem nicht so genau nahm, aber ansonsten hatten seine Kollegen nichts Schlechtes über ihn zu sagen.

Zu guter Letzt hatte sich Maierle bei den Kongressteilnehmern bedankt und sie angewiesen, nicht abzureisen. Was sie aber auch nicht vorgehabt hatten, denn der Ärztekongress lief ja noch bis Montag.

Als alle bis auf Maierle den Raum verlassen hatten, hatte ihn Peter angerufen. Da der nach wie vor sein Vertrauter war, hatte ihm sein ehemaliger Schützling von dem Gift berichtet und auch erzählt, dass er bei seinen Befragungen überall auf lose Enden gestoßen war.

Peter Brands Kommentar dazu: »Du weißt doch, eine Krähe hackt der anderen kein Auge aus.«

Maierle beschloss, seine Männer vom Tatort abzuziehen. Und auch die Krankenpflegerin hatte er nach kurzer Unterredung gehen lassen. Auch sie hatte nichts Ungewöhnliches wahrgenommen. Nur als er sie gefragt hatte, ob ihr etwas Verdächtiges aufgefallen sei bezüglich des Mineralwassers, hatte sie für einen kurzen Moment gezögert, dann aber ein langgezogenes

»Neiiin …« verlauten lassen. Sie hatte ihm zugesichert, noch eine Weile im Hotel zu bleiben.

Beim Verlassen des Konferenzraums war der Blick des Kommissars auf die beiden Frauen gefallen, die in der Lobby in einer Sitzgruppe saßen. Bei ihnen stand ein Mann. Plötzlich war die eine Frau, die er als Gattin des Toten erkannte, aufgestanden, und in Richtung Toilette gelaufen. Der Mann hatte ihr nachgesehen und war ohne ein Wort mit der anderen Frau, Ira, zu wechseln, ebenfalls weggegangen.

Kurzerhand lenkte Kommissar Maierle seine Schritte auf Ira zu. Sie gefiel ihm. Und demnach, was Peter über sie berichtet hatte, war sie wohl ein helles Köpfchen. »Mal ein bisschen plaudern, vielleicht weiß sie ja noch etwas, das mich weiterbringt«, nahm er sich vor. Und schon stand er vor ihr.

Die Journalistin blickte hoch und lächelte ihn an: »Na, alles klar, Herr Kommissar?«

Tillmann Maierle schüttelte resigniert den Kopf. »Leider nein. Ich komm' nicht weiter«, gestand er. Und wunderte sich selbst, wie vertraut und offen er mit der Zukünftigen von Peter Brand sprach.

Als hätte sie seine Gedanken erraten, machte sie eine einladende Bewegung zu dem ihr am nächsten stehenden Sessel. »Kaffee?«, fragte sie. »Ich wollte ohnehin gerade einen bestellen. Und: Sie können mir vertrauen. Ich kenne Polizeiarbeit.« Beim letzten Satz schielte sie gen Himmel.

Der Kommissar grinste und ließ sich seufzend in den Sessel sinken. »Logo. Mit dem besten Ermittler weit und breit zusammenzuleben hinterlässt Spuren«, kommentierte er.

Bereits kurze Zeit später nahm er einen großen Schluck des heißen koffeinhaltigen Getränks und sagte zufrieden: »Das ist genau das, was ich jetzt brauche.«

Ira zwinkerte ihm zu. »Das hab' ich gesehen. Entspannen Sie sich einfach«, forderte sie ihn mit einem gutmütigen Lächeln auf. »Ich muss nur noch kurz was schreiben.« In Lichtgeschwindigkeit schrieb sie eine Nachricht an Emily: »Bleib bitte weg, ich red' gerade mit dem Kommissar.« Dann setzte sie noch einen Kussmund dazu und schickte die Nachricht ab.

Emily, die gerade vor dem Spiegel im Waschraum der Toilette stand, hörte das »bling, bling« ihres Handys. Sie zog es aus der Tasche und warf einen Blick darauf. Nach dem Lesen der Nachricht tippte sie grinsend: »Geht klar.« Sie musste ohnehin ihre Gedanken sortieren. Und auf die Damentoilette würde kein männlicher Mediziner kommen, um ihr zu kondolieren. Hier hatte sie ihre Ruhe.

Frei von der Leber weg berichtete Tillmann Maierle Ira vom aktuellen Stand der Ermittlungen. Nämlich, dass der Tote tatsächlich vergiftet worden war, es aber keine Spur vom Mörder gab. »Es fehlt einfach das Motiv«, stellte er resigniert fest.

Derweil beobachtete Ira aus dem Augenwinkel, dass sich einige der soeben von Maierle befragten Mediziner in Richtung Ausgang bewegten. Sie sah den Kommissar an, der gerade den letzten Schluck Kaffee getrunken hatte. Plötzlich kam ihr eine Idee.

Mit den Worten »ich glaube, ich werde jetzt mal kurz eine rauchen gehen« stand sie auf. »Bleiben Sie nur sitzen, gleich kommt Emily Kotten wieder zurück.

Dann können Sie ihr sagen, ob sie das Gepäck ihres Gatten mitnehmen kann. Wir können hier ja nichts mehr ausrichten. Ich würde gern mit ihr zu mir nach Hause fahren. Sie wird Ihnen natürlich für Fragen zur Verfügung stehen«, sicherte Ira dem Polizisten zu. Und gab ihm ihre Visitenkarte.

»So machen wir das. Ich warte«, nickte dieser. Und beobachtete, wie sich die Journalistin ihre Tasche schnappte und flugs gen Ausgang ging.

Als Ira draußen angekommen war, schrieb sie Emily, dass sie nun wieder in die Lobby kommen könne. »Quatsch ein bisschen mit dem Kommissar. Er tut mir leid. Völlig ahnungslos. Aber spiel deine Rolle weiter!« Dann steckte sie das Handy in die Hosentasche und griff sich ihre Zigaretten.

Unweit des Eingangs gab es einen überdachten Bereich, der einem Pavillon ähnelte. Dort stand ein Aschenbecher – und die Herren Mediziner, die es von Berufs wegen eigentlich besser wissen müssten, rauchend drum herum. Alle waren miteinander im regen Austausch. Der Vollmond war auch dabei. Der rauchte jedoch nicht, sondern war anscheinend nur mitgekommen um zu reden. Einzig der Beau von vorhin fehlte.

»Na denn, meine Herren, was habt ihr euch denn zu sagen, wenn die Polizei nicht zuhört?«, murmelte Ira und ging in Richtung Pavillon. Der Vollmond, der sie als einziger als Freundin von Emily erkennen konnte, bemerkte sie nicht. Denn sie hatte sich mit Absicht in die andere Ecke gestellt und sich hinter drei Hünen versteckt. Ira steckte sich scheinbar unbeteiligt eine Zigarette an und lauschte.

Der Vollmond alias Dr. Sanwald stellte gerade resolut fest: »Eigentlich ist es entschieden …« Die übrigen Mediziner nickten eifrig.

Was Ira in den nächsten fünf Minuten zu hören bekam, war nichts Geringeres als ein glasklares Mordmotiv. Kommissar Maierle würde mit Sicherheit dankbar sein für diesen Tipp.

Kapitel 29

Die Mediziner hatten gemeinsam den Raucherpavillon verlassen. Ira war allein zurückgeblieben. Sie hatte sich eine zweite Zigarette angezündet, da sie den Rest des Gesprächs auch noch mitbekommen wollte.

Nun zog sie kurzerhand ihr Handy aus der Hosentasche und rief Viktoria an. Die Freundin, der sie vorher eine kurze Nachricht geschrieben hatte, sollte nicht weiter auf heißen Kohlen sitzen.

Viktoria ging auch gleich ran, als sie Iras Nummer sah. Währenddessen verließ sie ihr Büro und ging flugs durch Friedrichs Arbeitszimmer und durch die Tür hinaus.

»Bin kurz weg«, rief sie ihm zu.

Er nickte nur und widmete sich wieder seiner Arbeit. Es war zwar Sonntag, doch er und seine Frau waren dabei, alle wichtigen Unterlagen für den nächsten Tag vorzubereiten. Denn die wiederholte Zertifizierung ihres Betriebs würde gleich morgens um acht Uhr starten.

Viktoria wollte nicht, dass er von dem Telefonat mit Ira etwas mitbekam. Und sie hatte die Tür ihres Büros, die wiederum in Friedrichs Arbeitszimmer führte, für gewöhnlich immer offen stehen. Er hätte Verdacht geschöpft, wenn sie diese geschlossen hätte. Da war sie draußen auf dem Flur sicherer.

Dort angekommen sagte sie nur kurz: »Okay, jetzt geht's.« Und Ira brachte sie kurz auf den aktuellen Stand der Ereignisse.

Als Ira geendet hatte, kommentierte Viktoria trocken: »Na, bei dem mussten die Mörder ja Schlange stehen. So ein nettes Kerlchen …«

Sie verabredeten sich für den Abend, diesmal bei Viktoria in der Wohnung.

Ira ging zurück in die Lobby und traf auf Emily, die gerade leise mit dem Kommissar sprach.

»Das klappt ja wie am Schnürchen«, freute sich die Journalistin. Sie lief zu den beiden hinüber und setzte sich wieder in ihren Sessel.

Tillmann Maierle sah auf und sagte: »Sie können beide nun nach Hause fahren. Das Gepäck von Dr. Kotten können Sie mitnehmen.« Dann stand er auf. Die Frauen bedankten sich und versicherten ihm, sich für Fragen zur Verfügung zu halten.

»Sehr gut. Dann eine gute Fahrt«, wünschte Maierle. Mit Blick auf Ira fügte er zwinkernd hinzu: »Und einen schönen Gruß an den Herrn Kommissar!«

Die Journalistin lächelte, nahm Haltung an und sagte knapp: »Selbstverständlich, Herr Kommissar!« Sie fügte an: »Wenn Sie mal in unserer Gegend sind, einfach reinschneien.« Maierle nickte, bedankte sich und ging Richtung Rezeption.

»So, dann holen wir mal das Gepäck«, schlug Ira vor. »Und dann nichts wie weg hier!«

Als die Freundinnen das Hotelzimmer betraten, in dem Julius genächtigt hatte, blickten sie automatisch zum Nachttisch – und erstarrten. Die Saftflasche war weg! Emily warf Ira einen ängstlichen Blick zu. Doch die blieb locker und machte eine wegwerfende Geste.

»Das Personal hat das Zimmer bestimmt schon geputzt und die Flasche entsorgt. Schau, es steht auch schon eine neue Flasche Mineralwasser da. Alles gut.«

Emily antwortete nur: »Hoffentlich …«

In wenigen Minuten hatten sie die Habseligkeiten von Julius zusammengepackt und das Zimmer wieder verlassen. Unten an der Rezeption erfuhren sie, dass die Kosten für Julius' Übernachtung von der Krankenhausgesellschaft beglichen werden würden.

»Gut, herzlichen Dank«, nickte Emily.

Schon wenige Minuten später befanden sich die beiden in Iras Auto auf der Fahrt zurück nach Heckenbach. Dass die Dame an der Rezeption ihnen noch hinterher rief, bekamen sie nicht mit.

Von unterwegs rief Ira Peter an. »Wir sind in einer dreiviertel Stunde wieder zuhause«, berichtete sie. »Und ich soll dir Grüße von Kommissar Maierle ausrichten!«

Im Hotel in Stuttgart zog Gabi ihre Stirn kraus. Sie war im Nachbarzimmer untergebracht worden und hatte eben durchs Fenster die beiden Frauen mit Julius' Gepäck abziehen sehen.

»Ja, das werde ich tun«, stellte sie plötzlich entschlossen fest. »Ich werde sofort mit ihm sprechen. Er muss etwas in die Flasche getan haben, und dann hat er sie ausgetauscht. So muss es gewesen sein«, war sie sich sicher. »Wenn ich jetzt schon von Julius kein Geld für mein Kind bekommen kann, muss ich eben eine andere Quelle auftun!«

Mit einem zufriedenen Lächeln strich sie sich über den Bauch. Die stechenden Schmerzen hatten nachgelassen. »So eine Schwangerschaft im Anfangsstadium ist immer ein bisschen nervig«, beruhigte sie sich selbst. Jetzt musste nur noch der schmerzende

Rücken besser werden ... Sie öffnete ihre Zimmertür, näherte sich der schräg gegenüberliegenden Tür und klopfte.

»Ja«, kam es barsch von innen. Dann wurde die Tür geöffnet. Dr. Schall blickte sie fragend an.

»Wir müssen uns unterhalten«, sagte Gabi energisch – und war auch schon durch die Tür ins Zimmer gewitscht.

Sarah vom Etagenservice ging über den Personaleingang ins Hotel. Sie hasste diesen Teildienst. Morgens vier Stunden und nachmittags nochmals vier Stunden, oft auch mehr. Zum gefühlt tausendsten Mal nahm sie sich vor, in eine andere Branche zu wechseln. Bei diesen vermaledeiten Teildiensten konnte man seine Freizeit nie richtig nutzen. Und zwischen den Arbeitszeiten galt es, sich um den Haushalt zu kümmern und für die Kinder zu kochen. Wenn ihr Mann dann nach der Arbeit nach Hause kam, fand die Kinderübergabe statt – und sie musste wieder ins Hotel.

»Einfach blöd. So geht das nicht weiter«, murmelte sie vor sich hin, während sie die Stempelkarte in die Stechuhr steckte. Hinter ihr tauchte ihre Kollegin Ilona auf, die schon Feierabend hatte.

»Na, alles in Ordnung bei dir zuhause?«, erkundigte sich diese im Plauderton.

»Hm-hm«, antwortete Sarah unbestimmt. Sie war müde und hatte keine Lust auf Small-Talk. Lieber gleich an die Arbeit gehen, um den »Turn-Down«-Service in den Zimmern auf ihrer Etage durchzuführen. Sprich: Bad putzen, Shampoo und Duschgel sowie Seife auffüllen und unter anderem die Betten aufschütteln.

»Oh, du hast es ja noch gar nicht mitbekommen ...«, sagte Ilona und riss damit Sarah aus ihren Gedanken.

»Was denn?«, erkundigte sie sich.

»Wir haben einen ermordeten Gast. War wohl Gift in einer Mineralwasserflasche. Kurz nach deinem Feierabend heute Morgen wurde er gefunden«, plapperte die Kollegin.

»Echt? Krass!« Sarah blieb der Mund offen stehen.

»Ja, auf deiner Etage. Zimmer 12.«

Sarah dachte nach. »Ach, der Arzt mit der Blondine?«, hakte sie nach.

»Ja, genau. Die Polizei ist im Haus. Kannst dir ja vorstellen, wie der Chef drauf ist«, seufzte die Kollegin.

»Oh weh«, nickte Sarah, und wünschte der Kollegin einen schönen Feierabend.

Es war höchste Zeit, dass sie mit ihrer Arbeit loslegte. In Gedanken verloren ging sie zu ihrem Spind. Als sie diesen wieder verschloss, nachdem sie sich umgezogen und ihre Kleider verstaut hatte, stutzte sie. »Da war doch was. Ist der andere Arzt nicht mit einer Flasche in Zimmer 12 rein ...?«, überlegte sie. Als sie in Zimmer 16 Ordnung gemacht hatte, war er ihr aufgefallen.

Sie hatte noch überlegt, wie die Ärzte wohl drauf waren. Denn für gewöhnlich konnte sie während ihrer Abendschicht beobachten, wie Gäste sich gegenseitig mit Champagner oder ähnlich teuren Alkoholika auf ihren Zimmern besuchten. Aber eine Mineralwasserflasche ...? Doch dann schüttelte sie den Kopf und riss sich aus ihren Überlegungen. »Ich will keinen Ärger«, murmelte Sarah vor sich hin. Dann wandte sie sich ab und ging an die Arbeit.

»Ah, gut, dann bitte kurz zu mir schicken«, sagte Kommissar Maierle an der Rezeption. Er hatte erfahren, dass nun das Personal aus der Vormittagsschicht wieder seinen Dienst antrat. Er wollte die Mitarbeiterinnen und Mitarbeiter fragen, ob sie irgendetwas Verdächtiges bemerkt hatten.

»Wie heißt noch gleich die Mitarbeiterin, die für das Zimmer 12 zuständig war?«, hakte er nach.

»Sarah Klein«, gab die Dame an der Rezeption Auskunft.

»Bitte schicken Sie sie als erstes zu mir. Ich bin da drüben«, sagte der Kommissar und deutete auf den kleinen Konferenzsaal. Den hatte der Hotelmanager zur Verfügung gestellt, damit die Gespräche zwischen der Polizei und dem Personal in vertraulicher Atmosphäre stattfinden konnten.

»Sehr gern, Herr Maierle«, erwiderte die Angestellte professionell. Sofort griff sie zum Telefon und rief auf der besagten Etage an.

»Ja, Sarah ist gerade gekommen. Wie? Ja, ich schick sie gleich runter«, sagte die Hausdame, die das Gespräch angenommen hatte.

»Danke«, antwortete die Rezeptionistin und legte auf. »Sie kommt gleich«, sagte sie zum Kommissar. Der nahm die Info dankend zur Kenntnis und ging in Richtung des kleinen Konferenzraums.

Gabi setzte sich frech auf den Stuhl am Schreibtisch. Dr. Schall schloss die Tür und grübelte nach, was sie wohl von ihm wollen könnte. Da schoss es ihm durch den Kopf: »Die kleine Schlampe hat gesehen, dass ich Kotten die Flasche gebracht habe. Womöglich hat sie sich im Bad versteckt, als ich da war. Anders kann das gar nicht sein. Ich hab' doch sogar ihre Jacke über dem Stuhl hängen sehen!«

Währenddessen schaute sich die Krankenpflegerin im Zimmer um. Auf dem Schreibtisch sah sie ein Magazin für Schwule liegen. »Oh Mist, die Nummer mit der Freundin wird wohl nichts. Der steht auf Männer. Scheiße, ich muss umdisponieren«, ärgerte sie sich innerlich. »Also gut, dann eben Schweigegeld!«

Entschlossen ergriff sie die Initiative. »Lieber Dr. Schall. Ich wollte Ihnen erzählen, was ich heute Vormittag gesehen habe …«, begann sie.

Schüchtern klopfte es an der Tür des kleinen Konferenzzimmers.

»Herein«, rief Kommissar Maierle und stand auf. Leise öffnete sich die Tür und ein Kopf wurde hereingesteckt.

»Entschuldigung, ich bin Sarah Klein und soll mich hier melden«, sagte die Frau zaghaft.

»Immer herein«, winkte sie der Kommissar zu sich. »Und bitte schließen Sie die Tür.« Er lächelte ihr freundlich entgegen. Sie machte einen eher verschreckten Eindruck auf ihn. Das Zimmermädchen tat wie ihm geheißen und nahm am Rand des Stuhls Platz. Sie blickte ihn fragend an.

»Nun, Frau Klein. Wie Sie sicher schon wissen, wurde der Gast aus Zimmer 12 ermordet. Also auf Ihrer Etage, heute Vormittag. Und ich brauche Ihre Hilfe. Können Sie mir sagen, ob Sie etwas Ungewöhnliches bemerkt haben?«, bat er freundlich.

Sarah fasste sich ein Herz und schilderte, was sie beobachtet hatte. Sie ließ nichts aus und dichtete nichts dran. Sie beschrieb einfach, was sie gesehen hatte.

»Sehr gut«, freute sich Maierle.

»Ich will aber niemanden anschwärzen. Ich hab' es halt gesehen«, fügte sie leise an.

»Sie haben mir sehr geholfen«, versicherte ihr der Kripobeamte. »Keine Sorge, Sie haben alles richtig gemacht.« Er stand auf. »Das war's schon, Sie können jetzt gehen«, sagte er munter und reichte ihr zum Abschied die Hand.

Erleichtert lächelte ihn das Zimmermädchen an und schlüpfte genauso leise zur Tür raus, wie es hereingekommen war.

»Angenehme Person«, sagte Maierle laut. Dann lehnte er sich zurück und überlegte laut: »So, der liebe Doktor von nebenan hat also die Flasche mit dem Gift präpariert und zu Dr. Kotten gebracht. Raffiniert. Und deshalb waren auch alle anderen Flaschen auf der Etage in Ordnung! Jetzt brauch' ich nur noch das Motiv …«

In diesem Moment klingelte sein Handy. Ira war mit Emily wieder in Heckenbach angekommen und hatte beschlossen, jetzt Maierle von den Gesprächen, die sie im Raucherpavillon belauscht hatte, zu erzählen. Sie war sich sicher, dass diese der Schlüssel zum Motiv für den Mord an Dr. Julius Kotten waren. Während sich Emily eine ausgiebige Dusche gönnte und Peter Jim in der Werkstatt besuchte, plauderte Ira mit dem Stuttgarter Kommissar.

Kapitel 30

Peter amüsierte sich köstlich. Als er zu Jim in die Werkstatt gegangen war, hatte er ihn unter einem Oldtimer gefunden. Besser gesagt, seine Beine – denn die ragten unter dem Chevrolet hervor. Der Rest des Körpers war unter dem Auto verschwunden.

»Hey, mein Alter. Du weißt aber schon, dass heute Sonntag ist«, rügte der Kommissar den Amerikaner grinsend.

Daraufhin schob sich Jim auf seinem Rollbrett langsam unter dem Auto hervor und sah ihn an. »Yes, Sir. Aber das bringt mich auf andere Gedanken«, stellte er mit seiner tiefen, sonoren Stimme fest.

Peter nickte und seufzte: »Ja, ist schon der Hammer mit dem Mann von Emily.«

Jim hatte sich ächzend aufgerappelt und stand jetzt in voller Größe vor seinem Freund. Er trug wie üblich seinen Blaumann, verziert mit Ölschmierern, und sah ernst drein.

»Hoffentlich trägt es Emily mit Fassung. Sie hatte wohl einige Probleme mit diesem Typen, aber ich glaube, sie ist bestimmt trotzdem geschockt«, sagte Jim und kratzte sich bedächtig am Kinn. Das Resultat war, dass er nun auch dort Ölschmierer hatte. »Emily ist so eine tolle Frau. Sie hat etwas Besseres verdient.« Der Amerikaner wischte sich die Hände an einem großen Tuch ab und erkundigte sich bei Peter, ob er auch ein Bier wolle.

Der nickte. »Ist ja Sonntag, da darf man auch schon mal nachmittags ein Bierchen zischen. Und Bereitschaft hab' ich auch nicht.«

»That's it«, stimmte ihm Jim zu. Er schlurfte zum Kühlschrank, beförderte zwei Flaschen Bier ans Tageslicht, ging damit wieder zu Peter und überreichte ihm eine. Dann griff er zum Meterstab, der auf der Werkbank lag, und öffnete damit zuerst seine und dann Peters Flasche mit geübtem Griff. Sie prosteten sich zu und gönnten sich einen großen Schluck.

»Du magst Emily«, bemerkte Peter. Es war keine Frage, sondern eine Feststellung.

Der Amerikaner blickte ihn mit einem verschmitzten Lächeln an und antwortete: »Yes, Sir.« Dabei blickte er hinüber zum Bild seiner lächelnden Gattin. »Sie war die Freundin von Sweetheart. Ich kenne sie schon so lange. Dann haben wir uns durch ihre Heirat aus den Augen verloren und jetzt ist sie plötzlich wieder aufgetaucht«, erzählte er. Dabei bekam er leuchtende Augen.

»Alter Knabe, dich hat es echt erwischt. So kenn' ich dich gar nicht«, sagte Peter.

Jim schlug leicht verschämt die Augen nieder. »Sie ist so wunderbar.«

Der Kommissar spürte, dass es jetzt wohl besser wäre, das Thema zu wechseln. Denn dass Jim über beide Ohren verliebt war, war offensichtlich. »Wo ist eigentlich Lucky Luke? Ich hab' ihn schon lange nicht mehr bei dir gesehen.«

Der Amerikaner erzählte ihm, dass sein junger Freund, der ihm oft in der Werkstatt zur Hand ging, wieder die Schulbank drückte. »Er geht auf die Technikerschule in Aalen. Was mich sehr freut, denn er hat das Zeug zu einem guten Mechaniker«, sagte Jim zufrieden.

Peter nickte. »Sehr gut. Weiterbildung ist wichtig. Und dann kann er sich mal selbstständig machen oder so. Prima.« Dann nahmen beide wieder einen großen Schluck aus ihren Bierflaschen.

»Emily und Ira sind auf dem Heimweg. Bin gespannt, was sie zu erzählen haben«, sagte Peter. »Die Damen treffen sich übrigens später bei Viktoria. Wie wäre es, wenn wir nochmal einen Männerabend machen?«

Der Amerikaner war sofort einverstanden. Doch dann hielt er inne.

»Was ist?«, wollte der Kommissar wissen. Jim hatte plötzlich Ähnlichkeit mit einem kleinen Jungen bekommen, der sich sehnlichst etwas wünschte. In der Intensität seines Hundeblicks stand er seinem Kumpel Peter in nichts nach.

Er seufzte und sagte: »Aber ich mag Emily sehen …«

Der Kommissar lachte laut auf. »Um 18 Uhr bei uns, wir essen etwas miteinander. Ich koche.«

Jim hob erstaunt die Augenbrauen. »Du kochst? Was gibt's denn?«

Er wunderte sich, da es bereits Nachmittag war. Und Peter stand schließlich in aller Seelenruhe bei ihm in der Werkstatt und nicht am Herd!

Der Kommissar erriet seine Gedanken und grinste breit. Dann verkündete er: »Ich bestelle nachher was beim Italiener. Freie Auswahl für jeden und ich hole das Essen dann ab. Ist das nicht kochen?«

Er erntete schallendes Gelächter. Peter leerte seine Bierflasche, winkte zum Gruß und marschierte wieder zurück ins Haus. Ira war vorhin auf den Hof gefahren und er war neugierig, was sie zu berichten hatte.

»Na, wie lief's?«, erkundigte sich der Kommissar bei der Journalistin, die im Wohnzimmer auf dem Sofa hockte.

»Ganz gut. Emily ist jetzt halt Witwe. Und offen für Neues …« Vielsagend grinste sie Peter an.

Der nickte. »Ja, unser Jim. Wer hätte das gedacht. Ich hab' ihn übrigens zum Essen eingeladen, er wird später rüberkommen. Wenn er sich hübsch gemacht hat«, erklärte Peter mit dem Schalk im Nacken.

Da tauchte Emily hinter ihm auf. Die Dusche hatte ihr gut getan, sie fühlte sich prächtig. »Wer ist hübsch?«, wollte sie wissen.

»Jim, wenn er nachher rüberkommt«, grinste Ira.

Emily strahlte. »Er kommt zu uns? Wunderbar.«

Ira war bereits auf dem Weg in die Küche. Sie brauchte dringend einen Kaffee. Da klingelte ihr Handy, das sich noch in ihrer Tasche befand.

»Kannst du mal schauen, wer was will?«, bat Ira Peter. Dieser griff sich die Tasche, die beim Schreibtisch lag, fischte das Handy heraus und ging ran. Denn es war der Stuttgarter Kollege.

»Hey, Till, was kann ich für dich tun?«, erkundigte sich Peter Brand.

»Oh, du bist es. Ich wollte eigentlich dein Herzblatt. Weißt du, dass dein Schätzchen Gold wert ist? Sie hat mir vorhin ein astreines Mordmotiv geliefert«, plapperte Kommissar Maierle los. »Ich schnapp mir jetzt den Kerl.«

Peter grinste und bemerkte: »Ja, sie ist einzigartig. Vor allem ihre Spürnase.«

»Bevor ich jetzt den bösen Buben verhafte, wollte ich nur daran erinnern, dass das Auto vom Opfer noch hier in der Hotelgarage steht. Das kann man jetzt abholen. Die Dame an der Rezeption hat deiner Ira und ihrer Freundin zwar noch nachgerufen, aber die haben wohl nix gehört«, erklärte Maierle.

»Typisch Frauen, an das Wichtigste denken sie natürlich nicht. Wie machen wir das jetzt«, überlegte Peter laut. »Die zwei sind gerade hier eingelaufen.«

Der Stuttgarter Kollege meinte: »Du kannst das Auto ja auch von jemand anderem abholen lassen. Ich denke, die beiden Damen hatten heute genug Aufregung. Schick einfach jemanden vorbei. Die Schlüssel sind ohnehin an der Rezeption hinterlegt. Ich geb' dann dort Bescheid.«

Kommissar Brand blickte auf und suchte Emily. Die war doch gerade noch hier gewesen? Er ging zu Ira in die Küche, die genüsslich einen Kaffee trank. »Wo ist Emily?«, fragte er sie.

Ira zuckte die Achseln und nahm nochmals einen Schluck. Dabei blickte sie aus dem Küchenfenster und sah gerade noch, wie die Freundin aus Potsdam gerade in Jims Werkstatt verschwand. Sie deutete mit dem Finger hinaus in den Hof, während sie den nächsten Schluck nahm.

Peter musste lächeln. Klar. Emily war sofort zu Jim gegangen. Plötzlich hatte er die zündende Idee.

»Maierle, hörst du mich noch?«, fragte er ins Handy.

»Klar«, kam die Antwort.

»Ich lass' den Wagen abholen. Gib der Rezeption bitte Bescheid, dass sich ein Herr melden wird.«

»Geht klar«, sagte der Kollege im Hotel. Dann beendeten sie das Telefonat. Sofort wählte Peter Brand die Nummer seines Gmünder Kollegen Hermann Wöllnert.

»Was gibt's?«, erkundigte der sich.

Peter erklärte ihm kurz die fast unglaublichen Fakten – und Hermann sagte sofort zu. Er hatte ohnehin frei und wäre mit dem Zug binnen 45 Minuten in Stuttgart. Er ließ sich den Namen des Autobesitzers geben. »Ich kümmere mich, ich hab' eh nix Besseres zu tun«, versicherte er.

»Du bist großartig, danke dir«, sagte Peter und beendete das Gespräch. Zufrieden lächelnd stellte er sich wieder zu Ira. »So, erledigt«, tat er kund.

»Was denn?«, erkundigte sich Ira verwirrt.

»Na, Hermann hat heute auch frei und wird jetzt das Auto von Julius aus Stuttgart abholen. Das habt ihr zwei Damen nämlich in der Hotelgarage vergessen.«

Ira klatschte sich mit der Hand gegen die Stirn. »Stimmt.« Dann gab sie Peter einen herzhaften Schmatz auf den Mund. »Du bist einfach der Beste. Dankeschön«, flötete sie.

»Ist das alles an Dankbarkeit, was du zu bieten hast?«, erkundigte der sich grinsend bei ihr – und zog sie an sich. Der nächste Kuss dauerte etwas länger und war auch nicht so laut wie der Schmatzer …

Derweil nahm das Gespräch zwischen Gabi und Dr. Schall eine unerwartete Wende. Sie hatte ihn geradeheraus mit ihrer Beobachtung konfrontiert und verlangte Geld von ihm für ihr Schweigen. Der Mediziner war erstaunt über so viel Unverschämtheit. »Ich muss Zeit gewinnen«, ging es ihm durch den Kopf.

Plötzlich beugte sich die Krankenpflegerin nach vorne und hielt sich ihren Bauch. »Was ist jetzt los?«, staunte Schall und trat zwei Schritte auf sie zu.

Gabi hob abwehrend eine Hand. »Bleiben Sie, wo Sie sind, ist gleich vorbei.« Doch als sie spürte, dass ihr Slip nass wurde, wurde ihr klar, dass sie gerade eine Fehlgeburt erlitten hatte. Sie war ja auch erst in der sechsten Schwangerschaftswoche. »Ich darf mir nichts anmerken lassen. Der muss zahlen«, nahm sie sich dennoch vor. Und setzte sich wieder aufrecht hin. Der starke Schmerz hatte endlich nachgelassen. Die Krankenpflegerin fühlte nur noch ein leichtes Ziehen, das jedoch auszuhalten war.

Trotzig blickte sie Dr. Schall an. »Also, zahlen Sie, oder soll ich mich mit diesem Kommissar unterhalten?«, fragte sie frech. »Ich müsste nur einen Stock tiefer gehen ...«

Plötzlich stieg extreme Übelkeit in ihr auf und sie spürte, wie ihr Kreislauf absackte. Gabi atmete tief durch, angelte sich ihre Tasche und holte den Grapefruitsaft, den sie vorhin aus dem Zimmer von Julius mitgenommen hatte, heraus.

»Ich brauch' jetzt Vitamine«, dachte sie, denn ihr war gerade klargeworden, dass sie noch nicht einmal gefrühstückt hatte. »Ich muss meinen Kreislauf in den Griff bekommen. Dass das Balg abgegangen ist, ist nicht schlimm. Im Gegenteil, dann bin ich es los«, überlegte sie. Ohne Erfolg versuchte sie, die fest zugedrehte Trinkflasche zu öffnen. »Verdammt«, entfuhr es ihr.

»Lassen Sie mich das machen«, bot Dr. Schall ihr an. Er ging zu ihr und nahm ihr die Flasche aus der Hand. Zuerst schüttelte er sie, dann klopfte er auf deren Boden, drehte sie schließlich auf und gab sie der Krankenpflegerin zurück mit den Worten: »Wohl bekomm's ...« Insgeheim wünschte er sich: »Der Saft soll dir im Hals steckenbleiben, du blöde, unverschämte Schlampe.«

Gabi nahm die Flasche entgegen und leerte sie in einem Zug. Dann stand sie energisch auf und wollte dem Mediziner die Summe mitteilen, die ihr Schweigen kostete. Doch so weit kam es nicht mehr. Die Krankenpflegerin riss die Augen auf und starrte Dr. Schall an. Dann drehten sich ihre Augäpfel nach innen und sie fiel der Länge nach zu Boden.

Entsetzt musste der Arzt dabei zusehen, wie Gabi den Kopf auf die Seite drehte und ihren letzten Atemzug tat. Mit einem Satz war er bei ihr – er kniete neben einer Leiche.

»Was mach' ich jetzt mit ihr?«, überlegte er fieberhaft. »Das gibt's doch gar nicht. So ein Scheiß!« Misstrauisch musterte er die Saftflasche. »Da muss was drin gewesen sein. Aber ich war das nicht. Diesmal nicht!« Ungläubig schüttelte er den Kopf.

In diesem Moment klopfte es. »Polizei, öffnen Sie die Tür!«

Kapitel 31

Emily öffnete zaghaft die schwere Metalltür zu Jims Werkstatt. Ein leichter Ölgeruch stieg ihr zur Begrüßung in die Nase. Fasziniert betrachtete sie den Chevrolet, der mutterseelenallein da stand. Jim war weit und breit nicht zu sehen.

Sie trat dennoch ein und schloss leise die Tür hinter sich. Ihre Blicke schweiften über die Werkbank zum Kühlschrank und weiter in die Ecke, in der Besen aller Art fein säuberlich aufgehängt waren. Überhaupt war es sehr reinlich. Nur ein achtlos hingeworfener, ölverschmierter Lappen lag auf der Werkbank.

Da entdeckte sie etwas an der hinteren Wand der Werkstatt. Wie magisch angezogen ging sie langsam darauf zu. Es handelte sich um das Foto von Birgit, ihrer Freundin und Jims Frau. Andächtig blieb Emily davor stehen und betrachtete es. Ja, das war die liebe Freundin, die sie einst ebenso schmählich alleingelassen hatte wie Ira.

»Ich hab' euch wegen eines Idioten verlassen. Es tut mir so leid. Viel zu viele Jahre vergeudet, eure Freundschaft eingetauscht gegen ein einsames Leben in einem Elfenbeinturm«, flüsterte Emily dem Bild zu. Wehmut stieg in ihr auf. Der anstrengende Tag forderte seinen Tribut. Sie war plötzlich sehr müde. »Kannst du mir verzeihen?«, fragte sie das Abbild ihrer verstorbenen Freundin. Dabei kullerten ihr Tränen über die Wangen.

In diesem Moment öffnete sich die Werkstatttür und Jim trat ein. Er kam frisch aus der Dusche und hatte den Blaumann gegen Jeans und Hemd eingetauscht. Seine langen weißen Haare hatte er zu einem Zopf im Nacken gebunden. Im Licht der Abendsonne, das durch die offene Tür schien, zeichnete sich seine Figur ab. Groß, stattlich, mit breiten Schultern. Auch wenn seine Jahre bei den US Marines schon längst vorbei waren, war er immer noch durchtrainiert. Emilys Herz klopfte plötzlich bis zum Hals.

Jim wollte eigentlich nur noch kurz den Lappen holen, den er auf der Werkbank abgelegt hatte. Es war Zeit, ihn wieder einmal zu waschen. Im Gegensatz zu Ira war er ein äußerst ordentlicher Mensch. Er konnte sich fürchterlich aufregen, wenn Lucky Luke ein Werkzeug nicht wieder ordentlich aufräumte, nachdem er es benutzt hatte.

Zuerst nahm er Emily gar nicht wahr, sondern lief schnurstracks zur Werkbank. Plötzlich stutzte er, drehte sich um – und erblickte Emily, die leise weinend vor dem Bild seiner Frau verharrte.

Langsam ging er zu ihr und nahm sie wortlos in seine kräftigen Arme. Seine Wärme durchströmte sie. Emily seufzte tief. Und ärgerte sich, dass sie nicht aufhören konnte zu weinen.

Plötzlich schien die Sonne durch die geöffnete Tür, direkt auf das Bild von Birgit. Es hatte den Anschein, als lächle sie jetzt noch herzlicher. Fasziniert blickten Jim und Emily auf das Portrait. Dann nahm Jim ihr Gesicht in seine Hände und küsste ihr behutsam die Tränen von den Wangen. Emily genoss es und seufzte noch tiefer. Sie hatte das Gefühl, als würde er ihr mit jedem Kuss Lebensenergie zurückgeben. Jim sah sie liebevoll an. Da wurde Emily erneut von ihren Gefühlen übermannt. Allerdings weinte sie jetzt nicht mehr. Vielmehr stellte sie sich auf die Zehenspitzen und näherte sich langsam, zaghaft seinem Gesicht. Dabei blickte sie ihm fest in die Augen. Sie spürte ein Gefühl, das sie seit langer Zeit nicht mehr empfunden hatte. Und sie gab ihm nach, indem sie ihre Lippen behutsam auf Jims legte.

Der Amerikaner schloss sie zärtlich in seine Arme und erwiderte den Kuss. Er fühlte sich wie ein Teenager, der etwas Verbotenes tat. Kurz öffnete Jim nochmals die Augen und blickte zum Bild seiner geliebten verstorbenen Frau hoch. Die Sonnenstrahlen waren verschwunden, das Gesicht von Birgit war ob der Dunkelheit kaum mehr zu sehen. Er schloss seine Augen wieder.

Plötzlich fuhren die beiden zusammen, denn das Bild hatte sich von der Halterung gelöst und war krachend auf das darunter stehende Regal gefallen. Mit dem Gesicht nach unten.

Jim flüsterte fassungslos: »Damn, was ich befestige, hält das nächste Jahrhundert.«

Doch Emily hatte das Zeichen verstanden. Birgit hatte sich verabschiedet und offensichtlich nichts dagegen, dass sie »ihren« Jim küsste. Keck drehte sie daher sein Gesicht sanft zu sich und küsste ihn erneut. »Wir haben beide ihr Bild für immer in unseren Herzen«, flüsterte sie Jim zu.

Und er nickte, hob sie hoch und küsste sie erneut. Diesmal aber nicht zaghaft wie ein Schuljunge, der Angst davor hat, ertappt zu werden, sondern so, wie ein liebender Mann seine zweite große Liebe küsst.

»Ich ruf' nachher beim Italiener an und bestelle für uns ein leckeres Essen«, informierte Peter.

Ira strahlte. Erst jetzt wurde ihr bewusst, dass sie den ganzen Tag über nichts gegessen hatte. Allerdings war angesichts der Ereignisse auch kein wirklicher Hunger aufgekommen.

»Prima. Ich nehm' Rigatoni Mafiosi«, verkündete sie.

Peter nickte. »Jetzt muss ich noch wissen, was Jim und Emily möchten.«

Ira überlegte. Emily war bei Jim in der Werkstatt, doch da wollte sie nicht stören. »Das reicht doch nachher noch«, meinte sie. »Aber zu spät sollten wir auch nicht essen, Emily und ich gehen nachher noch zu Viktoria.«

Der Kommissar hob eine Augenbraue. »Soso.« Im Geiste sah er die gackernden Hühner bei der Freundin im Wohnzimmer sitzen und Prosecco schlürfen. Er grinste unweigerlich.

Die Journalistin bemerkte es und erkundigte sich, was ihn denn so amüsiere.

Mit unschuldiger Miene versicherte ihr Peter: »Och, nix.«

Von seiner Zukünftigen kam nur ein »Ist recht.« Sie wollte gerade zur Toilette gehen, da klingelte erneut ihr Handy. Ira erkannte auf dem Display die Nummer der Redaktion.

»Nanu«, sagte sie vor sich hin, während sie das Telefonat annahm. Sie hatte an diesem Wochenende aufgrund von Emilys Besuch sämtliche Terminanfragen abgelehnt.

Es war Annegret, die ihr berichtete, dass eine Mitarbeiterin wegen eines platten Reifens den Einweihungstermin der frisch sanierten Straße im Schwäbischen Wald nicht wahrnehmen könne.

»Wann ist der?«, hakte Ira nach.

»In 20 Minuten. Rob hat den Bildauftrag«, kam die Antwort.

Die Journalistin vergeudete keine Zeit, sondern antwortete nur knapp: »Ich bin schon weg.«

Dann beendete sie das Gespräch und raste aus der Küche und zu ihrem Schreibtisch. Dort angelte sie sich ihre Arbeitstasche, warf einen prüfenden Blick hinein, stopfte noch einen Block dazu und hastete in den Flur. Sie schlüpfte in ihre Schuhe und war auch schon aus dem Haus hinaus.

Peter beobachtete sie und griff sich schon mal sein eigenes Handy. Denn er wusste, sobald Ira im Auto saß und losfuhr, würde sie ihn darüber aufklären, wo sie hinfahren würde. Und tatsächlich, kaum eine Minute später meldete sich sein Handy.

»Ich bin kurz eine Straße einweihen. Schätze mal in rund 45 Minuten bin ich wieder da«, erklärte Ira. Und berichtete, dass eine Kollegin ausgefallen sei.

Der Kommissar sagte nur: »Alles klar, gute Fahrt« und beendete das Gespräch. Er war schon zu lange mit der Journalistin zusammen, um überrascht zu sein oder ihre spontane Abfahrt gar zu hinterfragen. Er wusste, dass Ira insgeheim mit ihrer Arbeit verheiratet war. Im Gegenzug motzte sie auch nicht, wenn er plötzlich zu einem Tatort gerufen wurde. Da brauchte er nie ein schlechtes Gewissen haben. Auch wenn er mal die halbe Nacht wegblieb.

»Wir sind einfach das perfekte Paar«, schmunzelte er. Niemals würden sie einander Vorwürfe machen, wenn der jeweils andere alles stehen und liegen ließ, um seinem Beruf nachzugehen.

»Was mach' ich denn jetzt«, überlegte Dr. Schall fieberhaft, nachdem die Polizei an seine Hoteltür geklopft hatte.

Kurzerhand schnappte er Gabis Beine, die in hochhackigen Pumps steckten, und schleifte ihren leblosen Körper hinters Bett, auf die Seite, die von der Tür aus nicht einsehbar war, sodass die Leiche hinter dem Boxspringbett verschwand.

Wieso die Krankenpflegerin einfach umgekippt war, wusste er nicht. Aber dass sie mausetot war, war ihm sofort klar gewesen. Mit seiner Erfahrung hatte er dies sofort erkannt. Die Krankenpflegerin lag mit gebrochenem Blick da. Es erübrigte sich, ihren Puls zu fühlen.

Während er sie versteckte, rief er zur Tür: »Moment bitte, ich mach' gleich auf.« Dann griff er sich noch die Tasche der Krankenpflegerin, die neben dem Stuhl auf dem Boden lag, und warf diese hinter das Bett. Da klopfte es erneut. Hektisch warf der Arzt noch einen prüfenden Blick zu Schreibtisch und Stuhl, bevor er zur Tür eilte und sie öffnete.

Davor stand Kommissar Maierle mit zwei uniformierten Beamten. Alle drei traten ein. Der letzte schloss die Tür von innen. Das Trio blieb im Eingangsbereich an der Garderobe stehen.

»Herr Schall …«, hob der Kommissar an, wurde jedoch unterbrochen.

»Doktor Schall, bitte. So viel Zeit muss sein«, verbesserte der Mediziner den Kommissar arrogant. Und betete insgeheim, dass die Polizisten nicht weiter ins Zimmer hineintreten würden.

Tillmann Maierle holte tief Luft, setzte ein süßes Lächeln auf und begann erneut und betont höflich:

»Herr Doktor Schall, haben Sie heute Morgen eine Flasche Mineralwasser zu Dr. Kotten gebracht?«

Der Mediziner war baff. Wie konnte dieser Kommissar das wissen? Gabi hatte ja wohl kaum geplaudert, schließlich wollte sie ihn gerade noch erpressen! Auf seiner Stirn bildeten sich kleine Schweißperlen. Ihm war bewusst, dass er jetzt dringend eine geniale und logische Erklärung brauchte. Doch sein Hirn verweigerte ihm den Dienst. Zu geschockt war er darüber, dass er anscheinend mit der verräterischen Flasche gesehen worden war.

Unterdessen war einer der beiden Polizisten, die Maierle begleiteten, weiter ins Zimmer hinein getreten. Er blickte sich aufmerksam um, während der Kommissar den Arzt mit seinem Blick fixierte.

Dr. Schall wurde es übel. Es schnürte ihm den Hals zu. »Wenn der Typ jetzt bloß nicht hinters Bett sieht«, wünschte er sich. Doch als hätte er laut gesprochen, machte besagter Uniformierter prompt einen großen, schnellen Schritt an die hintere Bettkante und schaute dahinter auf den Boden. Ja, er hatte richtig gesehen, das war ein Pumps, der ihm ins Auge gefallen war. Jetzt, mit freiem Blick auf den Boden seitlich des Betts zeigte sich auch der zugehörige Fuß, beziehungsweise der zugehörige Körper.

»Kommissar Maierle …« rief er hinüber zu den anderen drei Männern und winkte dabei. Maierle setzte sich rasch in Bewegung und ging schnurstracks zum Bett.

Reflexartig wollte Doktor Schall zur Tür hinaushechten und das Weite suchen. Doch sein beherzter Sprung prallte an dem dort wartenden Polizisten ab.

Maierle war ums Bett herumgegangen und kniete neben dem leblosen Körper der Krankenpflegerin. Er prüfte ihre Vitalfunktionen. Schließlich sagte er bedauernd: »Da ist nichts mehr zu machen.« Dann wies er seinen uniformierten Kollegen an: »Rufen Sie Verstärkung. Das ganze Programm.« Der nickte und griff sofort zum Handy.

»Und sichern Sie diese Flasche. Würde mich nicht wundern, wenn auch darin Gift war«, sagte Maierle und deutete auf die leere Flasche Grapefruitsaft, die auf dem Schreibtisch stand.

Währenddessen stand Dr. Schall da wie ein begossener Pudel, leicht gebeugt, mit dem Arm auf den Rücken gedreht, fixiert durch den Beamten.

Kurze Zeit später trafen die Mitarbeiter der Spurensicherung und auch der herbeigerufene Pathologe ein. Maierle konnte das Hotelzimmer nun verlassen. Zuvor las er dem Verhafteten noch seine Rechte vor: »Herr Doktor Schall, ich verhafte Sie hiermit wegen des dringenden Tatverdachts …« Der Mediziner schwieg und hielt die Augen niedergeschlagen.

»Abführen, aufs Revier. Ich komme nach«, befahl er den uniformierten Kollegen.

Bevor die Polizisten mit dem Verhafteten abzogen, stieß dieser plötzlich aus: »Ja, gut, Kotten, das war ich. Ich wollte Ärztlicher Direktor werden. Er war doch viel zu alt dafür! Und viel zu sehr mit seinen Liebschaften beschäftigt! Aber diese dumme Kuh hier, die mich erpressen wollte, die hab' ich nicht umgebracht!« Empört schaute er Kommissar Maierle an.

Der antwortete nur trocken: »*Doktor* Kotten. So viel Zeit muss sein!« Dann wandte er sich von Dr. Schall ab.

Dabei rief er noch über die Schulter seinen Kollegen ein endgültiges: »Abführen!« zu. Die beiden Polizisten und der Mediziner in Handschellen verließen den Raum.

Der Mitarbeiter der Spurensicherung, dem der Polizist die Saftflasche in einer Tüte übergeben hatte, stellte fest: »Da sind jede Menge Fingerabdrücke drauf.«

Maierle nickte zufrieden. »Ich gehe jede Wette ein, dass sie von Schall und der Krankenpflegerin stammen.«

Und er sollte recht behalten.

Die Fahrt durch den Schwäbischen Wald war wie immer Balsam für Iras Seele. Sie liebte diese Landschaft, die sie vor langer Zeit nur zu gern gegen den Stuttgarter Kessel eingetauscht hatte. Da es Sonntag war, kam sie flott voran. Selbst vorhin an der Kreuzung, wo sie von Heckenbach aus kommend auf die Bundesstraße in Richtung Spatzentann einbiegen musste, musste sie nicht anhalten, sondern konnte sogleich einfahren.

Die Journalistin warf einen prüfenden Blick in den Rückspiegel. »Ein bisschen blass«, beurteilte sie ihr Antlitz. Kein Wunder, hatte sie doch einen ereignisreichen Tag hinter sich. Sie griff in ihre Tasche, die auf dem Beifahrersitz lag, und angelte ihren Lippenstift heraus. Das dauerte nicht lange, obwohl sie sich durch Kugelschreiber, Block, Foto und diverse Bonbons durchwühlen musste. Darin war sie Meisterin.

Schließlich fuhr sie mit dem Stift ihre Lippen nach. »Schon besser«, fand sie und begutachtete zufrieden das Ergebnis im Rückspiegel. Dieser war stets auf ihr Gesicht und nicht auf die Fahrbahn hinter sie gerichtet. »So, ein wenig Kajal kann auch nicht schaden«, stellte die Journalistin fest und ließ ihre suchende Hand wieder in die Tasche gleiten.

In Durlangen lenkte sie kurz rechts ran und zog den Lidstrich nach. Ein Auto fuhr langsam an ihr vorbei, doch sie nahm keine Notiz davon. Abschließend warf Ira einen letzten prüfenden Blick in den Rückspiegel. »Jetzt bin ich salonfähig!«

Sie parkte aus und lenkte den Wagen in Richtung Rehnenmühlen-Stausee. Auf dem dortigen Parkplatz standen viele Autos. »Ist ja auch gutes Wetter, die lassen es sich gut gehen«, dachte sie.

Der See schimmerte einladend. Die wenigsten wussten, was sich in der Dammkrone verbarg. Ira hatte erst kürzlich über die Sanierung der Technik eines solchen Rückhaltebeckens berichtet und war selbst ins Staunen gekommen. Vor langen Jahren hatte sich eine kommunale Gemeinschaft gegründet, die diese Stauseen angelegt hatte. Mit dem Ziel, Überflutungen und Hochwasser nach starken Regenfällen zu vermeiden. Vielmehr wurde das Wasser in diesen künstlich angelegten Seen gestaut, gedrosselt und schließlich kontrolliert in die Bäche abgeleitet. Der Wasserverband Kocher-Lein hatte ganze Arbeit geleistet. Er agierte über Kreisgrenzen hinweg.

Momentan wurden die Rückhaltebecken in jeweils sechsstelliger Höhe alle nacheinander saniert. Besser gesagt ihre Technik. Leider zog sich das Land, in dessen Auftrag die Verbände agierten, immer weiter aus der Verantwortung. So mussten die Kommunen immer mehr Eigenanteil tragen. Wieder einmal ein offensichtliches Versagen der Politik. Komischerweise hatte man genug Geld, um den um ein Vielfaches teurer gewordenen neuen Flughafen in Berlin zu bauen. Aber die kleinen Kommunen auf dem Land ließ man im Regen stehen. Kürzte Fördergelder hier und da. Das Einzige, was stetig wuchs, waren die Aufgaben und Auflagen, die die Kommunen umsetzen und bezahlen mussten. Ein Umstand, der bei Ira regelmäßig für schlechte Laune sorgte. Als hätten die kleinen Gemeinden nicht schon genug zu stemmen und zu bezahlen. Etwa den Breitbandausbau oder auch die Kinderbetreuung im Ort.

Erst kürzlich hatte Ira über einen Spatenstich für einen neuen Kindergarten in Eschach berichtet, Kostenpunkt 4,5 Millionen Euro. Dem dortigen Bürgermeister hatte sie empfohlen, mit dem Lottospielen anzufangen. Doch Johann Kaiser hatte nur abgewunken.

»Irgendwie kriegen wir das hin«, hatte er zuversichtlich gesagt, trotz der aktuell schwierigen finanziellen Lage seiner Gemeinde. Seit langem wurde in Eschach der Gürtel enger geschnallt, damit dieses Projekt realisiert werden konnte. Tja, die Schwaben wussten eben, wie man sparen musste. Im Gegensatz zur Bundespolitik in Berlin.

Ira fuhr durch Tierhaupten und Ruppertshofen und kam schließlich an der Kreisstraße an, die hinunter nach Hönig führte und nun nach monatelanger Sanierung für den Verkehr freigegeben werden sollte.

Landrat Dr. Jochen Braunle war bereits vor Ort. Als Ira neben seinem Auto einparkte, aus dem er gerade gestiegen war, grinste er sie breit an. Die Journalistin stieg aus und grüßte den neuen Landrat. Klaus Pavel war in den wohlverdienten Ruhestand gegangen und Dr. Braunle zu seinem Nachfolger gewählt worden. Ira kannte ihn seit langer Zeit, war er doch viele Jahre Erster Bürgermeister der Stadt Schwäbisch Gmünd gewesen. Zwischen ihnen hatte sich in all den Jahren ein Begrüßungsritual entwickelt, an dem sie auch jetzt festhielten.

»Guten Tag, Herr Doktor Braunle«, flötete sie ihm entgegen. Die Betonung lag auf dem Wort »Doktor«, wohl wissend, dass er auf diesen Titel keinen Wert legte.

Der Landrat grüßte zurück mit der üblichen angedeuteten Verbeugung: »Guten Tag, verehrte Frau Sander.«

Verschmitzt grinsten sich beide an und gingen das letzte Stück zum roten Band, das über die sanierte Straße gespannt worden war, zusammen.

Bevor sie bei der wartenden Menge und Bürgermeister Paul Kohnle ankamen, flüsterte der Landrat Ira noch kurz zu: »Ihr Lippenstift und Ihr Lidstrich sitzen übrigens perfekt!«

Ira ließ sich zurückfallen und schaute ihm verblüfft hinterher. Dann fiel bei ihr der Groschen: In dem Auto, das an ihr vorbeigefahren war, als sie ihr Make-up aufgefrischt hatte, musste wohl der Landrat gesessen haben. Also hatte er bemerkt, dass sie während der Fahrt den Lippenstift und schließlich in Durlangen ihren Lidstrich nachgezogen hatte.

»Nur für Sie«, rief die Journalistin ihm nach.

Braunle war bereits bei den Gästen angekommen, drehte sich aber kurz zu ihr um. Er zwinkerte ihr zu und hatte dabei verblüffende Ähnlichkeit mit einem frechen Jungen. Dann drehte er sich um und setzte die Miene eines Landrats auf: freundlich, aber bestimmt. Und forderte die Anwesenden nach einer kurzen Begrüßung munter auf: »Dann lassen Sie uns mal zur Schere greifen und das Band durchschneiden …«

Als der offizielle Teil beendet war, schlich sich Ira an den Landrat heran und flüsterte ihm ins Ohr: »Ihre Frisur sitzt auch perfekt. Haben Sie mittlerweile eine Steckdose gefunden?«

Jetzt war es am Landrat, verblüfft aus der Wäsche zu schauen. Dann ging ihm ein Licht auf, er grinste und nickte. Die Journalistin hatte sich bereits wieder entfernt, so winkte er ihr nur lachend nach. Ira grinste ihn noch kurz über die Schulter an. Ihre Frage basierte auf einer Anekdote, die ihr der Landrat neulich erzählt hatte.

Wie die anderen Mitarbeiter im Landratsamt auch, wollte er die Toilette auf dem Flur benutzen. Als er jedoch an seiner Sekretärin Frau Baderle vorbeigegangen war, hatte diese erstaunt aufgeblickt.

»Wo wollen Sie denn hin?«, hatte sie sich gewundert, da er doch keinen Termin hatte.

»Ich muss mal kurz …«, war seine Antwort gewesen. Um dann aber von ihr zu erfahren, dass er doch die Toilette, die sich hinter der weißen Tür in seinem Büro verbarg, nutzen könne.

So war Dr. Braunle wieder zurück ins Büro gegangen, um zum ersten Mal die besagte weiße Tür zu öffnen. Sie war so unscheinbar, dass er sie bislang noch gar nicht wahrgenommen hatte. Und siehe da, ein komplettes Badezimmer mit Dusche verbarg sich dahinter.

Bei nächster Gelegenheit nutzte der Landrat dieses »geheime Bad«: Nach dem Sport nahm er dort eine schnelle Dusche. Danach angelte er sich den Fön aus seiner Sporttasche, um sich die Haare zu trocknen. Dann begann Braunle eine lange Suche, die, wie er nach einer Weile einsehen musste, vergebens war: Es gab im Bad keine Steckdose! So musste er seine kurzen Haare, so gut es eben ging, mit dem Handtuch abrubbeln. Was seiner Frisur natürlich nicht gerade zuträglich gewesen war …

Dr. Braunle blickte Ira lächelnd nach und überlegte, wann er ihr diese Story erzählt hatte. Da fiel es ihm wieder ein: Klar, als sie sich beim Kolomanritt in Wetzgau unter der mächtigen Linde getroffen hatten.

»Die Frau hat das Gedächtnis eines Elefanten«, sagte er leise vor sich hin.

Das Wort »Elefanten« hatte Bürgermeister Kohnle gehört und war seinem Blick gefolgt. »Ich finde nicht, dass Frau Sander zugenommen hat«, stellte er bestimmt fest.

Der Landrat beeilte sich zu versichern: »Ich hatte es gerade nicht von Frau Sanders Figur …«

Von diesem Wortwechsel bekam Ira nichts mehr mit. Sie war schon auf dem Weg nach Hause und freute sich, dass der Termin nicht lange gedauert hatte.

Zuhause in Heckenbach angekommen, setzte sie sich sogleich an den Computer und begann, ihren Text über die Straßenfreigabe zu schreiben. Ein Foto musste sie nicht bearbeiten, schließlich war Fotograf Rob vor Ort gewesen. Voller Vorfreude verkündete sie laut: »Bald habe ich Feierabend!«

Peter, der es sich im Wohnzimmer auf dem Sofa gemütlich gemacht hatte, stand auf. »Gut, dann werde ich jetzt mal beim Italiener anrufen und die Bestellung aufgeben.«

Verdutzt blickte Ira ihn an. »Hast du das noch nicht gemacht?«

Der Kommissar schüttelte den Kopf. »Emily und Jim hatten wohl etwas Längeres zu bereden. Sie ist erst vor zehn Minuten aus der Werkstatt gekommen und ist gerade im Gästezimmer«, erklärte Peter.

»Soso …«, grinste Ira. »Da tut sich was, das sag' ich dir«, prophezeite sie ihrem Partner, »wart's nur ab!« Sie ging in Richtung Bad, als es klingelte. Die Journalistin, die nicht weit von der Sprechanlage entfernt war, drückte auf den Türöffner. Und schon hörte man jemanden die Treppe hochkommen. Die Tür öffnete sich und Jim kam herein.

»Emily meinte, dass ich kommen soll. Ihr bestellt wohl was beim Italiener«, stellte er mehr fest, als dass er fragte.

Ira nickte grinsend und bemerkte wohlwollend die Verwandlung, die der Amerikaner vollzogen hatte. Er sah sehr attraktiv aus in seiner schwarzen Jeans und dem grauen Hemd. Vor allem schien er um Jahre jünger. Sein weißes Haar schimmerte.

»Nobel, nobel«, befand Ira laut, während sie ihn übertrieben genau musterte.

»Darling, ich kann doch nicht immer im Arbeitsoverall rumlaufen«, gab Jim lächelnd zurück.

»Ja, und schon gar nicht, wenn Emily da ist«, grinste Ira frech, stellte sich auf Zehenspitzen und küsste ihn auf die Wange.

»Hexe«, konterte Jim, der sich ertappt fühlte.

»Hey, warum steht ihr hier rum? Habt ihr kein Wohnzimmer?« Emily kam aus ihrem Zimmer heraus und wunderte sich über die beiden Freunde, die im Gang standen. Sie hatte sich frisch gemacht und sah endlich wieder aus wie das blühende Leben. Dass sie heute Morgen erst zur Witwe geworden war, hätte man nicht glauben mögen. Emily trat auf Jim zu und lächelte ihn an.

»Hier bin ich wohl überflüssig«, stellte Ira schmunzelnd fest und ging zu Peter ins Wohnzimmer. Sie freute sich wie eine Schneekönigin. »Da haben sich zwei gefunden, die auch wirklich zusammenpassen«, sagte sie zufrieden.

Der Kommissar schaute ihr entgegen und erkundigte sich: »Du strahlst ja richtig. War der Termin gut?«

Die Journalistin ließ sich aufs Sofa plumpsen und antwortete: »Ja, sehr gut. Und jetzt hab' ich Hunger!«

Kapitel 33

Die idyllische Landschaft des Remstals flog am Zugfenster vorbei. Hermann genoss den Anblick. Keine 15 Minuten nach Peters Anruf saß er bereits im Zug nach Stuttgart. Er hatte mächtig Glück gehabt, denn er war gerade noch rechtzeitig in den Zug gesprungen.

»Bin ja mal gespannt, was da im Hotel los ist!« Der Kommissar aus Schwäbisch Gmünd konnte es kaum erwarten, die Stuttgarter Kollegen bei der Arbeit zu beobachten. Peter hatte ihm Tillmann Maierle als Kontaktperson genannt. Der würde sich darum kümmern, dass er den Autoschlüssel des Arztes bekommen würde. Peter hatte ihm auch erzählt, wie Maierle unter seiner Anleitung einst seine ersten kriminalistischen Sporen verdient hatte. »Er ist ein wirklich guter Mann«, hatte Kommissar Brand den Kollegen mit stolzem Unterton beschrieben.

Schon fuhr der Zug im Hauptbahnhof der Landeshauptstadt ein. Hermann Wöllnert ließ keine Zeit verstreichen, ging schnellen Schrittes entlang der Baustelle zum Ausgang, schnappte sich ein Taxi und stand kurz darauf bereits vor dem Hotel. Er blickte auf die Uhr. »Rekordverdächtig«, stellte er anerkennend fest. Er betrat das Hotel und ging schnurstracks zur Rezeption. Und wieder sollte der Gmünder Kommissar Glück haben. Denn gerade verließ Kommissar Tillmann Maierle den Aufzug.

Maierle war selten so zufrieden wie gerade jetzt. Hatte er doch gleich zwei Morde an einem Tag aufklären und den Tatverdächtigen, der bereits einen der Morde gestanden hatte, dingfest machen können.

»Na, den Mord an der Krankenpflegerin wird er auch noch zugeben. Den koch' ich weich«, war sich der Stuttgarter Kommissar sicher. Dann spürte er die Blicke von Hermann Wöllnert und sah zur Rezeption. Er erkannte ihn sofort, denn Peter hatte seinen Partner äußerst treffend beschrieben: »Klein, drahtig und das Gesicht erinnert ein wenig an einen Jagdterrier. Und wie ich ihn kenne kaut er genüsslich auf einem Schokoriegel rum.«

Tillmann Maierle musste schmunzeln, während er zu Hermann Wöllnert an die Rezeption trat. »Gehe ich recht in der Annahme, dass Sie Kollege Wöllnert aus Schwäbisch Gmünd sind?«, erkundigte er sich.

Der nickte und bestätigte etwas undeutlich: »Ja, bin ich.« Denn er hatte gerade das letzte Stück vom Schokoriegel auf einmal in den Mund geschoben. Und das war größer als er angenommen hatte. Während er schneller kaute, um den Mund freizubekommen, stellte sich der Stuttgarter offiziell vor. »Ich bin Maierle, der ehemalige Stift vom großen Peter Brand.«

Die beiden Kommissare grinsten sich an. Dann machte Maierle eine einladende Bewegung in Richtung Konferenzzimmer. »Kommen Sie, gehen wir dort rein. Da gibt's leckeren Kaffee«, sagte er und warf der Rezeptionistin einen fragenden Blick zu.

Die antwortete sofort: »Sehr gern, der Kaffee kommt sofort.« Hermann willigte dankend ein und die Polizisten verschwanden im Konferenzzimmer, um sich ungestört zu unterhalten.

»Peter hat mir von dem ermordeten Doktor berichtet. Wie laufen die Ermittlungen?«, kam Hermann gleich zur Sache.

Kommissar Maierle ließ sich nicht lang bitten und überraschte den Gmünder Kommissar mit seiner Antwort. »Ich gebe Ihnen ein Update: Es gab einen weiteren Mord.«

Hermann zog die Braue hoch und erkundigte sich, wer denn noch ermordet worden sei. Kommissar Maierle schilderte, was geschehen war.

»Wow, und den Mörder haben Sie auch schon. Kompliment. Man sieht, dass Sie Peters Schule genossen haben. Der ist auch von der schnellen Truppe«, stellte der Gmünder fest.

Doch Maierle machte eine lässige Handbewegung. »Ach was, ich wäre wahrscheinlich immer noch auf der Suche nach dem Motiv, und somit nach dem Mörder. Ich habe zwei entscheidende Tipps bekommen«, gab er zu. Und erzählte, wie ihm die Hotelangestellte von ihrer Beobachtung berichtet hatte. Und dann, wie Ira ihm das Mordmotiv auf dem Silbertablett präsentiert hatte.

Hermann Wöllnert lachte laut auf. »Ja, das Mädel ist fit. Peter könnte ohne sie einpacken. Sie hat oft den richtigen Riecher.« Er erläuterte dann: »Sie hat einen guten Instinkt und eine gute Menschenkenntnis. Da kommt ihr ihr Beruf als Journalistin sehr entgegen. Und ihre Neugier ist unzähmbar.«

Tillmann Maierle hakte mit lauerndem Blick nach: »Auch nicht vom großen Peter Brand?«

Abermals lachte Hermann auf und schüttelte den Kopf: »Nein, auch nicht von ihm. Deshalb rappelt es auch immer wieder zwischen den beiden. Aber Ira hat eben ihren eigenen Kopf. Und der ist nicht nur hübsch, sondern auch klug.«

Da öffnete sich die Tür und eine Mitarbeiterin des Hotels servierte den gewünschten Kaffee und ein paar Kekse. So lautlos, wie sie hereingekommen war, ging sie auch wieder hinaus. Die beiden Kommissare tranken schweigsam ihren Kaffee.

»Tut gut«, stellte Wöllnert zufrieden fest. Dann blickte er auf die Uhr. »So, darf ich um den Schlüssel bitten? Ich werde dann das Auto nach Heckenbach bringen«, kündigte er an.

Tillmann nickte. »Ich begleite Sie zur Rezeption, da ist er hinterlegt.«

Beide standen auf. »Und grüßen Sie mir bitte herzlich Peter, seine Ira und die Witwe, Emily Kotten. Erstaunlich, wie sie sich heute Mittag gehalten hat.«

Hermann nickte. »Ich kenn' diese Frau zwar noch nicht, aber wenn sie eine Freundin von Ira ist, muss sie in Ordnung sein«, meinte er.

Die Polizisten verabschiedeten sich. Maierle fuhr aufs Revier zur Vernehmung von Dr. Schall und Hermann wartete vor dem Hotel darauf, dass der Pförtner das Auto des ermordeten Mediziners aus der Tiefgarage holen und vor dem Hotel abstellen würde.

Er musste sich nicht lange gedulden, da ließ der Pförtner die schwarze Limousine mit Stern vor den Hoteleingang gleiten. Hermann, der keine Ahnung gehabt hatte, was er da für ein Auto abholen würde, hüpfte das Herz bis zum Hals. »Ja Wahnsinn. Das wird eine tolle Spritztour!«

Er selbst plagte sich seit vielen Jahren mit einem Mittelklassewagen herum, den der TÜV wohl demnächst von ihm scheiden würde. So eine Nobelkarosse mit unverschämt vielen Pferdestärken hätte er zwar gern sein Eigentum genannt, aber das ließ sein bescheidenes Gehalt nicht zu.

»Träumen ist erlaubt«, sagte Hermann zu sich selbst, während er seinen Geldbeutel zückte. Der Pförtner freute sich über ein großzügiges Trinkgeld und Hermann wie ein kleines Kind auf die Heimfahrt. In Windeseile hatte er sich hinters Steuer geschwungen und rollte langsam vom Hotelvorplatz und vor zur Straße. Immer noch vorsichtig fädelte er sich in den Verkehr ein. Als er schließlich auf der Bundesstraße in Richtung Schwäbisch Gmünd war, gab er endlich Gas. »Geil!« Der Kommissar wurde in einer Sekunde um 30 Jahre jünger.

Kapitel 34

Während Peter das bestellte Essen vom Italiener abholte, widmete sich Ira wieder dem Artikel zur Straßenfreigabe. Emily und Jim saßen im Wohnzimmer auf dem Sofa. Amüsiert beobachteten die beiden, wie die Journalistin auf ihre Tastatur einhackte.

»Die hat die Welt um sich herum vergessen«, kommentierte Emily.

Jim nickte. »Ja, da könnte jetzt hinter ihr ein ganzes Gebäude zusammenfallen – sie würde nichts davon merken.« Dann blickte er Emily an und stellte fest: »Das hattest du auch mal drauf. Juckt es dir da nicht in den Fingern?«

Mit wehmütigem Blick nickte sie. »Oh ja, das war wenigstens eine sinnvolle Arbeit. Ich hatte in all den Jahren nichts Besseres zu tun, als irgendwelche Wohltätigkeitsfeiern vorzubereiten. Oder mich um meine Schwiegermutter zu kümmern. Seit ich wieder hier bin, weiß ich, was mir gefehlt hat.«

»Weißt du, wir wohnen hier wirklich schön. Viel schöner als in Stuttgart. Und die Zeitung freut sich immer über freie Mitarbeiter«, flüsterte er mit hoffnungsvollem Blick.

»Und wie sieht das mit dem Amerikaner aus, der gegenüber von Iras Haus wohnt? Würde der sich auch freuen?«, grinste Emily ihn herausfordernd an. Statt ihr eine Antwort zu geben, zog Jim sie liebevoll an sich und küsste sie.

»Das seh' ich«, hallte eine Stimme vom Schreibtisch her zu den beiden. Ihre Köpfe flogen herum. Schuldbewusste Blicke trafen Ira. Doch die lachte nur herzhaft. »Na, ihr seid mir ja so zwei. Macht ruhig weiter«, forderte sie die beiden auf. Nach ein paar Mausklicks hatte die Journalistin den Text bereits an die Redaktion gesandt.

Jetzt schob sie ihren Schreibtischstuhl zurück, stand auf und sagte: »Peter wird gleich da sein. Ich deck' schon mal den Tisch.«

Emily erhob sich vom Sofa und kündigte an: »Ich helfe dir.« In Windeseile stand sie in der Küche neben Ira. »Darf man so glücklich sein, wenn man gerade erst Witwe geworden ist?«, erkundigte sie sich mit gesenktem Blick bei der Freundin.

Ira zog ihre Stirn kraus, legte einen Finger ans Kinn und mimte die Nachdenkliche. »Nun, lass mal nachdenken ... Klar, du Nuss. Willkommen unter den Lebenden«, lachte sie dann und drückte einen dicken Schmatz auf Emilys Wange.

»Du weißt, wie froh ich bin, dass nicht ich schuld an Julius' Tod bin«, flüsterte Emily der Freundin zu.

»Logo. Als Mörderin hättest du dich nicht gut gemacht«, sagte Ira und zwinkerte ihr zu. Keine Frage, die Erleichterung darüber, dass es ein Kollege von Julius und nicht die Freundin gewesen war, die den Chefarzt ins Jenseits befördert hatte, war auch bei ihr riesengroß. »Dein Gewissen ist rein. Gut so«, flüsterte Ira zurück.

Emily nickte und lächelte. Doch plötzlich verdunkelte sich ihr Blick. »Mich würde allerdings interessieren, was aus der Grapefruitflasche geworden ist. Ich wollte sie doch verschwinden lassen. Hoffentlich hat sie tatsächlich das Zimmermädchen entsorgt«, hoffte sie inständig.

Ira nickte. »Wird schon passen!« In diesem Moment erschien Jim in der Tür und erkundigte sich, was es denn zu flüstern gebe.

Erschrocken fuhren Emily und Ira herum. »Nichts«, stammelte Emily.

»Frauengeheimnis«, behauptete Ira ernst.

Der Amerikaner hob abwehrend die Hände. »Alright.« Er schnappte sich die Teller und das Besteck und ging damit ins Esszimmer.

Ira und Emily warfen sich verschwörerische Blicke zu. »Das Thema greifen wir erst nachher bei Viktoria wieder auf«, flüsterte Ira. Emily nickte.

In diesem Moment hörten beide, wie die Haustür aufgeschlossen wurde. Wenige Sekunden später erschien Peter mit den italienischen Leckereien und verschwand damit im Esszimmer. Er rief »Essen fassen!« und stellte die Verpackungen mit dem köstlich duftenden Inhalt mitten auf den Tisch. »Also, wer hat was bestellt?«, überlegte er laut.

Jim schnappte sich seine Pizza, Emily und Ira kamen herbei und nahmen jeweils ihr bestelltes Abendessen entgegen. Jeder befüllte seinen Teller und Ira brachte die leeren Verpackungen rasch zurück in die Küche. Dann eilte sie zurück und in den nächsten Minuten herrschte Stille, die lediglich von einem »lecker« oder »hmmm« unterbrochen wurde.

Da klingelte es. Peter sah aus dem Fenster und erblickte im Hof eine schwarze Limousine. »Ah, da ist ja schon Hermann. Das ging aber schnell«, freute er sich und stand auf. Er eilte zur Haustür, um seinem Kollegen und Freund zu öffnen. Emily, die ebenfalls das Auto im Hof erblickt hatte, spürte einen kurzen Stich ins Herz. Der Anblick von Julius' Mercedes brachte sie offensichtlich aus der Fassung. Sie senkte ihre Gabel und mit ihr auch den Blick. Jim, dem das nicht entgangen war, streichelte ihre Hand.

»Hey, ihr lasst es euch gutgehen, während ich arbeite«, polterte Hermann frotzelnd ins Esszimmer.

Ira, die wusste, dass diese Automarke genau seine Kragenweite war, gab zurück: »Tu nicht so. Du hast doch jeden Kilometer genossen!«

Peters Kollege lachte schallend und gab zu: »Ertappt! Ich gestehe!«

Emily hatte ihre Fassung wiedergewonnen und stand auf. »Ich danke Ihnen sehr, dass Sie den Wagen meines Mannes abgeholt haben.« Mit diesen Worten streckte sie ihm ihre Hand entgegen.

Hermann nahm ihre schmale in seine große Hand mit den Worten: »Keine Ursache, ich hatte ohnehin nichts zu tun.« Ernst fügte er an: »Und mein herzliches Beileid.« Erst jetzt war ihm bewusst geworden, dass er eine frischgebackene Witwe vor sich hatte. Schuldbewusst wanderte sein Blick zu Ira, aber die winkte beruhigend ab.

Um das Thema zu wechseln, schlug sie vor: »Jetzt gibt jeder was ab und dann hat Hermann auch sein Essen.« Peter nickte und stand auf. Aus der Küche holte er einen Teller und stellte diesen auf den Tisch.

»Eine milde Gabe für den armen, hungrigen Hermann«, forderte er die Gäste auf. Schnell füllte sich der Teller mit einem Sammelsurium aus Pizzastücken, Spaghetti und Rigatoni.

»Das sieht sehr lecker aus«, freute sich der Kollege sichtlich und nahm vor dem gutgefüllten Teller Platz.

Emily blickte nachdenklich in die Runde. Aus dem Nichts kam ihre Frage: »Ihr seid echte Freunde, stimmt's?«

Einhellig kam sofort die Antwort: »Klar!«

Sie lächelte und zitierte leicht abgewandelt aus Schillers Bürgschaft: » ...ich sei, gewährt mir die Bitte, in eurem Bunde die Fünfte ...«

»Willkommen«, sagte Hermann etwas undeutlich. Er hatte sich gerade den Mund mit Rigatoni vollgestopft. »Ich bin übrigens Hermann. Und du bist also Emily«, brachte er heraus, als er hinuntergeschluckt hatte.

»Hermann, the always hungry boy«, ergänzte Jim grinsend. Und erhielt sofort einen Knuff in die Seite vom mampfenden Hermann.

»Werden Sie das Auto verkaufen oder behalten?«, fragte der Kommissar Emily geradeheraus.

Die antwortete rügend: »Ich bin Emily, wir sind doch jetzt per Du.« Dann lächelte sie Hermann an. »Ich werde das Auto verkaufen. Mir reicht mein kleiner roter Mini. Und ehrlich gesagt, hab' ich diesen Riesenkarren nie gemocht.« In Gedanken fügte sie bitter an: »Wer weiß, mit wem es Julius darin getrieben hat!«

»'tschuldigung, wenn ich mit der Tür ins Haus falle, aber was wollen Sie – sorry – willst du denn dafür haben? Mein Auto ist nämlich so alt, dass uns leider bald der TÜV scheiden wird«, erklärte Hermann. »Ich denke, ich kann es mir nicht leisten, aber fragen wollte ich doch mal. Der Wagen ist ein Traum. Und übrigens, hier sind die Autoschlüssel.« Er reichte Emily den Bund.

Sie nahm ihn entgegen und schien etwas in Gedanken. Dann stand sie auf und angelte aus ihrer

Handtasche den Geldbeutel. Sie öffnete ihn und kramte suchend darin herum. »Hat mir mal jemand einen Euro?«, fragte sie in die Runde.

Hermann war am schnellsten und pulte eine Münze aus seiner Hosentasche. »Voilà!« Er präsentierte Emily ein Ein-Euro-Stück.

Die ging zu ihm um den Tisch, schnappte sich das Geldstück und gab ihm im Gegenzug den Autoschlüssel wieder zurück. »Verkauft«, verkündete sie.

Verdutzt blickte Hermann sie an. »Wie?«

Emily, plötzlich ganz Geschäftsfrau, erkundigte sich bei Jim, ob er in seiner Werkstatt auch Kaufverträge habe.

»Sure«, nickte dieser.

»Also, dann werden wir nachher den Vertrag aufsetzen. Einverstanden?« Sie zuckte mit den Schultern. »Warum soll ich das Auto erst umständlich zurück nach Potsdam bringen, um es dann wieder hier herunterzufahren?«

Dann blickte sie Hermann strahlend an, der immer noch völlig baff war. »Aber, aber, aber ...« stammelte er plötzlich los.

»Nichts aber!« Energisch schüttelte Emily den Kopf. »Ich freu' mich riesig, dass ich dir offensichtlich eine große Freude machen kann. Und ich brauche nun wirklich keine zwei Autos.«

»Echt?« Der Kommissar schaute sie an wie ein kleines Kind.

»Echt«, bestätigte die Gefragte.

Ira, die diese Szene voller Vergnügen beobachtet hatte, war äußerst zufrieden. Emily hatte sich glücklicherweise auch nach all den Jahren und all den

Schmähungen ihres verstorbenen Gatten nicht komplett verändert. Denn schon damals, in Stuttgart, war sie stets großzügig gewesen. Ein Charakterzug, den Ira sehr an ihr gemocht hatte. Emily hatte ihr gutes Herz behalten.

»Gute Emily, du bist immer noch die Alte«, ging es Ira durch den Kopf.

Und als hätte Emily ihre Gedanken gelesen, schaute diese die Journalistin an und sagte laut: »Ja. Manche Dinge ändern sich nie. Und das ist gut so.« Die beiden Frauen lächelten sich an.

Die drei Männer wiederum verstanden nicht, was gerade vor sich ging. »Von was habt ihr zwei es?«, erkundigte sich Peter.

»Ihr Männer müsst nicht alles wissen«, gab Ira zurück und blinzelte ihn kokett an. Plötzlich fiel ihr Viktoria ein. Sie wollten doch einen Mädelsabend machen! »Emily, es wird Zeit, dass wir die Wohnung wechseln. Wir sind schon spät dran«, sagte Ira und deutete auf die Uhr über sich an der Wand.

Jim blickte ebenfalls aufs Zifferblatt und bemerkte trocken: »Stimmt, es ist gleich halb drei.« Und nahm damit Ira auf den Arm, die seit gefühlt drei Wochen die leere Batterie der stehengebliebenen Uhr austauschen wollte.

Die Journalistin verteidigte sich sofort: »Hey, ich hab' neue Batterien gekauft!«

Jetzt schaltete sich Peter ein und frotzelte: »Ja, aber du weißt nicht mehr, wo du sie nach dem Einkauf hingelegt hast.«

Kleinlaut gab Ira zu: »Stimmt.« Es folgte allgemeines Gelächter.

»Du hast recht, wir sollten aufbrechen. Ich muss noch kurz ins Zimmer und mich umziehen«, kündigte Emily an, während sie auf einen kleinen Spritzer Tomatensoße auf ihrer Bluse deutete.

»Ist gut«, nickte Ira und schaute der Freundin nach, als diese das Esszimmer verließ.

Dann forderte sie Hermann leise auf: »Jetzt komm, erzähl kurz, was die Ermittlungen in Stuttgart machen. Ich wollte nicht vor Emily fragen.« Mit gespanntem Blick auf Hermann stopfte sie sich die letzte Gabel Rigatoni in den Mund. Was sich als großer Fehler herausstellte, denn Hermann begann zu erzählen: »Es gab noch eine Tote. Wohl eine Krankenpflegerin. Sie hat vermutlich vergifteten Grapefruitsaft getrunken.«

Ira verschluckte sich so sehr, dass Peter ihr auf den Rücken klopfen musste, damit sie wieder Luft bekam.

Während Ira noch nach Luft rang, überlegte sie fieberhaft. Auf keinen Fall wollte sie, dass Emily von der toten Krankenpflegerin erfuhr. Denn es war klar, dass sie diese Nachricht nicht so einfach wegstecken würde. Umringt von gleich zwei Kommissaren im Wohnzimmer würde sie wohl zusammenbrechen und zugeben, dass sie den Saft mit Gift versetzt hatte. »Das muss ich verhindern«, nahm sich die Journalistin vor.

Dank Peters Klopfen auf ihren Rücken konnte sie wieder durchatmen. Die Rigatoni-Nudel war beim letzten Klaps auf ihren Rücken wieder zurück in den Mundraum gekommen. Sie eilte in die Küche und spuckte sie aus. Dann ging sie zu Emily ins Zimmer und trieb sie hektisch an. »Los jetzt, Viktoria wartet!«

Verdutzt drehte sich die Freundin zu ihr um. Sie war gerade dabei, die frische Bluse zuzuknöpfen. »Ja, ja, ich sag' nur noch kurz Tschüss«, erwiderte sie.

Doch Ira schüttelte den Kopf und entschied rigoros: »Nein, wir gehen jetzt. Deinen Jim siehst du ja morgen wieder. Wir sind wirklich viel zu spät dran!«

Dann eilte sie zurück ins Esszimmer, schnappte sich ihre Tasche vom Schreibtisch und verkündete der Männerrunde: »Wir sind dann mal weg.« Bevor die drei etwas antworten konnten, rauschte sie auch schon wieder aus dem Zimmer hinaus, schnappte sich Emily und gemeinsam verließen sie das Haus.

»Was machst du denn bloß für eine Hektik? Auf fünf Minuten kommt es doch nicht an«, wunderte sich Emily.

Ira antwortete nur knapp: »Ich mag Viktoria nicht länger warten lassen.«

Auf dem Stuttgarter Revier kam Tillmann Maierle nicht weiter. Dieser Dr. Schall war eine harte Nuss. Er gab zwar unumwunden zu, dass er den Chefarzt der Chirurgie getötet hatte, wehrte sich allerdings vehement gegen die Beschuldigung, die Krankenpflegerin vergiftet zu haben.

»Das lass' ich mir nicht anhängen«, brüllte er gerade im Vernehmungszimmer. Maierle wollte ihn gerade maßregeln, doch da öffnete sich die Tür. Ein Kollege überreichte ihm wortlos ein Blatt Papier. Es war der Bericht der Spurensicherung, und der war eindeutig: Auf der Saftflasche befanden sich die Fingerabdrücke der Toten, die von Dr. Schall und die von Julius Kotten. »Na also«, stellte der Kommissar zufrieden fest, und konfrontierte sein Gegenüber mit dieser Tatsache.

»Klar sind da meine Fingerabdrücke drauf. Die blöde Kuh hat die Flasche ja nicht aufbekommen. Also hab' ich sie geöffnet, damit sie trinken konnte«, schrie Dr. Schall und fuchtelte dabei mit den Armen in der Luft herum. Er war außer sich. »Wenn da Gift drin war, wollte wohl Dr. Kotten die Dame ins Jenseits befördern, weil er ihrer überdrüssig war!« Er beteuerte nochmals, dass die Krankenpflegerin den Saft aus ihrer eigenen Tasche geholt, also selbst zu ihm aufs Zimmer gebracht hatte.

Wieder öffnete sich die Tür und ein anderer Kollege überreichte Kommissar Maierle ein weiteres Blatt Papier – diesmal aus der Gerichtsmedizin. In dem Schreiben wurde der Tod durch Gift bestätigt. Und noch etwa stand darauf: Die Krankenpflegerin war im Frühstadium schwanger gewesen und hatte kurz vor ihrem Tod eine Fehlgeburt erlitten.

Der Kommissar legte die Stirn in Falten. Dann erkundigte er sich beim Verdächtigen, ob ihm etwas an der Krankenpflegerin aufgefallen sei.

»Ja, sie hatte offensichtlich Schmerzen und hielt sich den Bauch. Sah aus, als hätte sie eine Kolik oder sowas«, bestätigte Dr. Schall nach kurzem Überlegen.

Maierle schoss ein Gedanke durch den Kopf. »Was, wenn Dr. Kotten tatsächlich das Gift in die Flasche getan hatte, um Gabi Schmitt umzubringen? Als Arzt hatte er ja Zugang zu allen Medikamenten gehabt. Vielleicht wollte er mit ihr Schluss machen und sie hat ihn mit ihrer Schwangerschaft konfrontiert? Das muss dann bereits in Potsdam gewesen sein und er hat die Flasche dort noch präpariert. Er dachte wohl, in der Ferne würde man ihm nicht auf die Schliche kommen. Wollte wohl selbst den Totenschein ausstellen? Das wäre der perfekte Mord gewesen! Er konnte ja nicht ahnen, dass er selbst umgebracht werden würde!«

Laut sagte Maierle zu Dr. Schall: »Sie streiten also ab, etwas mit dem Tod der Krankenpflegerin zu tun zu haben?«

Der nickte mehrmals nachdrücklich. Und der Kommissar glaubte ihm.

»Warum sollte er es abstreiten? Er hat ja ohne Umschweife den Mord an Kotten zugegeben«, überlegte der Kommissar. Dann beschloss er, das Verhör zu beenden. Es war schon spät am Abend. Dr. Schall wurde abgeführt.

Tillmann Maierle stand auf und ging in sein Büro. »Kann gar nicht anders sein, Kotten wollte seine Geliebte aus dem Weg räumen. Ja, so muss es gewesen sein«, dachte Maierle.

Er knipste das Licht an seinem Schreibtisch aus, winkte den Kollegen zu und sagte: »Ich mach' Feierabend. Ein Geständnis am Tag reicht.« In Gedanken schob er nach: »Und einen Toten kann man nicht mehr wegen Mordes verhaften.« Zufrieden lächelnd verließ er das Polizeirevier. Für ihn war der Fall abgeschlossen.

Ira hastete regelrecht zu Viktoria. In ihrem Kopf fochten Engelchen und Teufelchen einen Kampf aus. Emily hatte Mühe, mit ihr Schritt zu halten.

»Was hat sie nur?«, wunderte sie sich, blieb aber still. Sie spürte, dass etwas in Ira vorging und wollte sie nicht in ihrer Grübelei stören.

Kurze Zeit später waren sie bereits bei Viktoria angekommen. Die hatte sie bereits durchs Fenster kommen sehen und stand schon an der geöffneten Haustür.

»Na, ihr zwei Hübschen. Das wird aber auch Zeit. Friedrich ist auch schon auf dem Weg zu seinem Männerabend. Allerdings mit dem Auto. Sonst hättet ihr ihm über den Weg laufen müssen. Ihr habt aber bestimmt die Abkürzung genommen«, mutmaßte sie.

Ira nickte und bemerkte: »Den Tag erleben wir nicht mehr, an dem dein Friedrich zu Fuß durch den Ort geht.« Dabei vergaß sie jedoch, wie sonst ein Grinsen aufzusetzen, was Viktoria nicht entging.

»Irgendwas ist passiert«, schlussfolgerte die Freundin beim Blick auf Iras Miene. Einzig Emily schien vergnügt zu sein.

Kaum waren sie im Wohnzimmer, da reichte die Unternehmerin den beiden Freundinnen auch schon ein Glas Rosé. »Auf die Freundschaft unter Frauen«, prostete sie ihnen zu. Ira und Emily hoben ebenfalls ihre Gläser und nahmen beide einen Schluck. Allerdings verhedderte sich Emily mit ihrem Armreif in ihren Blusenknöpfen und goss den restlichen Glasinhalt über ihre Bluse.

»Mein Gott, bin ich heute ein Schussel. Zuerst die Tomatensoße und jetzt Wein. Das darf doch nicht wahr sein!« Ungläubig schaute sie an sich herunter.

»Ab ins Bad«, wies Viktoria lachend in den Flur. »Zweite Tür links.«

Emily ging rasch ins Bad. Sie war viel zu penibel, was ihre Kleidung anbelangte, als dass sie sich nicht augenblicklich um die Flecken gekümmert hätte.

Als sie außer Hörweite war, sah Viktoria Ira an und forderte sie auf: »Schieß los, was ist passiert?«

Ohne sich zu wundern, dass die Unternehmerin gefühlt hatte, dass etwas nicht stimmte, legte die Journalistin los. Sie erzählte von der Krankenpflegerin, die an dem Saft gestorben war, den Emily mit ihrem Giftcocktail versetzt hatte.

»Oh. Dumm gelaufen«, stellte Viktoria nüchtern fest. »Schätze mal, da hat es nicht die Falsche getroffen. Das läuft unter Schicksal«, fügte sie mit Blick auf Ira an. »Und Emily weiß nichts davon?«

Ira schüttelte den Kopf. »Nein. Und sie soll auch nichts davon wissen. Sonst bringt sie ihr Gewissen um.«

Viktoria nickte: »Denke mal, da hast du recht. So schätze ich sie auch ein. Also schweigen wir.«

Die Journalistin, in deren Kopf immer noch Engelchen und Teufelchen miteinander kämpften, überlegte laut: »Eigentlich hat Emily bereits mehr als lebenslänglich hinter sich. Das müsste Strafe genug sein.«

Das kräftige Nicken von Viktoria signalisierte ihr, dass auch ihre Freundin dieser Ansicht war. »Und ein Unschuldiger ist wohl auch nicht unter Anklage. Schließlich hat dieser andere Arzt den Gatten von Emily auf dem Gewissen«, bemerkte Viktoria. Ira hatte ihr im Telefonat ja geschildert, was passiert war.

»Deal?«, schlug Ira ihrer Freundin vor und blickte sie fragend an.

»Ja. Das wird das Schweigen der Frauen«, nickte diese bestimmt.

»Abgemacht«, sagten beide gleichzeitig und prosteten sich zu. In diesem Moment kam Emily aus dem Bad. Die Bluse hatte sie ausgezogen. Nun trug sie nur noch ein seidenes Unterhemd.

»Feines Stöffchen«, stellte Viktoria fest.

»Ich hab' die Bluse komplett auswaschen müssen. Und sie im Bad über deine Duschkabine gehängt«, erklärte Emily.

»Alles klar. Bis nachher ist die wieder trocken, wir haben ja noch einiges vor«, sagte Viktoria und deutete grinsend auf die Weinflasche.

Jetzt war es Ira, die als Erste lachte. Sie war erleichtert, dass Viktoria derselben Meinung war wie sie selbst. Emily würde nichts von der toten Krankenpflegerin erfahren. Und die Journalistin wusste, dass sie sich auf die Unternehmerin verlassen konnte. Schließlich waren sie beide aus demselben Holz geschnitzt.

Es wurde ein feuchtfröhlicher Abend.

Hermann hatte sich mit seiner neuen Nobelkarosse vom Acker gemacht. Jetzt saßen Friedrich, Peter und Jim bei Bier und Whisky um den Esszimmertisch.

»Ja, ja, unser Jim. Wer hätte das gedacht?«, frotzelte Peter mit Blick auf Friedrich.

»Was denn?«, erkundigte der sich.

»Nun, Jim wandelt auf Freiersfüßen und ist bis über beide Ohren in Emily verknallt. Das Schöne ist, dass es der Angebeteten wohl genauso geht«, klärte der Kommissar den Freund auf.

Der Amerikaner gönnte sich einen tiefen Schluck aus seinem Whiskyglas und schwieg. Allerdings hatten sich seine Wangen ein wenig rötlich verfärbt.

Friedrich, der es bemerkte, zog ihn auf: »Du brauchst doch nicht rot zu werden. Emily ist ja auch eine Hübsche. Und hat dazu noch ein gutes Herz. Sonst hätte sie wohl kaum Peters Kollegen einfach den Wagen für einen Euro verkauft«, mutmaßte der Unternehmer.

Der Amerikaner zog verlegen seinen Zopf am Gummi fest. Schließlich nickte er und sagte überzeugt: »She's my girl.«

Die Männer hoben ihre Gläser und prosteten sich zu. »Auf unsere Frauen«, sagte Peter feierlich.

»Na, du und Ira habt ja noch nicht mal einen Hochzeitstermin. Sie ist noch nicht deine Frau«, bemerkte Friedrich schmunzelnd. »Wer weiß, vielleicht heiraten da noch zwei andere vor euch.« Vielsagend blickte er Jim an. Der gab als Antwort nur ein undefinierbares Grunzen von sich, lächelte jedoch.

Da klingelte Peters Handy. Bei dem Anrufer handelte es sich um den Kollegen Tillmann, der gerade in seiner kleinen Wohnung in Stuttgart auf dem Sofa saß. Die tote Krankenpflegerin ließ ihn nicht los. Und er wollte mit seinem alten Kollegen über die Sache reden.

»Hast du kurz Zeit?«, erkundigte sich Maierle.

»Klar«, erwiderte Peter, erhob sich von seinem Stuhl im Esszimmer und ging in den Flur. Dort angekommen, machte er es sich auf dem Stuhl bequem, der neben der Anrichte stand. Er versicherte dem Stuttgarter Kollegen, dass er sich auch noch gemeldet hätte, zumal Hermann von einer weiteren Toten berichtet hatte.

»Gut, also es ist so ...« schilderte Tillmann den Vorfall. Und erklärte, dass er der Ansicht war, dass Dr. Schall nicht ihr Mörder war, sehr wohl aber Dr. Kotten selbst den Giftcocktail gemixt haben konnte.

Peter lauschte und dachte nach. Schließlich gab er dem jungen Kollegen recht. »So wird es gewesen sein. Wie ich von meiner Frau erfahren habe, muss dieser Julius ein rechter Frauenheld gewesen sein. Da passte wohl kein Baby in die Planung«, befand Peter.

»Wie Du meinst, ich lege den Fall ohnehin als aufgeklärt ad acta. Wieso redest du übrigens von deiner Frau? Du bist doch nicht verheiratet mit der hübschen Journalistin? Oder hab' ich was verpasst?«, wunderte sich Tillmann.

Kommissar Brand holte tief Luft und sagte: »Fang du nicht auch noch damit an. Nein, wir sind tatsächlich nicht verheiratet. Aber bald ...«

Der junge Kommissar aus Stuttgart lachte. »Na, diese Frau an die Kette zu legen ist bestimmt nicht einfach. Ich wünsch' dir viel Glück. Schick mir eine Karte, wenn es soweit ist. Bis dahin mach's gut«, verabschiedete sich Tillmann. Er hatte Peter lange genug aufgehalten.

»Du wirst es erfahren«, versprach Peter und beendete das Gespräch. Er versank tief in Gedanken, die sich um Ira, Emily, alte Freundschaften und Rigatoni drehten. Doch dann schüttelte er den Kopf. »So ein Quatsch«, brummelte er energisch vor sich hin.

Dann ging er wieder zu seinen Freunden ins Esszimmer. Er brauchte jetzt dringend einen Whisky, um die trüben Gedanken wegzuwischen.

Stunden später lagen sowohl die Teilnehmerinnen des Mädelsabends, als auch die Teilnehmer des Herrenabends im Bett. Peter und Ira unterhielten sich über Emily und Jim, denn die hatte ihr Gästezimmer leise verlassen und war rüber zu Jim in dessen Wohnung geschlichen. Allerdings nicht leise genug, als dass es ihre Gastgeber nicht mitbekommen hätten.

»Die sind wie verliebte Teenager«, stellte der Kommissar kichernd fest, während er sich an Ira kuschelte.

»Hmmm ...« antwortete Ira. Sie musste an die ermordete Krankenpflegerin denken. Und an den Pakt, den sie mit Viktoria geschlossen hatte.

Es war wichtig, dass Emily endlich die Chance auf ein schönes Leben jenseits von einem untreuen Ehemann erhielt. Und es war an ihnen beiden, dafür zu sorgen, dass sie dieses Leben leben durfte. Niemals durfte Emily erfahren, dass sie die Krankenpflegerin auf dem Gewissen hatte. Denn Ira war sich sicher, dass die alte Freundin mit diesem Wissen nie wieder glücklich werden und über kurz oder lang die Tat gestehen würde. »Sie hat ihre Strafe in den vergangenen Jahren, quasi im Vorhinein zum Mord, abgesessen«, beendete Ira ihren Gedankengang.

»Sag mal, Mausi, wann heiraten wir endlich?«, fragte Peter plötzlich in die Stille hinein. Und begann, an ihrem Ohrläppchen zu knabbern.

Als Antwort knuffte Ira ihm in die Rippen.

»Aua«, beklagte sich der Kommissar. Grinste jedoch. »Sag mal, wie soll denn dein Hochzeitskleid aussehen?«, flüsterte er.

Die Journalistin rügte ihn sofort: »Das wirst du dann sehen! Vor der Hochzeit läuft da nix. Das bringt Unglück!«

Peter lachte auf. »Ach was, du wirst es mit Viktoria aussuchen. Wenn ich sie nur ordentlich verhöre, wird sie mir erzählen, wie du am Hochzeitstag aussehen wirst«, brüstete sich Peter und warf sich in die Brust.

»Träum weiter«, gab die Journalistin zurück.

»Hör mal, ich bin bei der Kripo und krieg' alles raus. Außerdem könnt ihr Frauen doch nichts für euch behalten. Schweigen ist für euch doch ein Fremdwort«, frotzelte er. Jetzt war es an Ira, ins Dunkel zu grinsen.

Leise flüsterte sie: »Wenn du wüsstest …«

Die Leiche von Julius Kotten war freigegeben und nach Potsdam überführt worden. Emily musste nicht mit dem Zug nach Hause fahren. Jim hatte sich kurzerhand eine Auszeit genommen und sie begleitet. Als Fahrzeug hatten die beiden den Cadillac aus seiner Werkstatt gewählt.

Der Amerikaner staunte über die Villa, in der sein »Darling«, wie er sie fortan nannte, wohnte. So ein schönes Gebäude hatte er selten gesehen. Ihm war klar, dass Emily hier niemals wegziehen würde. Doch ihm war auch bewusst, dass er nie aus Heckenbach wegwollte. Beziehungsweise immer in Iras Nähe sein wollte. Schließlich musste ja jemand ein Auge auf sie haben. Peter war dafür nicht geeignet, er wurde viel zu sehr von seinem Beruf in Anspruch genommen. Und Jim hatte seiner Frau auf dem Totenbett versprochen, dass er für immer Iras Schatten sein würde. Es sollte also wohl keine Zukunft für ihn und Emily geben …

Schweigend saß er mit seinem Darling beim Frühstück und bewunderte wieder einmal ihre Art. Sie war so herzlich, so liebevoll und fürsorglich. Egal, ob es um den Umgang mit dem freundlichen Nachbarn ging, der ihr sein Beileid ausdrückte. Oder beim Besuch des Notars, der Emily auch schon lange zu kennen schien. Ganz zu schweigen von diversen Kondolenzbesuchen von Damen aus der Gesellschaft, die Emily an der Haustür ihr Mitgefühl ausdrückten. Und Kollegen ihres verstorbenen Mannes, die anriefen oder kurz vorbeischauten.

Er selbst zog sich stets zurück ins Gästezimmer, wenn Besuch kam. Er wollte nichts mit dieser Welt zu tun haben. Diese Leute kamen ihm alle nicht echt vor. Und sie brauchten von seiner Existenz auch nichts zu wissen. Zudem hatte er das Gefühl, dass seine Zurückhaltung Emily durchaus recht war. So musste sie seine Anwesenheit gar nicht erst erklären.

Selbst bei der Beerdigung von Julius hatte sich der Amerikaner verdrückt. Emily hatte alles professionell organisiert. Selbst einen kleinen Empfang in der Villa hatte sie veranstaltet. Es war offensichtlich, dass sie sich in diesen Kreisen zu bewegen wusste. Selbstsicher, souverän und stets freundlich lächelnd nahm sie zahllose Beileidsbekundungen entgegen. Es irritierte Jim, wie sicher Emily sich auf diesem gesellschaftlichen Parkett verhielt. Dagegen wirkte er wie ein grober Klotz.

Ihm wurde schwer ums Herz, denn er würde seine Emily sehr vermissen. Ja, er hatte sich in sie verliebt. Aber sie passten rein gesellschaftlich nicht zueinander. Sie war eine Grande Dame, er ein schlichter Schrauber. Er wagte es nicht, sie zu fragen, ob sie bei ihm bleiben wolle. Denn die Antwort kannte er. In Heckenbach gab es zwar viele liebe Menschen. Aber die waren bodenständig und praktisch veranlagt. Nicht so schickimicki wie in Potsdam. Es gab auch keinen Tennisclub – oder gar einen Golfclub. Heckenbach bot schlichtweg eine tolle Gemeinschaft und eine wunderbare Landschaft. Aber eben nicht die Welt der High Society, in der Emily seit über zwanzig Jahren zuhause war.

Insgeheim amüsierte es ihn, dass sie ihm bei ihrer Ankunft das Gästezimmer vorgeführt hatte. Um ihn dann aber sogleich an die Hand zu nehmen und ins

Schlafzimmer zu führen. »Du gehörst hier hinein«, hatte sie ihn kokett angelächelt. Und seither schliefen sie jede Nacht Arm in Arm ein. Es war einfach nur schön.

»Zu schön«, seufzte Jim laut auf bei diesem Gedanken. Emily blickte ihn fragend an und erkundigte sich bei ihm, was denn los sei und ob es ihm nicht gut gehe.

Doch der Amerikaner winkte nur ab und lächelte sie an. »My Darling. Es ist alles in Ordnung«, versicherte er.

Emily nickte und vervollständigte seinen Satz: »... aber Ira, Peter, Viktoria, Friedrich und all die anderen fehlen dir jetzt schon.«

Der Amerikaner sah sie an und nickte. »Yes. We are family.«

Es klingelte. Emily schaute überrascht auf die Uhr. »Oh, schon so spät. Verzeih mir, da muss ich aufmachen. Dieser Besuch ist mir sehr wichtig.«

Jim wollte aufstehen, aber sie gab ihm ein Zeichen, sitzen zu bleiben.

»Das geht schnell«, versicherte sie.

»Dann geh' ich ein bisschen spazieren, bin gleich wieder zurück«, kündigte Jim an.

Nach kurzem Zögern nickte Emily: »Okay.«

Jim verließ den Salon durch die Terrassentür und schlenderte durch den Park. Er hing seinen Gedanken nach.

Währenddessen mimte Emily drinnen diesmal nicht die trauernde Witwe, sondern die knallharte Geschäftsfrau.

Rund eine Stunde später kehrte Jim zurück zur Villa. Er hatte seine Zeit auf einer Bank vertrödelt und ein langes Telefonat mit Ira geführt. Er hatte ihr versichert, dass Potsdam nicht seine Kragenweite sei. Dass ihm Heckenbach sehr fehle, ebenso wie sie.

»Miss you, crazy nut«, hatte er zugegeben.

Ira hatte nur gelacht. »Das Schicksal wird entscheiden«, hatte sie orakelt. »Hast du Emily gesagt, dass sie dein Darling ist?«

»Sure«, hatte Jim mit weicher Stimme versichert.

»Dann wird's der Herr schon richten«, gab Ira die Klosterschwester zum Besten und hatte das Gespräch beendet.

Was der Amerikaner nicht wusste, war, dass Ira die Pläne von Emily bereits kannte – und sehr begrüßte.

»Jim, da bist du ja«, rief Emily ihm strahlend von der Terrasse aus zu und winkte. Er beschleunigte seine Schritte.

»Yes, my Darling«, antwortete er und nahm die drei Treppenstufen hoch zur Terrasse auf einmal. Emily erwartete ihn mit ausgebreiteten Armen. Nur zu gern drückte er sie an sich. Sie kuschelte sich an ihn.

»Duhuuu«, begann sie zu flüstern.

»Yes, my Darling?«, flüsterte er zurück.

»Könntest du dir vorstellen, mit mir zusammenzubleiben? Ich meine so richtig?«, fragte Emily und nahm ein wenig Abstand, damit sie ihn anschauen konnte.

Jim blieb ruhig. Sagte nichts.

»Was ist los?«, fragte Emily sorgenvoll. »Geht dir das zu schnell?«, hakte sie nach. Und bekam plötzlich weiche Knie.

Doch der Amerikaner hatte endlich seine Sprache wiedergefunden. »My Darling. Ich liebe dich sehr.

Aber ich kann hier nicht wohnen. Ich gehöre nach Heckenbach. Dort hab' ich meine Heimat und die kann ich nicht aufgeben. Das weiß ich«, stellte er leise fest und warf ihr einen traurigen Blick zu. »Ich würde hier nicht glücklich werden und wäre dein Klotz am Bein. Besser gesagt, dein Elefant im Porzellanladen. Sorry. Ich möchte aber, dass du jetzt dein Leben genießt. Du hast es verdient.«

Was folgte, war Stille. Emily blickte ihn an. Dann nahm sie ihn wieder in die Arme und drückte ihn an sich. Dann stellte sie sich auf die Zehenspitzen und flüsterte ihm ins Ohr: »Dann nimm mich doch einfach mit.«

Jims Herz tat einen gewaltigen Satz und er küsste sie lang und innig. »Sure?«, erkundigte er sich schließlich etwas außer Atem.

»Sure«, nickte Emily und strahlte ihn an. »Weißt du, der Besucher vorhin war ein Immobilienmakler. Ich werde hier alles verkaufen und nach Heckenbach ziehen. Zu Ira, zu Peter, Viktoria, Friedrich – aber in allererster Linie natürlich zu dir. Denn ich möchte endlich glücklich sein. Und das kann ich hier nicht. Das konnte ich hier nie.« Wieder küssten sie sich.

»Willkommen in der Familie, my Darling«, sagte Jim feierlich. »Dann werde ich jetzt Ira anrufen und ihr sagen, dass du mitkommst«, kündigte er an.

Emily lächelte ihn an und sagte verschmitzt: »Sie weiß es bereits …«

Mein besonderer Dank

Mein besonderer Dank gilt Karin Dröge und Doris Schurr, die mir die Inspiration für die Handlung gaben. Und meiner Schwester, Heike Seitz, die mit ihrer Kritik beim Korrekturlesen Gott sei Dank nie hinterm Berg hält. Sowie Sina Wamsler für ihre Argusaugen beim Lektorat.

Die Autorin Anja Jantschik ist mit Leib und Seele Ostälblerin. Geboren in Mutlangen, ist sie seit 29 Jahren als freie Journalistin im ganzen Ostalbkreis und im Remstal für Berichterstattungen und Reportagen unterwegs. Kommunalpolitik ist ihr Steckenpferd und findet sich daher auf humorige Art und Weise auch in ihrem neunten Regionalkrimi wieder. Die Schriftstellerin liefert in bewährter Manier den Beweis, dass sich Kommunalpolitik, Mord und Humor auf äußerst unterhaltsame Weise vereinen lassen. Dazu gibt's eine große Portion Lokalkolorit in all seinen Facetten.